Catherine Rider • Kiss me in London

Catherine Rider

Kiss me in London

A Winter Romance

Aus dem Englischen von
Franka Reinhart

cbj

Sollte diese Publikation Links auf Webseiten Dritter enthalten, so übernehmen wir für deren Inhalte keine Haftung, da wir uns diese nicht zu eigen machen, sondern lediglich auf deren Stand zum Zeitpunkt der Erstveröffentlichung verweisen.

Dieses Buch ist auch als E-Book erhältlich.

Verlagsgruppe Random House FSC® N001967

1. Auflage 2018
© 2018 by Working Partners Ltd
With special thanks to James Noble.
© 2018 für die deutschsprachige Ausgabe
cbj Kinder- und Jugendbuch Verlag
in der Verlagsgruppe Random House GmbH,
Neumarkter Straße 28, 81673 München
Alle deutschsprachigen Rechte vorbehalten
Aus dem Englischen von Franka Reinhart
Lektorat: Catherine Beck
Umschlaggestaltung: *zeichenpool, München,
unter Verwendung mehrerer Motive von
© Getty Images (Caiaimage/Lee Edwards),
Shutterstock (Sven Hansche, Tatevosian Yana,
Bikeworldtravel, sirtravelalot, Hein Nouwens)
he · Herstellung: AJ
Satz: Buch-Werkstatt GmbH, Bad Aibling
Druck: CPI books GmbH, Leck
ISBN 978-3-570-16520-1
Printed in the Czech Republic

www.cbj-verlag.de

Für Ursula Calder,
Theaterenthusiastin par excellence

Cassie

Montag, 17. Dezember
11:00 Uhr

In siebenundsechzig Minuten werde ich mich von meinem Freund trennen.

Jetzt sofort schaffe ich das nicht, obwohl er direkt neben mir sitzt, denn wir fahren gerade mit dem Zug durch ein trostloses Industriegebiet irgendwo in den Midlands und kommen erst in einer Stunde in London Euston an. Dazu kommen noch etwa zwei Minuten, um unser Gepäck zusammenzusuchen, auszusteigen und zur Bahnhofshalle zu laufen. Dort werde ich wahrscheinlich weitere fünf Minuten brauchen, ehe ich den Mut aufbringe, es tatsächlich auszusprechen.

Insgesamt also: siebenundsechzig Minuten. Ich hoffe nur, dass bis dahin mein Herz aufhört, wie wild in meinem Brustkorb herumzuhämmern, und ich es tatsächlich fertigbringe, die Sache durchzuziehen.

Mir ist schon klar, dass es ein bisschen gemein von mir ist, ihm erst nach unserer Ankunft in London reinen Wein einzuschenken, obwohl ich die Entscheidung schon vor rund einer Woche getroffen habe. Zu meiner Verteidigung muss ich allerdings sagen, dass *er* es war, der für unsere Heimfahrt von der Uni Fahrkarten *mit Zugbindung* gebucht hatte, die sich nicht umtauschen ließen. Die ganze Zeit neben ihm zu sitzen, nachdem ich mich gerade von ihm getrennt habe, hätte ich nicht ausgehalten.

Zu allem Überfluss musste er uns beide auch noch für einen Freiwilligendienst in Ghana anmelden. Nun bin ich also nicht nur so herzlos, meinem Freund eine Woche vor Weihnachten den Laufpass zu geben, sondern auch noch ein schlechter Mensch, weil ich bei einer richtig guten Sache einen Rückzieher mache. Ich nehme es ihm ziemlich übel, dass ich mich deswegen nun schuldig fühle. Außerdem wird mir klar, dass ich die gesamten drei Monate, in denen wir ein Paar waren, fast ununterbrochen mies drauf war.

Mit seiner rechten Hand greift er nach meiner linken, was ziemlich seltsam ist, da ich meine Hände zwischen die Knie geklemmt habe (etwas anderes ist mir nicht eingefallen, um das Zittern in den Griff zu bekommen). Noch sechsundsechzig Minuten und das Herz schlägt mir bis zum Hals. *Ich schaffe das. Ich schaffe das.* Er versucht meine Hand an sich zu ziehen, aber mein Arm wird ganz steif und fühlt sich an wie versteinert. Resigniert lässt er los und wendet sich wieder seiner Zeitung zu. Er liest den *Economist* und blättert die Seiten demonstrativ um. Damit versucht er mir ein schlechtes Gewissen zu machen, weil ich nicht mit ihm Händchen halten wollte, und ich ärgere mich, weil ich gezuckt habe und beinahe eingelenkt hätte.

Zu tun, was andere von mir erwarten, ist nämlich meine Spezialität.

Seufzend fragt Ben: »Hat es was mit dem Croissant zu tun?«

Ach ja, richtig, das Spinat-Croissant, das er für mich gekauft hatte. Es liegt noch unangetastet auf meinem Schoß.

»Ich wollte halt lieber eins mit Schinken und Käse«, antworte ich und sehe dabei weiter aus dem Fenster. Das graue Meer aus Beton erscheint mir im Moment wesentlich interessanter als mein grüblerisch-gereizter Freund, dessen besondere Gabe es ist, alles im Alleingang zu entscheiden.

Im September gefiel mir das allerdings noch ausgesprochen gut. Damals war ich aber auch noch reichlich eingeschüchtert von der Uni, wo alles noch ganz neu war und ich zum ersten Mal auf eigenen Füßen stand. Von daher fühlte es sich angenehm vertraut an, jemanden an der Seite zu haben, der immer genau weiß, wo es langgeht und mir sagen konnte, was ich zu tun habe. Das nahm mir einiges an Last von den Schultern.

Vor ungefähr einer Woche wurde mir dann jedoch klar, dass ich diese Last *selbst* tragen wollte. Oder vielleicht sogar tragen *musste* – nachdem ich mein ganzes bisheriges Leben immer nur die Erwartungen anderer Leute erfüllt hatte.

Das konnte so nicht weitergehen.

»Ist halt gesünder«, lässt Ben mich wissen.

Ich rücke ein Stück von ihm ab. »Aber ich wollte etwas anderes essen.« Um uns herum kommt Bewegung auf – ein paar Köpfe drehen sich zu uns herum, während andere Mitreisende betont desinteressiert tun, obwohl sie uns natürlich belauschen.

Ben ignoriert meine Bemerkung und packt sein eigenes

Spinat-Croissant aus. Dabei stößt er mich mehrmals mit dem Arm an. Allerdings ist er auch 1,95 Meter groß und kann sozusagen nichts dafür. Mit so einer Länge ist man praktisch permanent im Weg. Trotzdem stört es mich.

Ungerührt doziert er weiter. »Und natürlich ist es auch viel besser für die *Umwelt*...«

Ich schalte auf Durchzug, denn diesen Vortrag kenne ich inzwischen auswendig. Wie leicht wir die Erde retten könnten, wenn wir uns alle ab sofort vegetarisch ernähren würden – oder noch besser: vegan. So wie er das alles referiert, klingt es tatsächlich machbar, die eigentlich unausweichliche globale Katastrophe zu verhindern. Trotzdem bekomme ich beim Zuhören schon nach wenigen Sätzen unbändigen Appetit auf ein saftiges Steak. Dabei erscheint mir das Ende der Welt ein vergleichsweise geringer Preis, wenn ich mir dafür nicht mehr anhören muss, wie sich die Treibhausgas-Emissionen bis zum Jahr 2050 um 63 bis 70 Prozent verringern ließen. Und darüber hinaus noch weitere Fakten und Zahlen, die bestimmt alle total wichtig sind, da er sie bis auf die Kommastelle genau wiedergeben kann. Aber ich habe mich gedanklich inzwischen komplett ausgeklinkt und überlege, wieso er sich die ganzen Daten und Informationen merken kann und trotzdem nicht weiß, dass ich *nie* gesagt habe: Ja, ich möchte gern Vegetarierin werden. Ob das für ihn so undenkbar ist, dass es ein K. o.-Kriterium wäre?

Schließlich ist er Ben, hat immer in allen Fragen recht und geht sicher davon aus, dass ich eines Tages zum Veggie mutiere, genau wie er. Denn eigentlich sollten alle

Menschen so sein wie er. Das erste Mal gerieten wir wegen dieser Frage schon bei unserem zweiten Date aneinander – er musste kurz telefonieren und ich sollte für ihn das Essen mitbestellen. Dabei orderte ich ohne nachzudenken einen Hähnchen-Burrito. An dieser Stelle hätte ich eigentlich sofort die Reißleine ziehen müssen, denn er hielt mir an diesem Abend nicht nur den ersten Vortrag, sondern wurde auch richtig sauer, als ich vorschlug, beide Burritos selbst zu essen. Mit meiner Frage, ob ich ihn vielleicht lieber wegwerfen und damit ja wohl Essen verschwenden sollte, brachte ich ihn dann ein wenig aus dem Konzept.

Auf Date Nummer drei hätten wir besser gleich verzichten sollen, taten es jedoch nicht. Wahrscheinlich war ich einfach so sehr daran gewohnt, alle möglichen fremden Erwartungen zu erfüllen, dass ich in dieser Hinsicht wohl wesentlich mehr tolerieren kann als andere Leute. Das würden manche wahrscheinlich sogar als Vorteil werten, und das ist es im Prinzip ja auch, aber es hat ganz klar auch Nachteile, wenn man immer so entgegenkommend und anpassungsfähig ist. Zum Beispiel bringt es einen unter Umständen in sehr heikle Situationen – wie etwa eine zweistündige Zugfahrt mit einem nervigen Begleiter, von dem man sich vorwerfen lassen muss, unseren Planeten zu zerstören, nur weil man nicht mit ihm Händchen halten will.

Er redet immer noch, doch mittlerweile ist seine Stimme mit dem Hintergrundrauschen des Zugs verschmolzen und ich lehne den Kopf gegen die Fensterscheibe. Während ich Ben komplett ausblende, freue ich mich auf

London – mein Zuhause – und genieße die immer vertrauter werdende Umgebung. Dazu überkommt mich zunehmend Erleichterung, dass mein erstes Semester an der Uni endlich vorbei ist. Ich versuche mir einzureden, dass ich über den Abschied von der Uni vor allem deshalb so froh bin, weil Psychologie als Hauptfach eindeutig die falsche Wahl war. Vielleicht liegt es aber auch einfach nur daran, dass eine Kleinstadt-Uni nicht ganz so »passend« war für eine Großstadtpflanze wie mich.

Dass ich in sämtlichen Modulen durchgefallen bin und deswegen geschasst wurde, spielt dabei sicher auch eine gewisse Rolle.

Wir schweigen uns immer noch an, und meine Gedanken wandern zu Themen, die mir gar nicht recht sind. Zum Beispiel, wie ich vor meine Eltern treten und ihnen beibringen muss, dass ich aus einem Studiengang geflogen bin, den ich gegen ihren Willen gewählt hatte. Also zumindest *Mum* war dagegen. Dad hat vermutlich längst vergessen, welches Fach es überhaupt war. Ich könnte ihm so ziemlich alles erzählen, zum Beispiel, dass ich Moderne Scientology mit Nebenfach Go-Go-Tanz studiere. Er würde wahrscheinlich nur nachfragen, wie ich so mit den Anforderungen klarkomme. Dann würde er mit seiner Teetasse im Arbeitszimmer verschwinden und so lange nicht wieder herauskommen, bis ich mich frage, ob er überhaupt noch lebt.

Aber *Mum* … Sie wird mir die Leviten lesen und darauf herumreiten, wie recht sie doch vorigen Sommer hatte, dass Psychologin keine gute Idee für mich sei. Obwohl sie es natürlich reizend fände, dass ich einen »normalen« Beruf anstreben wolle. Aber ich solle doch bitte nicht vergessen, mit welcher Begabung ich gesegnet sei. Drei Monate hatte sie Zeit, diesen Monolog einzustudieren, und ich bin *kein bisschen* gespannt auf die Premiere. Wenn es so weit ist – denn dieser Auftritt ist unausweichlich –, hoffe ich nur, dass sie schnell zum Ende kommt. Und mir mitteilt, wie leicht (»ein Anruf und fertig!«) ich eine Einladung zum Vorsprechen für irgendeinen Kurzfilm bekommen könnte, für den sich vermutlich kein Mensch interessieren wird.

Damit ich »gemäß meiner Bestimmung« wieder als Schauspielerin arbeiten kann.

Ich blicke weiter konzentriert aus dem Fenster und versuche, mich vom Gedanken an diese Standpauke abzulenken. Aber alles zieht nur verschwommen an uns vorbei, und wenn wir durch einen Tunnel fahren, sehe ich mein Spiegelbild auf der Scheibe und kann den bedauernswerten Anblick kaum ertragen. Mum würde aus meinem Gesicht sofort schließen, dass ich eben enttäuscht bin, weil ich das falsche Studienfach gewählt habe, und nicht, weil ich einfach ganz *allgemein* traurig bin. Ich schließe daher lieber die Augen und höre auf das Rattern des Zugs ...

Offenbar bin ich eingeschlafen, denn als Nächstes höre ich eine computerähnlich klingende Frauenstimme durch den Lautsprecher mit der Durchsage, dass wir in Kürze London Euston erreichen. Ich reibe mir die Augen, sehe auf mein Handy und sehe, dass es genau zwölf ist. Ich habe noch sieben Minuten Zeit – *sieben Minuten!* Mein Herz fängt an zu rasen, und ich muss mich zwingen, gleichmäßig zu atmen. *Ich schaffe das...*

Sobald der Zug sein Tempo verlangsamt, steht Ben auf. Als wir schließlich halten, hat Ben unsere identisch aussehenden blauen Rucksäcke schon von der Gepäcksablage heruntergehievt und hält einen lobenden Monolog auf sich selbst.

»Freust du dich nicht auch, dass wir unser Gepäck schon letzte Woche vorausgeschickt haben?« Er lächelt mich an und seine kristallblauen Augen leuchten. Er ist voller Vorfreude und hat schon längst vergessen, wie genervt er davon war, dass ich ihn die gesamte Fahrt über praktisch ignoriert habe, seine Hand nicht halten wollte und verärgert war über das Spinat-Croissant (das ich umgehend entsorgen werde, wenn er nicht hinsieht). »Dadurch können wir ganz entspannt und ohne schwere Koffer zum Flughafen fahren. Nach der Ankunft sind wir dann frisch und voller Tatendrang.«

Das könnte eigentlich nach unbändiger Vorfreude klingen, aber aus seinem Mund hört es sich nur an nach: *Bin ich nicht unfassbar clever?*

Ohne etwas zu erwidern, stehe ich auf, werfe mir meine Tasche über die Schulter und folge ihm hinaus auf den Bahnsteig. Es ist Montagmittag und daher einiges los in Euston. Viele Leute haben auf den Zug gewartet, aus dem wir gerade ausgestiegen sind – ob sie nach Hause wollen, frage ich mich? Vermutlich fürchtet sich kaum jemand von ihnen so sehr davor wie ich. Und wahrscheinlich ist keiner von ihnen gerade damit beschäftigt, allen

Mut zusammenzunehmen, um seine Reisebegleitung in die Wüste zu schicken.

Ich schaffe das. Ist doch eigentlich auch nichts anderes, als einen vorgegebenen Schauspieltext zu sprechen.

Ben ist kein Londoner, was in diesem Moment besonders offensichtlich ist, denn ich sehe, wie er ungeduldig nach rechts drängt, um den Pendlern auszuweichen, die seiner Ansicht nach zu langsam unterwegs sind. Allerdings kommt er nun überhaupt nicht mehr voran, weil ihm Unmengen Leute entgegenkommen.

Ein Londoner wüsste genau, dass man sich *links halten* muss.

Wieder beginnt meine Hand unangenehm zu zucken und will nach seiner greifen, um ihn durch das Gedränge zu lotsen. Und wieder muss ich mich zwingen, es bleiben zu lassen. Denn wir sind nur noch ungefähr vier Minuten lang ein Paar.

»Okay – zur U-Bahn, wo geht's denn hier zur U-Bahn?«

Er redet mit sich selbst, während wir die Kontrollschranken passieren und die Bahnhofshalle erreichen. Als er das Hinweisschild zur U-Bahn entdeckt, strebt er eilends in diese Richtung. »Wir müssen nach Paddington und dort den Heathrow Express nehmen.«

Ich laufe ungefähr drei Schritte hinter ihm, bleibe dann stehen und habe das Gefühl, dass mein Herz gleich zwischen meinen Rippen hindurchspringt.

»Ben, warte mal.«

Ich schaffe das.

Er dreht sich um und bemerkt gar nicht, dass er dabei

mit seinem Rucksack jemanden anstößt, der ihn daraufhin heftig beschimpft. Oder vielleicht ist es ihm auch egal. Ich bin jedenfalls so angespannt, dass mich *so etwas* nun auch nicht mehr aus dem Konzept bringt. Er sieht mich mit seinen großen blauen Augen an und ist so entschlossen, schnellstens zum Flughafen zu kommen, dass er offenbar gar nicht merkt, wie er inmitten des Menschenstroms ein Hindernis bildet.

Jetzt. Jetzt ist es so weit. Die nächsten Worte, die mir über die Lippen kommen, werden unsere Beziehung beenden.

»Von hier aus kommst du nicht nach Paddington …« Meine Güte, mich hat doch nicht etwa der Mut verlassen? Ich habe zwar »du« gesagt statt »wir«, aber das hat Ben unter Garantie nicht registriert. »Du musst am Euston Sqare in die U-Bahn steigen.«

Er dreht sich kurz um und mustert das Hinweisschild hier im Bahnhof, das in Richtung einer Treppe zeigt. Dann schaut er wieder zu mir. »Meinst du nicht, dass ich mir unsere Route vorher genau angesehen habe? Es geht viel schneller, wenn wir von hier aus mit der Tube bis Kings Cross fahren und dann umsteigen in Richtung Paddington.«

»Nein, glaub mir. Du kannst von hier aus zum Euston Square laufen und dort mit der Circle Line, Hammersmith und City oder Metropolitan Line bis Paddington fahren. Das ist viel kürzer.«

Er neigt den Kopf leicht zur Seite und grinst amüsiert. *Ist es nicht süß?* Kann ja sein, dass London meine Heimatstadt ist, wo ich schon von Geburt an wohne. Aber das ist für ihn noch lange kein Grund, nicht alles besser zu wissen. »Ich würde trotzdem lieber einfach die U-Bahn nehmen.«

Das klingt zwar jetzt ein bisschen krass, aber selbst wenn ich nicht die letzten zwei Stunden (Tage, Wochen) das Ende unserer Beziehung geplant hätte, wäre die Idee, eine *einzige Station* mit der U-Bahn zu fahren, schon allein ein Trennungsgrund.

Er dreht sich um und macht sich wieder auf den Weg in Richtung Tube. Erst nach knapp zehn Metern merkt er, dass ich ihm nicht folge. Er dreht sich um und bleibt auf der obersten Treppenstufe stehen (wofür ihn alle Pendler ringsherum natürlich absolut *lieben*). Lautstark ruft er mir zu:

»Was soll denn das? Los, komm!«

Ich halte mich mit beiden Händen an den Schulterriemen meines Rucksacks fest, als ob ich aus ihnen den nötigen Mut ziehen könnte, um mein Vorhaben umzusetzen. Denn die siebenundsechzig Minuten sind nun definitiv um. Trotzdem bringe ich die vier Wörter – »Ich komme nicht mit« – nicht über die Lippen. Mir wird klar, dass ich voll und ganz damit beschäftigt war, den dafür nötigen Mut aufzubringen, und dabei gar nicht auf dem Schirm hatte, wie viel Trubel dabei um uns herum herrschen würde. Menschen strömen in alle Richtungen, bemerken den Abstand zwischen uns, wie wir unbeholfen voreinander stehen, und erfassen viel schneller als Ben, was los ist. Ich wünsche mir inständig, dass er es endlich *begreift* und mir dies mit einem Nicken signalisiert. Um mir die Peinlichkeit zu ersparen, das Ganze öffentlich zu zelebrieren.

Aber Ben ist eben Ben und derart konzentriert auf seine sorgfältig ausgearbeiteten Pläne (mit denen ich selbstverständlich immer einverstanden war), dass der Groschen, den ich soeben hochgeworfen habe, einfach nicht fällt. Dadurch kommt mir nun eine Rolle zu, die mein früherer Theaterdozent immer als den »General« bezeichnet hat – ein Schauspieler, der in einer verunglückten Szene das Heft in die Hand nimmt und so lange improvisiert, bis seinen Kollegen der eigentliche Text wieder eingefallen ist. Auf der Bühne schaffe ich es in der Regel, andere innerhalb einer Minute wieder zurück ins Stück zu holen, selbst wenn sich diese Minute meistens anfühlt wie mindestens zwanzig.

Aber im Moment habe ich einen totalen Texthänger. Deshalb setze ich meinen Rucksack ab, nehme meinen Pass heraus und halte ihn in die Höhe. Dabei verfluche ich mich innerlich dafür, dass bei mir immer alles eine so theatralische Note haben muss.

Du kannst sowieso nichts dagegen tun, meine Liebe – also lass es am besten gleich bleiben. Das ist Mums Stimme in meinem Kopf, die natürlich nicht fehlen durfte.

Ben sieht mich an, als ob ich ihn soeben aufgefordert hätte, 31 mit 322 zu multiplizieren. »Hast du den aus meiner Tasche genommen? Wozu? Ich bin für unsere Pässe verantwortlich. Du bist … viel zu chaotisch. Ständig verlierst du deinen Schlüssel. Ich habe zwei als Ersatz, das weißt du doch. Hältst du es wirklich für klug, die Pässe an dich zu nehmen?«

Mittlerweile fällt es mir ein wenig leichter, die Worte auszusprechen. »Ich habe nur meinen … weil ich nicht mitkomme.«

Ben verdreht die Augen. »Humor ist nun wirklich nicht deine Stärke, Cass. Und jetzt komm endlich, damit wir uns nicht verspäten.«

Die Leute um uns herum gehen zunehmend langsamer und verfolgen das Geschehen so gebannt, dass sie nicht einmal genervt sind, weil Ben die halbe Treppe hinunter zur U-Bahn-Station blockiert. Ich darf unmöglich zulassen, dass dies zu einer Farce in drei Akten ausartet.

»Ich komme nicht mit«, wiederhole ich und wünsche mir in diesem Moment, keine klassisch ausgebildete Stimme zu haben, die problemlos das Getöse eines großen Londoner Bahnhofs übertönt. Meine nächsten Worte müssten lauten: »Es ist vorbei«. Aber ich hoffe immer noch, dass Ben zwischen den Zeilen lesen kann und die Botschaft mitbekommt … oder dass er so sauer über meine öffentliche Abfuhr ist, dass er es *seinerseits* ausspricht.

Aber leider Fehlanzeige. Er sieht immer noch total verwirrt aus, und ich muss erkennen, dass ich hier nicht als General fungiere, um einem Schauspieler zurück in die Szene zu verhelfen. Vielmehr ist mein Mitspieler in einem vollkommen anderen Stück unterwegs.

»Kriegst du wieder Panik?« Eilig kommt er auf mich zu. Als er direkt vor mir steht, legt er eine Hand auf meine Schulter, was wahrscheinlich beruhigend gemeint ist, allerdings reichlich herablassend ankommt.

»Wir haben doch lang und breit drüber geredet«, stöhnt

er. »Nach ein paar Tagen wirst du deine gewohnten Annehmlichkeiten gar nicht mehr vermissen. Ein Leben ohne Fön ist möglich und du musst auch nicht ununterbrochen mit deinen Freunden snackchatten, oder wie das heißt. Ab jetzt beschäftigst du dich mit wirklich wichtigen Dingen.«

Ich halte seinem Blick stand, obwohl es mir wirklich schwerfällt. Denn wenn ich jetzt den Kopf senke, weiß ich genau, dass diese Hand auf meiner Schulter mich umgehend in Richtung U-Bahn-Station schieben wird, sodass ich mich im Handumdrehen am Flughafen wiederfinde. Und dann müsste er auf die ganz harte Tour erfahren, dass ich mein Ticket nie gebucht habe.

Das war natürlich nicht besonders nett von mir, schon klar. Wäre unsere Paardynamik eine andere, hätte ich ihm das auch schon viel früher gesagt. Aber ich wollte vermeiden, dass er mich überredet und ich am Ende doch mitkomme. Wie schon gesagt: das zu tun, was andere von mir erwarten, ist meine Spezialität. Irgendwie wusste ich instinktiv, dass ich dieses Gespräch nur mit Heimvorteil bewältigen konnte.

»Hör zu, es ist wirklich ganz großartig, was du da vorhast«, sage ich. »Aber für mich passt es einfach nicht richtig.«

Wieder hält er den Kopf so nervig schief. »Und das sagst du erst jetzt …«

»Nein … nicht erst jetzt. Ich hab dir bestimmt schon hundert Mal gesagt: ›Ich bin mir nicht ganz sicher und kann dir nichts garantieren‹ oder: ›Ben, ich hab das Gefühl, dass ich erst mal nach Hause muss, so wie dieses

Semester gelaufen ist. Ich brauch ein bisschen Zeit, um wieder einen klaren Gedanken zu fassen ...‹ Du hast halt nur nie zugehört.«

»Weil diese Reise die beste Methode für dich ist, um klarzusehen, das kannst du mir glauben.«

Meine Güte, er macht mir den Abschied wirklich leicht.

»Aber du weißt doch gar nicht, was ich gerade *brauche*. Vielleicht interessiert es dich ja auch gar nicht. *Du* hast einfach deine Pläne gemacht und von mir erwartet, mich einzufügen. Genauso, wie du so getan hast, als ob ich Vegetarierin wäre. Nach dem Motto: Wenn du nur hartnäckig genug darauf beharrst, wird sich deine Freundin schon anpassen.«

»Aha, dann ist es also verachtenswert, wenn ich versuche, aus meiner Freundin einen guten Menschen zu machen?«

Jemand von den glotzenden Pendlern – ich kann nicht erkennen, wer – macht noch vor mir seiner Empörung Luft. Ich bin so sprachlos über diese Äußerung von Ben, dass ich vollkommen vergesse, den Blick abzuwenden, damit er die Tränen nicht sieht, die mir in die Augen schießen. Mit jemandem zusammen zu sein, über den man sich ärgert (und umgekehrt), ist das eine, aber wenn der eigene Freund nicht mal findet, dass man ein *guter Mensch* ist?

Fünf Sekunden später habe ich allerdings begriffen, dass er das nur gesagt hat, weil er seinen Willen diesmal nicht durchsetzen kann. Und wenn ich in den drei Monaten mit ihm eins gelernt habe, dann dass er mich überhaupt nicht kennt. Das hat er soeben bewiesen. Plötzlich könnte ich Ben beinahe küssen, weil er es mir so einfach macht.

»Ich fahre jetzt nach Hause.« Ich drehe mich um und gehe in Richtung Ausgang. Bis dahin sind es ungefähr dreißig Meter, die ich mir durch eine Ansammlung von Menschen bahnen muss, von denen jedoch glücklicherweise nicht alle Zeugen unserer kleinen Szene waren. Mit jedem Schritt lasse ich Ben weiter hinter mir und fühle mich dabei zunehmend leichter und befreiter als in all den Wochen zuvor.

Selbst als mich seine Stimme durch die Bahnhofshalle verfolgt, werde ich nicht langsamer. »Das ist doch totaler Schwachsinn! Cassie! Ist das dein Ernst? Was willst du zu Hause denn so Wichtiges machen? Den ganzen Tag in der Kosmetikabteilung von Selfridges zubringen? Die halbe Nacht aufbleiben und mit irgendwelchen Leuten im Internet über *Love Island* diskutieren?«

Jetzt muss ich lachen, denn es überrascht mich schon, dass er mir zumindest so weit zugehört hat, dass er um mein kleines peinliches Laster weiß, dem ich im Sommer vor Studienbeginn an der Keele University gefrönt hatte.

»Oder musst du dringend dein lila Affenkostüm für *Funky Monkeys* anprobieren?«

Ich bleibe so unvermittelt stehen, dass eine Mutter mit Kleinkind beinahe mit mir kollidiert. Entschuldigend lächele ich sie an und warte ab, bis das Kind garantiert außer Hörweite ist.

Dann drehe ich mich um und rufe Ben ein paar garantiert nicht jugendfreie Beschimpfungen hinterher.

Ein paar Schaulustige lachen. Ich bin mir nicht ganz sicher, aber ich glaube, dass mich irgendwer anfeuert: »Los, gib's ihm, Judy.«

Ich setze mich wieder in Bewegung, und Ben ruft mir hinterher, dass er sich auf keinen Fall um meine Taschen kümmern wird, die ich nach Ghana vorausgeschickt habe. Alles Wertvolle werde er für wohltätige Zwecke spenden. Er hoffe doch, dass ich damit einverstanden sei.

Ich mache mir nicht die Mühe, ihm mitzuteilen, dass ich mein Gepäck zur Wohnung meiner Tante Gemma in Bloomsbury geschickt habe.

Als ich die Euston Station verlasse, fühle ich mich derart erleichtert, dass es mich nicht gewundert hätte, wie ein losgelassener Luftballon abzuheben. Nach drei Monaten an der Uni, zwei Stunden im Zug und diesen nervtötenden letzten Minuten in der Bahnhofshalle freue ich mich über *alles,* was ich von London zu sehen bekomme – selbst die dunklen Fassaden aus Glas und Stahl rings um den Bahnhofsvorplatz, die unter dem grauen Dezemberhimmel noch viel düsterer wirken als sonst. Da ich keine Ahnung habe, wo ich eigentlich hin will, laufe ich einfach immer weiter, bis ich den Busbahnhof kurz vor der Euston Road erreiche. Selbst das konstante Rauschen des träge vor sich hin kriechenden Verkehrs empfinde ich im Moment als tröstlich – einfach weil es London ist. Mein *Zuhause.*

Nachdem ich mich kurz vergewissert habe, dass ich tatsächlich außer Sichtweite des Bahnhofs bin, lasse ich den Rucksack von meiner Schulter gleiten und sinke an der Bushaltestelle auf eine Bank. Meine Euphorie – *Es ist geschafft! Ich habe tatsächlich die Nerven behalten und mich von Ben getrennt!* – lässt allmählich nach und weicht einem etwas mulmigen, flauen Gefühl in der Magengegend. Denn nun bleibt mir nur noch eins ...

Nach Hause zu fahren. Als ich meinen Eltern mitgeteilt habe, dass ich nicht nach Ghana fliege, habe ich ihnen außerdem gesagt, dass ich ein paar Tage bei einer nicht existenten Freundin von der Uni verbringen werde, die in Birmingham wohnt. (Zumindest glaube ich, dass es Birmingham war). Mein Plan war, mich eine Weile in die leere Wohnung von Tante Gemma zurückzuziehen und dort den nötigen Mut für die Begegnung mit meinen Eltern zu fassen. Aber inzwischen denke ich fast, dass ich wohl in den sauren Apfel beißen werde, gleich heimzufahren, um die unangenehme Konfrontation hinter mich zu bringen.

Das Problem ist nur, dass mein Körper sich anfühlt wie versteinert. Meine Willenskraft reicht einfach nicht aus, um meine Beine in Bewegung zu setzen. Ich schüttele den Kopf über mich selbst. Nicht zu fassen, dass ich die ganze Sache mit Ben durchgezogen habe und es jetzt nicht fertigbringe, nach Hause zu fahren. Manchmal bin ich wirklich komisch!

Plötzlich hupt es so laut, dass mir vor Schreck fast das Herz stehen bleibt. Vor mir hält ein Bus, dessen Fahrer ungeduldig wissen will, ob ich nun einsteigen will oder nicht. Ich mache ein entschuldigendes Gesicht und schüttele den Kopf. Er verdreht die Augen und schließt die Türen. Als der Bus losfährt, fällt mir etwas ins Auge: eine Mischung aus Rot, Weiß und Blau, die mir bekannt vorkommt ... dazu das Gesicht eines Mädchens ... Cosette! Es ist eine

Werbung für zusätzliche Matinee-Vorstellungen von Les Misérables an den Montagen im Advent.

Also, wenn das kein Zeichen ist! London empfängt mich mit offenen Armen – so viel ist schon mal sicher. Wie könnte ich mich besser auf die Begegnung mit meiner Mutter vorbereiten als mit einer Aufführung von Les Mis, in der ich ausgiebig Tränen vergießen und mir alles von der Seele schluchzen kann. Ich sehe auf mein Handy nach der Uhrzeit. Es ist noch früh genug, um vielleicht noch eine Karte für heute zu bekommen. Die Chancen stehen wegen der großen Nachfrage kurz vor Weihnachten zwar nicht allzu gut, aber im Moment habe ich nur zwei Möglichkeiten: Entweder ich versuche mein Glück an der Tageskasse oder ich fahre nach Hause und setze mich mit meiner Mutter auseinander.

Was im Moment eindeutig keine Option ist.

Jason

Montag
13:34 Uhr

»Daddy! Ich bin eine Drei-Groschen-Existenz und du auch.«

Wenn man bei einem Vorsprechen für den Sommerkurs der renommierten Royal Academy of Dramatic Arts mit einem Monolog aus Arthur Millers »Tod eines Handlungsreisenden« auftritt, besteht die Schwierigkeit darin, die Verantwortlichen davon zu überzeugen, dass *Biff Loman* zwar gut und gern eine Drei-Groschen-Existenz sein mag, während dies für Jason Malone natürlich keinesfalls gilt.

»Ich bin keine Drei-Groschen-Existenz! Ich bin Willy Loman und du bist Biff Loman!«

Der Leiter der RADA-Auswahlkommission – ein etwas beleibter grauhaariger Mann hinter einem Tisch, flankiert von einer kleinen Frau mit Pixie-Haarschnitt und einem schlaksigen Typen mit rotem Kinnbart – rezitiert Willys Text mit monotoner britischer Stimme, die mich etwas befangen macht im Hinblick auf meinen eigenen, deutlich engagierteren Vortrag.

Würde es mir nicht so unbändigen Spaß machen, auf der Bühne zu stehen, käme ich mir dabei wahrscheinlich ein bisschen albern vor, aber ich sage mir, dass ich es jetzt durchziehen muss. Immerhin bin ich für dieses Vorsprechen extra nach London geflogen. Daher muss ich mich jetzt total ins Spiel reinhängen, wie mein Fußballtrainer von der Highschool gesagt hätte. Nur dass ich mich hier nicht auf dem Sportplatz, sondern in einem winzigen Raum befinde. Und genau hier werde ich jetzt alles geben. Ich schlage mit den Händen auf den Tisch und zwinge meinen »Mitspieler«, den Blick vom Textbuch zu lösen, während ich auf die Knie sinke.

»Daddy, ich bin ein NICHTS!«, rufe ich und gebe mir Mühe, den Brooklyner Akzent beizubehalten, den ich schon die ganze Woche kultiviert habe. »Ein Nichts bin ich, Dad! Verstehst du das nicht? ...«

Ich starre dem Kommissionsleiter in die Augen und versuche seinen leicht erschrockenen Blick zu ignorieren. Dabei bemühe ich mich, in ihm *nicht* Willy Loman zu sehen. Stattdessen ersetze ich sein Gesicht in Gedanken mit dem meiner Mutter und stelle mir vor, wie ich ihr gerade eröffnet habe, dass ich nach meinem Abschluss in New York an der Columbia University bleiben und versuchen will, Schauspieler zu werden, statt zurück nach Austin zu kommen und mir einen »richtigen Job« zu suchen. Ich stelle mir ihr enttäuschtes Gesicht vor und beschwöre eine gehörige Portion Schuldgefühle in mir herauf, weil ich die Erwartungen meiner Eltern nicht erfülle, nach dem Studium ein bürgerliches Leben zu beginnen. Ich lasse all diese

Gedanken und Gefühle etwa drei lähmend lange Sekunden auf mich wirken und weiß genau, dass es jetzt nur zwei Varianten gibt: Entweder ich schaffe es, Tränen zu produzieren und dieses Vorsprechen *bravourös* über die Bühne zu bringen, oder ich gehe auf immer in ihr Gedächtnis ein als der Idiot, der viel zu überzogen gespielt hat, dann auf die Knie fiel und *direkt vor ihrer Nase* komische Grimassen zog.

Als mir schließlich die Tränen über das Gesicht rollen, muss ich ein Grinsen unterdrücken, ehe ich die Szene zu Ende spiele und von Willy verlange: »Herrgott, lässt du mich jetzt geh'n. Und nimm deinen falschen Traum und begrab ihn, bevor's zu spät ist.«

Ich bleibe in meiner Rolle, bis mein Spielpartner nickt. Er sieht die anderen beiden an. Mir ist klar, dass sie wortlos über mich diskutieren, finde aber nicht heraus, was sie »sagen«, da ich zunächst aufstehen und meine Augen trocknen muss. Die Frau reicht mir eine Box mit Taschentüchern, die ich entgegennehme.

»Vielen Dank, Ma'am«, sage ich. Es sind die ersten drei Worte seit einer Woche, die ich mit meiner normalen texanischen Aussprache sage. Normalerweise halte ich nicht viel vom Konzept des Method Acting, aber da ich dieses Vorsprechen auf gar keinen Fall vermasseln wollte, habe ich mich diesmal doch dafür entschieden.

Die Frau, von der ich die Taschentücher bekommen habe, lächelt mich an, als ich die Box zurück auf den Tisch stelle. »Danke, Jason. Das war ...« Sie sieht mich an und zieht die Mundwinkel leicht nach oben. Es hat ihr gefallen! »... sehr emotional.«

Die beiden Herren nicken zustimmend. Der Mann, der die andere Rolle gesprochen hatte, tippt auf sein Textbuch. »Ich war angetan davon, wie Sie Biff als einen durch seinen Vater gebrochenen Menschen gespielt haben. Durch Ihre Mitleid erregende Darstellung wirkte Willy besonders abscheulich.«

Es macht mich allen Ernstes froh, dass mein Auftritt als »Mitleid erregend« bezeichnet wird. Theaterspielen ist schon ein schräges Geschäft.

»Vielen Dank, Sir«, sage ich noch mal, und mein texanischer Akzent klingt in meinen eigenen Ohren so schwer, dass ich fast den Drang habe, mir an den imaginären Cowboyhut zu tippen. Es ist seit jeher mein Instinkt, mich auftretendem Unbehagen zu stellen und mit einem Scherz dazu zu bekennen. Das funktioniert einwandfrei im Umgang mit meinen Studienkollegen an der Columbia – sie finden das charmant und sympathisch, aber bei den RADA-Verantwortlichen bin ich mir da nicht so sicher.

»Versuchen wir es doch mal mit einer anderen Gangart.« Der Mann, der nicht mitgesprochen hatte, steht auf. Mit seinem roten Kinnbart sieht er aus, als müsste er *unbedingt* den Jago in *Othello* spielen, was ich *auf gar keinen Fall* jetzt aussprechen darf. »Ist es okay für dich, wenn wir ein bisschen improvisieren?«

»Ja klar, gar kein Problem, Sir.« Impro ist zwar nicht gerade meine große Stärke, aber durch meinen gelungenen Monolog fühle ich mich so selbstsicher, dass ich mir an diesem Tag nahezu alles zutraue.

Wir fangen also an zu improvisieren. Spitzbärtchen tritt

durch eine imaginäre Tür, und ich versuche mir auszudenken, in was für einem Raum ich mich bereits befinde. Vielleicht bekomme ich ja Zusatzpunkte, wenn ich die Szene selbst in die Hand nehme – schließlich gibt es beim Improtheater keine falschen Antworten. Also fange ich an, Gläser zu polieren wie ein Barkeeper ...

... woraufhin er sich jedoch als Ed Cooke vorstellt, einen Pflichtverteidiger, der gekommen ist, um mit seinem Mandanten zu sprechen.

Ein Polizeirevier? Mann, das hättest du mal gleich sagen können, ehe ich mir hier selbst was ausdenke. Natürlich kann ich jetzt nicht abrupt die Rolle wechseln und einen schneidigen Polizeibeamten geben, oder was auch immer er sich vorgestellt hat. Wenn ich das tue, werden sie mich garantiert fragen, warum ich das Glas, mit dem ich eben noch beschäftigt war, einfach habe fallen lassen. Und dann auf die Scherben nicht reagiert habe. Jetzt muss mir nur noch einfallen, warum ein Polizist ein Glas abtrocknen könnte.

Ein Glas ... oder einen Kaffeebecher! Ich »trockne« ihn also fertig ab und stelle ihn dann auf meinen Schreibtisch. Dann werfe ich mir sogar das Geschirrtuch lässig über die Schulter. »Sorry, Mate. Meine Tasse muss immer hier auf auf'm Schreibtisch stehn. Wenn ich sie mal in der Küche vergesse, macht sich Sandra immer gleich ihre Suppe drin, bloody hell.«

Spitzbärtchen ist reichlich perplex. Ich weiß nicht genau, ob es daran liegt, dass er von mir einen korrekten Kriminalbeamten erwartet hat oder weil meine Aussprache binnen fünf Minuten von Brooklyn nach Texas und dann direkt weiter nach London gewechselt ist. Er sieht mich verständnislos an, deshalb helfe ich ihm etwas auf die Sprünge:

»Wen wollten Sie noch mal sprech'n?«

»Ähm ...« Hektisch sieht er sich um und versucht den Faden wieder aufzunehmen. Am liebsten würde ich einen kurzen Blick zu den anderen beiden Prüfern riskieren – denn wie schlecht ist *das* denn? –, aber ich bleibe in meiner Rolle.

»Ah, jetzt weiß ich Bescheid. Sie kommen wegen diesem Daniel Malone, ain't ya?« Daniel Malone, so heißt mein Vater. Es war der erstbeste Name, der mir eingefallen ist. Keine Ahnung, weshalb er festgenommen wurde, aber da müssen wir jetzt durch, denn nun habe ich es einmal ausgesprochen. »Ich check doch genau, dass Sie wegen dem hier aufkreuzen. Sie seh'n so danach aus.«

Jetzt hat es Spitzbärtchen zurück in die Szene geschafft. »Und wonach genau sehe ich bitte aus?«

Ganz toll gemacht, Jason. Jetzt darf ich ihm ins Gesicht sagen, was ich an seinem Äußeren auszusetzen habe. »Tja, ich weiß auch nicht ... so'n bisschen durchtrieben, irgendwie ... wie sagt man? Skrupellos.«

Die Frau hinter dem Tisch prustet los. Bei Spitzbärtchen zuckt die Kinnpartie, als ob er sich fragt, wie persönlich er diese Beleidigung zu nehmen hat.

O mein Gott, jetzt hab ich's vermasselt. Das muss sofort aufhören. Deshalb drücke ich spielerisch auf einen Knopf und winke »Ed« herein, damit er mit den Beamten sprechen kann. Jetzt kann ich nur noch hoffen, dass Spitzbärtchen einen Funken Humor hat.

Aber Fehlanzeige.
Er starrt mich einen Moment lang an, als würden sowohl er, als auch die von ihm dargestellte Figur sich fragen: *Meint der Kerl das ernst?* Dann geht er zurück an den Tisch und die Prüferin sagt: »Okay, okay, ähm ... *Szenenwechsel*, sag ich mal.« In mir keimt die Hoffnung auf, dass gerade irgendwer in diesem Gebäude irgendwo einen Brand legt, denn ein Feueralarm wäre wohl so ziemlich das Einzige, was dieses Vorsprechen noch retten könnte. Spitzbärtchen wollte gemeinsam mit mir eine Szene entwickeln, und ich habe mich freiwillig in eine Statistenrolle begeben, als ob die RADA dieses Vorsprechen hier abhält, um Komparsen auszuwählen!

Die Frau hinter dem Tisch steht auf. Spitzbärtchen kehrt mir den Rücken zu – wahrscheinlich ist er immer noch sauer auf mich, weil ich ihn als durchtrieben bezeichnet habe. Und der Typ, der vor einer Minute noch mein Vater war, mustert mich ratlos, als ob er immer noch versuchen würde herauszufinden, was hier eigentlich gerade läuft.

In gewisser Weise spielt er also immer noch meinen Vater.
Die Frau dankt mir herzlich für mein Kommen und teilt mir mit, dass sie sich melden würden. Ich bin mir nicht ganz sicher, nehme aber an, dass es so viel heißen soll wie: *Mach's gut. Und keinesfalls per Mail nachfragen, wie wir uns entschieden haben.* In meinen scheinbar unbeschwerten Abgang investiere ich fast so viel Energie wie in das eigentliche Vorsprechen – denn wenn ich jetzt meine wahren Gefühle zeigen würde, dann hätten sie *wirklich* jemanden vor sich, der einen Mitleid erregenden Eindruck macht.

Als Nächstes finde ich mich in den Straßen von Soho wieder, wo ich mich zwischen den Touristen und Einheimischen treiben lasse und mal hierhin, mal dorthin geschoben werde. Ich bin wie in Trance und achte gar nicht richtig darauf, wo ich eigentlich hinlaufe. Deshalb bemerke ich auch den drahtigen Bauarbeiter mit seiner Signalweste nicht, der mich unsanft beiseiteschiebt und als »Div« bezeichnet. Ich habe zwar keine Ahnung, was »Div« bedeutet, aber nett gemeint ist es ganz sicher nicht.

Das ist mir so peinlich, dass es mir förmlich in den Ohren rauscht. Ich hebe den Kopf, als ob der graue Dezemberhimmel mir sagen könnte, was zur Hölle ich mir dabei gedacht habe, auf der Bühne allerschönsten Londoner Slang zu präsentieren. Normalerweise mache ich das nur auf Partys, um Leute zum Lachen zu bringen. Und dann stelle ich mich allen Ernstes damit beim RADA-Vorsprechen hin, als ob so ein grobschlächtiger Cockney-Akzent für irgendeine ihrer Produktionen akzeptabel wäre. Völlig ausgeschlossen, dass sie mich nehmen. Insofern ist es also keine Option für mich, meine Eltern mit dem RADA-Sommerkurs in ihrem Entsetzen darüber zu beschwichtigen, dass ich das Hauptfach wechseln will – von Jura zu Schauspiel. Dass ich vorhabe, vom vorgegebenen Text abzuweichen (Impro!), um auszuprobieren, ob ich mit einer Sache Erfolg habe, die mir wirklich am Herzen liegt, statt nur in einem Remake das Leben meines Vaters als Anwalt nachzuspielen. Die Zusage von einer so renommierten Institution – zumindest wäre sicher Dad begeistert vom Zusatz »Royal« im Namen – hätte dafür gesorgt, dass sie mir nicht einreden könnten, dass ich wieder mal nur Flausen im Kopf habe. Selbst wenn sie nicht verstehen würden, warum ich so begeistert vom Theater bin, hätten sie vielleicht zur Kenntnis genommen, dass ich wenigstens Talent habe und aus mir etwas werden könnte.

Doch das alles spielt nun keine Rolle mehr, denn ich habe das Vorsprechen vermasselt und meine Zukunft in den Sand gesetzt.

Ich laufe immer weiter und zwinge mich, besser aufzupassen, während ich mir meinen Weg zwischen den Passanten hindurch bahne und bin dankbar für mein Semester in New York, seitdem ich solche Manöver souverän beherrsche. Ich erreiche die Ecke, wo die Wardour Street auf die Shaftesbury Avenue stößt und weiß aus dem Reiseführer, den ich im Flugzeug gelesen habe, dass dies das Herz der Londoner Theaterlandschaft ist. Bis vorhin konnte ich es kaum erwarten, in dieses Viertel einzutauchen, aber im Moment sehe ich nichts weiter als eine viel befahrene Straße.

Ich schiebe meinen Rucksack zurecht. Er ist ziemlich schwer, da ich Unmengen Kleidung eingepackt habe, weil ich mich aus lauter Nervosität wegen des Vorsprechens erst eine Viertelstunde vor Beginn entscheiden konnte, was ich nun eigentlich anziehe.

Ich lasse ihn von meiner Schulter gleiten, stelle ihn vor mir ab und krame darin nach meinem Handy, damit ich Charlotte eine Nachricht schicken und nach dem Weg zu ihr nach Hause fragen kann. Sie hat ihn mir zwar schon beschrieben, aber die Londoner U-Bahn-Stationen hören sich in meinen Ohren allesamt an wie irgendwelche leckeren Desserts, die in meinem Hirn zu einem einzigen Brei verschmelzen. Sie wohnt nicht weit entfernt vom Zentrum, in einem Stadtteil namens Hampstead. Ihre Antwort kommt postwendend und informiert mich, welche U-Bahnen ich nehmen kann. Allerdings schiebt sie gleich noch eine Zusatzinfo hinterher:

Ich muss dich allerdings vorwarnen – meine kleine Schwester wurde gerade von ihrem Freund, diesem Plonker, *abserviert.*

(Ich frage mich, ob »Plonker« das Gleiche bedeutet wie »Div« ...)

Von daher ist die Lage hier gerade ein bisschen angespannt. Du bist zwar herzlich willkommen, aber anderswo in der Stadt ist es bestimmt lustiger. Es denn, du willst mit mir zusammen Seelentröster spielen.

Ich schreibe ihr zurück, dass ich mir ein bisschen Zeit lassen werde, obwohl ich in Erwägung ziehe, einfach meinen Heimflug umzubuchen. *Eigentlich* wollte ich erst Samstagabend wieder abreisen, aber da dachte ich noch, dass ich hier eine tolle Zeit erlebe und meinen RADA-Erfolg feiern kann. Statt mich selbst zu bedauern, wie schrecklich ich mich dort blamiert habe. Das wäre wahrscheinlich so ziemlich das Letzte, was Charlottes Familie jetzt gebrauchen kann – einen trübsinnigen Übernachtungsgast zusätzlich zu ihrer liebeskummergeplagten Teenagertochter.

Für mich stellt sich nur die Frage, wo ich lieber Trübsinn blasen will – beim Erkunden einer neuen Stadt oder zu Hause bei meinen alten Schulfreunden, während wir zusammen das letzte Spiel der Footballmannschaft unserer Highschool auswerten – bei irgendwem im Keller, mit heimlich eingeschmuggeltem Bier und Lästereien über den diesjährigen Abschlussjahrgang. Die gähnende Langeweile also.

Nein, das werde ich mir auf gar keinen Fall antun. Die unterschwellige Konkurrenz, die nervige Musik. Mein Freund Kyle, der mir die ganze Zeit die Ohren volljammert, wie gern er noch auf dem Spielfeld stehen würde und mich zwingt, mir lauter Videoclips anzusehen, mit denen er mich normalerweise per WhatsApp bombardiert.

Und Taylor. Wenn ich nach Hause komme, werde ich Taylor sehen. Daran führt kein Weg vorbei.

Doch dann entdecke ich aus dem Augenwinkel plötzlich ein vertrautes Gesicht ganz groß am Eckgebäude auf der anderen Seite der Wardour Street. Die Miene des Mädchens ist so düster wie der Himmel, sieht aber trotzdem wunderschön aus. *Cosette!* Ich hatte völlig vergessen, dass *Les Misérables* in London immer noch läuft, mittlerweile schon über dreißig Jahre. Seit meine Eltern mich zu einer Vorstellung in Dallas mitgenommen haben, als ich neun war, ist es mein absolutes Lieblingsmusical. Daran hat sich bis heute nichts geändert, obwohl ich inzwischen bei Javerts Selbstmord immer die Stimme von Russell Crowe im Ohr habe.

Höchste Zeit, das zu ändern!

❄ ❄

Ich beschleunige meine Schritte, schaue zum Theater und sehe ein dunkelhäutiges Mädchen in einem karierten Wollmantel, die mit einem blauen Rucksack über der Schulter hineineilt. Ich gehe in die gleiche Richtung, bleibe jedoch noch einmal kurz stehen, um Charlotte mitzuteilen, dass ich vielleicht noch etwas später komme. Dann schalte ich mein Handy aus und gehe weiter. Die Aussicht auf ein paar Stunden in einem abgedunkelten Theater, wo ich mich in eine Welt entführe lasse, in der ich *nicht* soeben Spitzbärtchen beleidigt habe, kommt mir gerade äußerst verlockend vor.

3

Cassie

Montag
14:00 Uhr

»Ausverkauft?«

Der Mann an der Theaterkasse nickt und macht dabei ein so betroffenes Gesicht, als ob er mir eröffnen müsste, dass ich nur noch ein halbes Jahr zu leben hätte. »So kurz vor Weihnachten haben wir immer besonders viele Gruppen-Reservierungen.« Er zeigt auf den Imbissstand, wo drei Kinder in orangefarbenen Warnwesten neben einer gestresst wirkenden Frau stehen, die ihnen erschöpft Wasserflaschen in die Hand drückt. »Und nur mal so unter uns – diese Matinee ist vielleicht nicht besonders empfehlenswert. Wir haben *zwei* Schulklassen im ersten Rang, da könnte es ein wenig, äh, unruhig werden.«

Ich nicke mechanisch und wende mich ab. Mit halbem Ohr höre ich noch, dass es möglicherweise später noch ein paar Restkarten für die Abendvorstellung geben werde, aber dann werde ich wohl schon zu Hause sein und mich mit meiner Mutter *unterhalten*.

Was so aussehen wird, dass ausschließlich Mum redet.

Als ich gerade zur Tür hinausgehen will, wird sie von

außen aufgestoßen, und ein langer blonder Typ in einer dunkelgrauen Cabanjacke kommt so schnell hereingestürmt, dass ich eine halbe Pirouette drehen muss, um nicht mitgerissen zu werden. Durch seine markanten Gesichtszüge und das unter der Jacke hervorschauende, rotschwarz karierte Hemd erkenne ich auf Anhieb, dass er Amerikaner ist – noch bevor er den Mund öffnet und fragt: »Sorry, Ma'am. Habe ich Ihnen wehgetan?«

Ma'am? Mir ist schon klar, dass ich nach der Zugfahrt wahrscheinlich ein bisschen mitgenommen aussehe – und durch die Sache mit Ben emotional auch reichlich angeschlagen bin. Aber wir dürften ungefähr im selben Alter sein.

»Falls du eine Karte kaufen wolltest«, sagte ich, als er an mir vorbeigehen will, »kannst du dir den Weg sparen. Die Vorstellung ist ausverkauft.«

»Aw, dang.« Um nicht loszuprusten, tue ich so, als ob ich husten müsste. »Meinst du das ernst?«

Ich bemühe mich, ernst zu bleiben. Wenn er allerdings jetzt noch so was wie »shucks« sagt, dann bin ich meinem Lachanfall hilflos ausgeliefert. »Ja, leider. Das ist total ärgerlich, weil ich mein Lieblingsmusical jetzt wirklich gut gebrauchen könnte. Aber wahrscheinlich fahr ich einfach nach Hause und seh mir den Film an.«

Er mustert mich aufmerksam mit seinen intensiven kastanienbraunen Augen, die irgendwie warmherzig wirken, obwohl er ein skeptisches Gesicht macht. »Das ist ein Witz, oder? Ich hab heute noch Albträume wegen Russell Crowe.«

Diesmal unternehme ich keinen Versuch, mein Lachen zu verbergen, stopfe aber instinktiv die Hände in meine Jackentaschen, um sie von meinen Haaren fernzuhalten, denn ich weiß genau, dass die gerade ein bisschen wirr und zerzaust aussehen – und dem Impuls nachzugeben, an ihnen zu zupfen, wäre ein gar zu verräterisches Signal. Angesichts der Umstände wäre es wohl keine gute Idee, einem fremden Jungen gegenüber den Eindruck zu erwecken, dass mich die Begegnung mit ihm unsicher in Bezug auf mein Aussehen macht. »Ich hoffe, du bist nicht extra deswegen angereist?«

»Aw, nein ...« Er zuckt die Schultern. »Das war nur so 'ne spontane Idee. Ich hatte einen ziemlich ätzenden Tag und da tauchte plötzlich ein Plakat mit Cosettes Gesicht vor mir auf. Ich fand das eigentlich ganz passend.«

»Snap.« An seiner Miene kann ich ablesen, dass dieses Kartenspiel in den Staaten entweder nicht bekannt ist oder völlig anders heißt. »Ich meine: Dito.«

»Entschuldigung ...«

Eine Frau mittleren Alters in einem langen Daunenparka kommt quer durch das Foyer auf uns zu. »Habe ich richtig gehört, dass Sie auf der Suche nach Karten sind? Da haben Sie nämlich Glück.« Sie kramt in ihrer Handtasche. »Ich habe eine abzugeben. Eigentlich wollte ich mir die Aufführung mit meiner Cousine anschauen, aber ihre U-Bahn hat Verspätung, sodass sie nicht rechtzeitig hier sein kann.«

Als ich gerade ein mitfühlendes Gesicht aufsetzen und sagen will: »Oh, das tut mir leid«, geht Tex schon in die

Offensive und erkundigt sich, wie viel das Ticket denn kosten soll. »Ich bin heute den letzten Tag in der Stadt«, verkündet er gerade, »und es wäre wirklich der Hit, wenn ich zu Hause meiner Mama erzählen könnte, dass ich in London ihr Lieblingsmusical gesehen habe.«

Wie jetzt? Will er nicht mal nachfragen, wie wichtig diese Vorstellung für *mich* wäre? Und wer bezeichnet eigentlich heutzutage noch irgendwas als »Hit«?

Die Dame starrt ihn fasziniert an. Sie ist zweifellos beeindruckt von seinem Akzent. Oder vielleicht auch von den markanten Wangenknochen. Oder seinen braunen Augen. Obwohl ich ihr das nicht einmal übel nehmen kann, bin ich trotzdem stinksauer, wie er mir so einfach in den Rücken gefallen ist. »Ach wirklich, ist es ihr Lieblingsmusical?«

»Darauf können Sie Gift nehmen, Ma'am. *One Day More* konnte ich als Kind noch vor dem *Alphabet Song* singen! Das klingt zwar ein bisschen verrückt, aber selbst die traurigen Lieder machen mich irgendwie froh, weil sie mich an meine Kindheit erinnern, wissen Sie?«

Die Dame setzt ein nostalgisches Lächeln auf, während ich ihn nur fassungslos anstarre. Dabei fühlt sich mein Unterkiefer bleischwer an und will empört nach unten klappen. Vermutlich hätte ich ihm das Ticket ohnehin überlassen, weil er schließlich Tourist ist, während ich hier wohne und *Les Mis* wahrscheinlich noch gespielt wird, wenn meine Enkel so alt sind wie ich jetzt. Aber er hat selbst einen Wettbewerb daraus gemacht. Und da ich mich gerade erfolgreich von Ben getrennt habe, werde ich so was keinesfalls einfach hinnehmen. Ich stelle mich so, dass wir mit der Frau ein Dreieck bilden. »Entschuldigung, dass ich mich einmische, aber ... was soll die Karte denn kosten? Ich könnte mir vorstellen, ein bisschen mehr dafür zu bezahlen.«

Die Dame hält das Ticket fest in der Hand und lässt den Blick zwischen dem Amerikaner und mir hin und her wandern. Es ist ihr deutlich anzusehen, was ihr durch den Kopf geht: *Ein junger Mann, der seine Mutter liebt versus ein Mädchen, das einfach nur die Vorstellung sehen möchte ...*

Ich bin nicht gerade stolz auf das, was ich gleich tun werde, aber zwischen uns herrscht Krieg. »Ich frage nur deshalb«, erkläre ich der Frau, »weil ich heute wirklich einen *schrecklichen Tag* hatte. Ehrlich gesagt, sogar ein schreckliches *Semester*. Ich bin aus der Uni geflogen, weil ich in *sämtlichen* Fächern durchgefallen bin. Selbst in Kritische Theorie – obwohl es in diesem Modul angeblich »keine falschen Antworten« gibt! Ich hab immer noch nicht so richtig kapiert, was Semiotik eigentlich sein soll ...« *Davon* ist bei mir zwar durchaus etwas hängen geblieben, aber ich muss jetzt konsequent sein und darf ihr keine rührselige Story auftischen, sondern eine echte Leidensgeschichte, die sie zu dem Entschluss bringt: *Diesem Mädchen sollte ich heute unbedingt etwas Gutes tun.* Während ich mit ihr rede, lasse ich in Gedanken Revue alles passieren, was mich je *richtig* traurig gemacht hat: die Beerdigung meiner Oma vor vier Jahren. Das ständige Mobbing in der Schule. Die mitleidigen Blicke der Besetzungschefs nach dem Vorsprechen. Bei alldem gebe ich mir Mühe, nicht zu blinzeln, damit meine Augen auch wirklich feucht werden.«»... Ich komme gerade direkt vom Bahnhof Euston und müsste jetzt eigentlich nach Hause fahren, bringe es aber nicht fertig. Meine Mutter wird so enttäuscht sein von mir ...«

»Oh gosh.« Wieder schaltet sich Tex ein und reißt die Szene an sich. »Tut mir ja wirklich leid, dass du so 'nen schwierigen Tag hattest. Ist mir auch echt unangenehm, so penetrant zu sein, aber meiner Mama würde es viel bedeuten, wenn ich *Les Mis* endlich sehen könnte.«

Die Dame sieht ihn wieder an. »Was meinen Sie mit ›endlich‹?«

Er schiebt die Hände in die Hosentaschen und zieht die Schultern hoch. »Na ja, das war so ... Sie wollte mit meiner Schwester und mir vor ein paar Jahren im Sommer hinfahren. Ich war acht und es gab ein Gastspiel in Austin. Aber auf der Interstate 35 hatten wir eine Autopanne und sind nie dort angekommen. Es war das erste Mal, dass ich erlebt habe, wie meine Mama geweint hat. Den ganzen Sommer über war sie ganz verzweifelt, weil sie uns enttäuscht hat.«

Die Dame mit dem überzähligen Ticket neigt den Kopf zur Seite und ist äußerst angetan von seinem Auftritt – denn genau das ist es, daran habe ich keinen Zweifel. Dazu gelang ihm der Übergang von »Aw, dang« zu blanker Nostalgie viel zu geschmeidig. Außerdem hat er Tränen in den Augen, während seine Stimme immer noch genauso klingt wie vorher. Es *wirkt* traurig, hört sich aber kein bisschen danach an.

Er spielt also ebenfalls Theater! Und seitdem ich weiß, dass wir gerade beide das Blaue vom Himmel herunterlügen, habe ich überhaupt keine Skrupel mehr, mich auf den Wettstreit mit ihm einzulassen. »Ja, aber immerhin kannst du zu Weihnachten zu Hause mit deiner Mutter verbringen. Wenn meine Familie erfährt, dass ich aus der Uni geflogen bin, lande ich auf der Straße!«

Die Ticketfrau schnaubt verächtlich. Ich bin wohl doch etwas zu weit gegangen. »Meine Mutter ist ... ziemlich streng«, füge ich hinzu, als ob mir das jetzt weiterhelfen würde. Denn sie sieht den Amerikaner an, als ob ich gar nicht da wäre und teilt ihm mit, dass er die Karte für fünfundzwanzig Pfund haben könne. Er nimmt das Geld aus seiner Brieftasche und reicht es ihr. Sie übergibt ihm das Ticket und verlässt das Theater. Unterwegs ruft sie jemanden auf ihrem Handy an, sodass ich mit Tex verlegen zurückbleibe. Wir schauen uns an.

Er verzieht den Mund langsam zu einem Lächeln, das die Frauen in seinem Leben wahrscheinlich seit seinen Kindertagen »ganz bezaubernd« finden. »Szenenwechsel?«

»Ach, vergiss es«, fahre ich ihn an und stürme hinaus auf die Shaftesbury Avenue, wo ich jedoch feststellen muss, dass meine Wangen heiß gerötet sind, während mir der Dezemberwind eisig ins Gesicht weht. Der Nachmittagsverkehr ist komplett zum Stillstand gekommen und ich sehe nichts weiter als eine lange Schlange von Doppeldeckerbussen. Einer ist seitlich mit Werbung für ein Buch bedruckt: *Rache: Genugtuung,* in dem es offenbar um einen Typen namens Donny geht: »ER HAT ES VERDIENT ... WIEDER EINMAL«, steht darunter. Es ist angeblich die

»gespannt erwartete Fortsetzung« irgendeines Beststellers, von dem ich noch nie was gehört habe, der jedoch vielleicht als Weihnachtsgeschenk für Dad geeignet wäre. Aber die größte Weihnachtsfreude wird dieses Jahr Mum haben, wenn sie mir vorhalten kann: »Ich hab's dir doch gesagt«, um anschließend mit frischer Energie zum Hörer zu greifen, ihre ganzen Freunde bei Film und Fernsehen anzurufen und ihnen zu eröffnen: »Meine Cassie ist wieder im Geschäft.«

Nicht dass ich mir was davon erhoffe, denn Mums Branchenkontakte sind längst nicht so gut, wie sie anderen immer einredet. Andernfalls hätte sie mich sicher nicht den ganzen Sommer versucht zu überreden, an einem Vorsprechen als lustiger Affe für eine Fernsehsendung am Samstagvormittag teilzunehmen, die allen Ernstes *The Funky Monkeys* heißt. Dabei hätte ich immer zehn Stunden am Stück im Ganzkörperkostüm herumlaufen und gelegentlich mit viel Trara ins Bällebad fallen müssen. Außerdem gehörte es offenbar zum Konzept, dass das aus lauter Fünfjährigen bestehende Studiopublikum die Affen irgendwann mit Sahnetorten bewirft. Keine Ahnung – Mum konnte mir die Idee dahinter nie so recht erklären. Sie fand die Sache vor allem deshalb toll, weil die Mutter eines Kameramanns eine mega-erfolgreiche Produzentin war, und wenn ich mich mit diesem Kameramann ein bisschen anfreunden würde, hätte ich vielleicht die Chance auf richtig coole Vorsprechtermine. Diese Geschichte hatte ich Ben am Abend des Burrito-Fiaskos erzählt (wahrscheinlich wollte ich mich irgendwie entschuldigen), hätte jedoch nie gedacht, dass er sie mir derart um die Ohren hauen würde wie heute. Aber wenn ich es mir jetzt so durch den Kopf gehen lasse, hätte ich damit rechnen müssen, weil er sich schrecklich den Kopf darüber zerbrach, was genau meine Mutter im Sinn hatte, als sie mir riet, mich mit dem Kameramann »anzufreunden«.

Glücklicherweise konnte mir meine Mutter dieses Projekt nur am Telefon anpreisen. Hätte ich direkt vor ihr und ihrem durchdringenden Blick gestanden, wäre ich möglicherweise schwach geworden. An diesem Tag ist mir klar geworden, *warum* ich unbedingt an die Keele University wollte. Denn wenn Mum mir nicht direkt in die Augen schauen konnte, war es deutlich schwieriger für sie, mich von ihrer neuesten Schwachsinnsidee zu überzeugen. Wenn ich mich am anderen Ende des Landes befände, waren derartige Blicke von ihr schlichtweg nicht mehr möglich. Deshalb also Keele – und Psychologie als Hauptfach, um mir vielleicht ein paar Abwehrskills gegen Mum anzueignen. Doch schon nach zwei Vorlesungen erkannte ich, dass der Strukturalismus mir dabei auch nicht weiterhalf und zu Weihnachten trotzdem die übliche Moralpredigt zu erwarten war. (Das war vielleicht auch ein Grund, warum ich Ben nicht offen gesagt habe, dass mir seine Pläne für die Feiertage nicht gefallen).

Nach der vierten oder fünften Vorlesung und der ersten Rüge von meiner Tutorin über das Referat, an dem ich gerade schrieb, kam mir erstmals der Gedanke, dass Psychologie vielleicht doch nicht das passende Studienfach für mich sein könnte. Trotzdem blieb ich dabei, weil es ein angenehmer Kontrast und zudem etwas Handfestes war, das selbst meinen Vater dazu veranlasste, mir in einer Diskussion mit Mum (zum ersten Mal seit Menschengedenken) den Rücken zu stärken und darauf hinzuweisen, dass es klug von mir sei, einen »richtigen« Beruf anzustreben. Mum gab schließlich auf und entgegnete auf sein Argument: »Das taugt doch nur als Plan B.«

Und selbst das ist nun Geschichte.

Jetzt bin ich ein Mädchen ohne Zukunft. So sehr ich die Schauspielerei hasse, aber ganz offensichtlich kann ich nichts anderes.

Stocksteif stehe ich mitten im vorweihnachtlichen Gedränge, werde von dicken Winterjacken und vollen Einkaufstaschen hin und her geschoben, und mir wird bewusst, was für ein treffendes Sinnbild für meine eigene Verlorenheit ich gerade abgebe. Kein Platz für mich in *Les Mis;* ein feindliches Zuhause, vor dem ich mich fürchte, und kein Freund mehr, zu dem ich mich flüchten kann. Inzwischen kommen mir echte Tränen, denn ich habe nicht nur im Leben versagt, sondern wurde auch noch von einem dahergelaufenen Texaner an die Wand gespielt. Von irgendeinem x-beliebiger Texaner, den ich am Anfang sogar ganz süß fand (bis er sein wahres Gesicht zeigte und das Ticket an sich riss, dieser Arsch). Bei diesem Gedanken werde ich superwütend auf Ben, auf meine Mutter, auf mich selbst – weil wir alle mehr oder weniger dazu beigetragen haben, dass ich mich zu allem hinreißen lassen würde, nur um eine Karte für die Matinee zu bekommen.

»Entschuldigung?«

Die Ticketfrau steht am Eingang zum Theater und steckt gerade ihr Telefon zurück in die Handtasche. Sie sieht, wie verzweifelt ich bin, und ich muss beinahe darüber lachen, dass sie nun vielleicht denkt: *Wow, diese irre Geschichte war vielleicht doch nicht komplett gelogen.*

Ich wische mir über die Augen und sehe sie an. »Ja?«

Sie hat die Hand immer noch in der Tasche. Dann holt sie zwei Tickets heraus. »Es hat sich herausgestellt, dass ich noch eine Karte übrig habe.«

Ich bin so atemlos vor Aufregung, dass ich ihre Erklärung kaum richtig mitbekomme. Ich verstehe nur so viel, dass sie einen Cousinenabend geplant hatten, dann jedoch eine von ihnen (Michelle) unterwegs stecken geblieben ist und die andere (Sharon) kurzfristig umdisponiert hat.

»… und ich bin ehrlich gesagt auch ein bisschen sauer auf Sharon, dass sie mit erst in letzter Sekunde Bescheid sagt. Als sie erfahren hat, dass Michelle es nicht schafft, ist sie wahrscheinlich gar nicht erst losgefahren.«

Ich lasse meine Geldbörse beinahe fallen, als ich sie aus dem Rucksack hole, drei Zehnerscheine herausnehme und ihr übergebe. Sie greift in ihre Manteltasche. »Irgendwo müsste ich noch Wechselgeld haben.«

»Passt schon«, antworte ich und nehme die Karte entgegen. »Sie haben mir einen riesigen Gefallen getan. Fröhliche Weihnachten!«

Wir gehen zurück ins Theater. Das Foyer strahlt eine gespenstische Stille aus, wie sie in allen Theatern herrscht, kurz bevor sich der Vorhang hebt und alle schon auf ihren Plätzen sitzen. Während die von ihren Cousinen verlassene

Ticketfrau in Richtung Parkett geht, renne ich noch schnell zum Imbissstand, wo ich mir eine Falsche Wasser und ein Programm kaufe. Dabei summe ich die ganze Zeit *Castle on a Cloud* vor mich hin. Die Dame hinter dem Tresen lächelt mich an und sagt, wie schön es sei, wenn das Publikum immer noch so viel Freude an dem Stück habe.

»Das liegt vielleicht daran, dass es das beste Musical aller Zeiten ist«, antworte ich.

Lachend reicht sie mir mein Wechselgeld. »Das würden Sie bestimmt nicht sagen, wenn Sie jeden Tag eine gedämpfte Version der Musik hören müssten.«

»Doch, ganz bestimmt!«

Ich schenke ihr ein strahlendes Lächeln, von dem mir beinahe das Gesicht wehtut – wie lange ist es her, dass ich so herzlich gelächelt habe? Auf jeden Fall war es vor Ben, so viel ist sicher. Ich schalte mein Handy aus, gehe hinein und beeile mich, meinen Platz in Reihe R zu finden. Die Ticketfrau sitzt auf dem dritten Platz und schält sich gerade aus ihrem Mantel. Direkt am Gang sehe ich … den Amerikaner sitzen, ganz entspannt und mit einem erwartungsvollen Grinsen im Gesicht. Ich war so erfreut über die Karte, dass ich völlig vergessen hatte, wer mein *Sitznachbar* sein würde. Aber im Theater ist es ja dunkel, unterhalten müssen wir uns also nicht. *So* schlimm wird es schon nicht werden.

Aber ziemlich *unangenehm* ist es doch, dass er über sein Ticket für *Les Mis* offenbar im siebten Himmel schwebt und überhaupt nicht mitbekommt, wie jemand über seine Beine steigt, um zum freien Platz zwischen ihm und der Ticketfrau zu gelangen. *Wirklich ausgesucht höflich, Tex.*

»Oh shoot, ich mache Ihnen ...«

Als er dann endlich merkt, dass er mich vorbeilassen sollte, will er aufstehen, stößt dabei aber mit seinem Knie gegen meine Beine, sodass ich das Gleichgewicht verliere. Erst als ich auf seinem Schoß lande, fällt ihm auf, mit wem er das Vergnügen hat.

»Oh, hallo«, flüstert er. Der Abstand zwischen unseren Gesichtern ist bedenklich gering, und ich sehe, wie er leicht errötet. »Du hast ja doch noch eine Karte bekommen.«

Ich stütze mich auf der Armlehne ab und lasse mich auf den Sitz neben ihm gleiten. »Sieht ganz danach aus.«

»Hey, wo hast du das denn her?« Er zeigt auf mein Programm. »Ich hab im Foyer niemanden gesehen, der sie verteilt hat.«

Ich will ihn gerade fragen, wie er auf die absurde Idee kommt, dass Programme kostenlos verteilt werden, als mir einfällt, dass das in den USA in der Tat so üblich ist. Dann geht das Saallicht aus, und das Letzte, was er von mir für die nächsten anderthalb Stunden zu sehen bekommt, ist mein skeptischer Blick.

Auch wenn es ein bisschen nervt, neben diesem Amerikaner sitzen zu müssen, spüre ich wieder ein vertrautes Kribbeln, das mich immer unmittelbar vor Beginn einer Vorstellung überkommt. Ich lasse mich in eine Welt entführen, in der ich nicht wie ein begossener Pudel von meinem Uni-Ausflug heimkehre.

Meinem lästigen Nachbarn kann in mich in der Pause wieder zuwenden.

4

Jason

Montag
15:24 Uhr

Als in der Pause das Saallicht angeht, senke ich den Kopf. Allerdings nicht wegen der plötzlichen Helligkeit, sondern damit niemand die Tränen sieht, die mir über die Wangen laufen.

Aber ich kann nichts dafür – die Darsteller sind einfach *umwerfend*.

Ich wende mich kurz von der Engländerin mit den krassen Improskills ab, um mir das Gesicht abzutrocknen. Dann drehe ich mich zu ihr zurück, um mich für unsere kleine Impro-Battle zu entschuldigen und ihr zu sagen, dass ich mich für sie freue wegen der Karte. Sie hält den Kopf gesenkt, sodass die dunklen Locken ihr Gesicht verdecken, während sie ihren Rucksack vom Boden aufhebt. Plötzlich sieht sie zu mir herüber, bemerkt meinen Blick und wirkt ein wenig erschrocken – vielleicht sogar abweisend. »Entschuldige, darf ich mal bitte vorbei?«

Ihr Gesicht kann ich hinter den Haaren zwar nicht erkennen, aber ihre Stimme klingt ein wenig belegt. Vermutlich hat sie ebenfalls geweint.

Ich stehe auf und will meine Entschuldigung vorbringen, doch ich muss feststellen, dass ich offenbar sämtliche Improkünste für das (verkorkste) RADA-Vorsprechen und mein kleines *Les-Mis*-Rührstück für heute aufgebraucht habe. Sie wartet ein paar Sekunden, doch als ich nichts weiter sage, geht sie einfach an mir vorbei und schließt sich dem Menschenstrom an, der sich in den Gang ergießt.

O Mann, wie peinlich.

Vor den Toiletten hat sich eine Warteschlange gebildet, während andere Besucher auf eine schwarz gekleidete Frau zusteuern, die auf einem Tablett Süßwaren und Eis anbietet. Die meisten Leute kaufen etwas und *nehmen es mit zu ihrem Platz*. Das wäre bei uns zu Hause undenkbar, und selbst wenn mein Magen mir nicht unbarmherzig signalisieren würde, dass ich heute Morgen zu nervös für ein Frühstück war, müsste ich *dringend* etwas kaufen, schon allein um der Erfahrung willen. Ich trete also in den Gang und schließe mich meiner Sitznachbarin an, die mir einen vorwurfsvollen Blick zuwirft, als ob sie fragen wollte: *Willst du mich jetzt bis auf die Toilette verfolgen?*

Ich deute auf die andere Schlange. »Ich hab's nur auf ein Eis abgesehen.« Was für ein krampfhaft lässiger Spruch von mir!

Zum Glück bewegt sich die Eisschlange schneller vorwärts als die vor dem Waschraum, sodass ich nur ganz kurz direkt neben ihr stehen muss. Als ich an der Reihe bin, überlege ich kurz, der Dame mit dem Ticket als kleines Dankeschön etwas mitzubringen, frage mich dann allerdings, ob ich noch etwas für das Mädchen auf dem anderen Platz neben mir kaufen sollte, gewissermaßen als Versöhnungsangebot. Doch am Ende nehme ich nur ein Himbeereis für mich und kehre zu meinem Platz zurück. Ich verwegener Rebell.

Als die Engländerin zurückkommt, ist mein Eis längst alle. Ich stehe sofort auf, um sie vorbeizulassen, da ganz sicher niemand von uns noch mal einen solchen Zwischenfall erleben möchte wie vorhin. Ohne mich anzusehen, schiebt sie sich an mir vorbei, und nachdem wir uns beide gesetzt haben, fängt sie an, ihre Jacke auszuziehen (was sie zuvor nicht mehr geschafft hatte) und stößt mich dabei mit dem Arm ein paarmal an.

Sie murmelt eine Entschuldigung und unsere Blicke treffen sich wieder. Jetzt, da wir nicht mehr um die Wette improvisieren oder uns mit den Sitzplätzen arrangieren müssen, fällt mir ihr herzförmiges Gesicht hinter den herabfallenden Locken auf, die nur ein klein wenig dunkler sind als ihre Augen.

»Hey, wegen vorhin«, sage ich und trage meinen texanischen Akzent vielleicht ein bisschen zu dick auf, aber da ich damit bei unangenehmen Situationen in New York gute Erfahrungen gemacht hatte, sollte es im Ausland mindestens genauso gut funktionieren. »Normalerweise bin ich nicht so mit den Ellbogen unterwegs. Aber nach diesem Tag heute wollte ich das Stück unbedingt sehen ... dabei hab ich's wohl ein bisschen übertrieben. Tut mir echt leid.«

Sie sieht starr geradeaus zur Bühne. »Ist schon okay.«

Der Punkt hinter dieser Aussage ist unüberhörbar und ich sollte den Blick jetzt auch lieber nach vorn richten.

Aber das eisige Schweigen ist mir total unangenehm, weil es uns beiden den zweiten Akt verderben könnte. Also rede ich einfach weiter.

»Du scheinst das Stück ganz gut zu kennen, oder?«, frage ich und drehe mich leicht in ihre Richtung, damit ich sie ohne Krampf im Nacken ansehen kann.

»Ja, ich hab's schon ein paarmal gesehen.« Sie spricht zwar mit mir, blickt dabei aber immer noch unverwandt zur Bühne.

»Und, wie findest du die Aufführung bisher so?«

»Ach, ist ganz okay.«

Entgeistert starre ich sie an. »Ganz okay? Soll das ein Witz sein? Um ein Haar hätte ich sie darauf hingewiesen, dass sie zur Pause Tränen in den Augen hatte, aber das wäre wohl etwas voreilig. Außerdem ging es mir schließlich genauso. »Was gefällt dir denn daran nicht?«

»Die Kleine, die sie als junge Cosette besetzt haben« – sie zeigt auf die Bühne, als ob die bezaubernde junge Darstellerin dort sitzen würde und ihre Kritik hören könnte – »sie tut mir ein bisschen leid.«

»Was soll das denn heißen? Das Mädchen hat eine fantastische Stimme.«

»Das ist richtig, aber die Inszenierung stimmt an dieser Stelle nicht. Sie hat *Castle on a Cloud* total falsch interpretiert. In diesem Lied träumt sie von einem besseren Leben im Vergleich zu dem, das sie als Bedienstete bei den Thénardiers führt, so wie ... wie eine Art unerreichbares Ziel. Eine Kinderfantasie, die nicht mal für sie richtig vorstellbar ist. Aber selbst dieser Traum macht sie traurig – weil sie genau weiß, dass er vollkommen aussichtslos ist. Das Mädchen hat dabei einfach viel zu viel gelächelt.«

»Und das hat dir nicht gefallen?«

Jetzt sieht sie mich doch an. »*Dir* etwa?«

»Ich fand es richtig gut. Das Fantasieschloss hat sie *glücklich* gemacht ...« Das ist mir wirklich zu Herzen gegangen. »Es hat Cosette geholfen, ihr ätzendes Leben als Waise zu ertragen, weißt du? Für sie ist es doch irgendwie eine Perspektive, dass sie eines Tages ihre Mutter wiedersehen wird. Das macht das Lied umso stärker ... Na ja, ich weiß auch nicht so genau, aber es hat mich auf jeden Fall total geflasht.«

Sie schüttelt den Kopf, entweder weil sie anderer Meinung ist, oder weil sie das Wort »geflasht« unpassend findet – das kann ich nicht so genau deuten. Dann fügt sie hinzu: »Es hat sie blind gemacht. Eigentlich müsste ihr bewusst sein, wie furchtbar es ist, dass sie ihre einzige Freude aus einem Traumland bezieht. Das Lied ist vor allem deshalb so traurig, weil sie nicht mal mehr das glücklich macht. Aber so, wie sie es gesungen hat, klang es nicht nach *Les Misérables,* sondern mehr nach *Les Mirdochegal.*«

Jetzt muss ich doch lachen. »Trotzdem finde ich, dass du zu hart mit ihr ins Gericht gehst.«

»Nicht mit dem Mädchen. Sie ist super. Ich denke eher, dass es der Hausregisseur war, von dem diese zweifelhafte Interpretation stammt.« Dann wirft sie mir einen prüfenden Blick zu. »Der Hausregisseur ist derjenige ...«

»... der die Produktion von Anfang bis Ende leitet. Schon klar. Ich bin Schauspieler.«

Heiße Röte schießt mir in die Wangen, was nicht nur an ihrem spöttischen Grinsen liegt – als ob sie denkt: *Das war ja klar.* Es hat vor allem damit zu tun, dass ich diese Worte zum ersten Mal laut ausgesprochen und mich damit selbst als Schauspieler *identifiziert* habe.

Es würde mich nicht wundern, wenn zu Hause in Austin meine Mutter gerade Sodbrennen bekäme.

»Ja, das war anzunehmen.«

Ich atme durch. »Du wahrscheinlich auch, oder? Auf jeden Fall kennst du dich ziemlich gut aus.«

Sie senkt den Blick, als ob sie nach der richtigen Antwort suchen würde. »Ich war es mal.«

Dann richtet sie den Blick wieder nach vorn. Im selben Moment gehen die Lichter aus und der zweite Akt beginnt. ich ertappe mich dabei, wie ich hoffe, dass wir unser Gespräch nach dem Stück noch ein wenig fortsetzen können.

Montag
17:20 Uhr

Als das Saallicht wieder angeschaltet wird, gebe ich mir keine Mühe, meine Tränen zu verbergen. Applaudierend springe ich auf und muss verwundert feststellen, dass ich damit der Einzige bin. Der Darsteller des Jean Valjean schaut zu mir herunter und tippt sich an den Hut, ehe die Schauspieler von der Bühne abgehen. Als ich mich hinsetze und meine Sachen zusammensuche, lacht meine englische Platznachbarin.

»Krass, ich wusste gar nicht, dass das Londoner Publikum so heikel ist«, merke ich an.

»Na ja, stehende Ovationen sind bei uns nicht so üblich«, erläutert sie.

»Echt? Na ja, *ich* fand's jedenfalls genial. Ist mir doch egal, was die anderen denken.«

Sie reicht mir ein Taschentuch. Ich tupfe mir die Augen trocken und muss an die Witze denken, die ich mir von meinen Freunden anhören müsste, wenn sie mich so sähen: auf Reisen heulen, und dann auch noch vor einem hübschen Mädchen.

»Welche Stelle geht dir denn besonders nahe?«, erkundigt sie sich.

»›Einen anderen Menschen zu lieben heißt, das Gesicht Gottes zu sehen.‹ Diese Zeile hat mich schon immer fertig gemacht.« Schweigend warte ich, während sie sich die Nase putzt, bevor wir beide aufstehen, um andere Zuschauer vorbeizulassen. »Hast du deinen Frieden mit der Regie gemacht?«

Obwohl ihr Gesicht immer noch zur Hälfte vom Taschentuch verdeckt ist, sehe ich ein Lächeln in ihren Augen. »Na ja, ein paar Sachen fand ich nicht *ganz* ideal, aber ... ich weiß auch nicht, dieses Musical erwischt mich immer wieder. Das erste Mal hab ich es mit sieben gesehen, und es hat auf jeden Fall mit dazu beigetragen, mich fürs Theater zu begeistern.«

»Ging mir genauso.« Und dann füge ich aus einem spontanen Impuls heraus hinzu: »Ich heiße übrigens Jason.«

Ich strecke ihr meine Hand entgegen, doch sie zeigt nur

stirnrunzelnd auf ihr Taschentuch. »Lieber nicht, Kontaminationsgefahr. Ich bin Cassie.«

»Cassie, und weiter?«

»Einfach nur Cassie«, antwortet sie barsch, was auf mich keinen sehr glaubwürdigen Eindruck macht – aber wenn sie nicht darüber reden will, werde ich sie nicht dazu drängen.

Allmählich gehen mir die Gesprächsthemen aus, deshalb frage ich: »Hey, wollen wir noch einen Kaffee trinken gehen? Oder lieber Tee, wir sind ja schließlich in England?«

Leicht gehetzt sieht sie sich um, als ob sie nach einem Fluchtweg sucht. »Ich glaube, das ist keine gute Idee«, wehrt sie ab, beugt sich nach vorn, hebt ihren Rucksack vom Boden auf und schwingt ihn sich über die Schulter, als ob sie jeden Moment davonstürmen wollte – nicht unhöflich zwar, aber das macht es irgendwie noch schlimmer. »Du bist bestimmt total nett und so, aber ich bin im Moment nicht auf der Suche nach einem Freund. Oder worauf auch immer du aus bist. Ich wünsch dir noch 'ne schöne Zeit hier.«

Sie schiebt sich an mir vorbei und schließt sich den letzten Besuchern auf dem Weg zum Ausgang an, während ich ratlos zurückbleibe, auf die leere Bühne starre und mich frage, an welcher Stelle ich eine Grenze überschritten habe. Vermutlich war es die Einladung zum Kaffee/Tee. Verdammt. Inzwischen sind außer mir nur noch die Platzanweiser im Saal. Als ich mich auf den Weg nach draußen mache, wirft mir einer von ihnen einen mitleidigen Blick zu, als ob er sagen wollte: *Dumm gelaufen, Junge.*

Nur mühsam kann ich mich beherrschen, ihm ausführlich zu erklären, dass ich sie gar nicht anbaggern wollte. Aber das sollte ich natürlich nicht ihm erzählen.

Kurz darauf stehe ich wieder in der Shaftesbury Avenue. Während ich im Theater war, ist es draußen dunkel geworden, sodass es sich anfühlt, als ob wesentlich mehr Zeit vergangen wäre als nur drei Stunden. Inzwischen ist es schon nach fünf, die U-Bahn dürfte also ziemlich voll sein mit Berufspendlern. Daher sollte ich vielleicht noch ein bisschen warten, ehe ich zu Charlotte fahre. Denn in der Londoner City herumzuschlendern, ist sicher wesentlich angenehmer, als herumzusitzen und über mein missglücktes Vorsprechen nachzudenken.

Dieses demütigende Erlebnis liegt gefühlt schon eine halbe Ewigkeit zurück, was aber wohl vor allem daran liegt, dass ich momentan an nichts anderes denken kann als an die resolute Engländerin, neben der ich den ganzen Nachmittag gesessen habe und die wahrscheinlich jetzt nach Hause fährt und sämtlichen Freunden von diesem widerlichen Amerikaner erzählt, der gemeinsame Tränen für die ideale Grundlage einer kleinen Urlaubsaffäre hielt.

Als ich Cassie die Straße überqueren sehe, laufe ich ihr deshalb hinterher – allerdings sicherheitshalber nicht zu schnell.

»Hey …«, rufe ich ihr nach, als sie die andere Straßenseite erreicht hat. »Warte mal.«

Vor einer Costa-Coffee-Filiale hält sie an, wodurch sie förmlich eingerahmt ist von der kitschigen Weihnachtsdeko im Schaufenster. Verwundert und genervt zugleich, weil sie mich immer noch nicht losgeworden ist, sieht sie mich an.

Ich bleibe an der Bordsteinkante stehen, sodass sich die gesamte Fußwegbreite mit einem stetigen Passantenstrom zwischen uns befindet. »Ich wollte nur, äh …« Ich räuspere mich, damit ich überlegen kann, was ich eigentlich sagen will.

Aber dieses Mädchen ist unbarmherzig. »Was wolltest du? Dich für das Taschentuch bedanken? Gern geschehen. Wenn du mich jetzt in Ruhe lassen könntest …«

»Nein, mich entschuldigen, wenn ich dir zu nahe getreten bin«, teile ich ihr mit. »Oder noch schlimmer, wenn du dich bedrängt gefühlt hast. Ich hatte überhaupt nicht vor, dich anzubaggern, swear to God.« Dieser letzte Teil klang *sehr* texanisch. »Außerdem habe ich zu Hause eine feste Beziehung.« Das stimmt theoretisch – obwohl zu Hause Austin bedeutet und nicht New York und ich schon seit drei Monaten nicht mehr in Austin war, wo meine Freundin wohnt. Und ganz nebenbei denke ich gerade zum ersten Mal seit vielen Stunden an Taylor. Cassy sieht mich an, als ob sie sich den letzten Teil schon gedacht hätte.

»Ich würde nach dem Theater einfach nur gern einen Kaffee trinken und über die Vorstellung reden«, erkläre ich, »und du bist … halt momentan die Einzige, die ich hier kenne.«

Cassy schaut zu Boden und schürzt die Lippen, während sie darüber nachdenkt. »Na ja, ich bin mit ein paar Freunden verabredet … aber erst in einer Stunde, von daher ...« Sie zuckt die Schultern, was vermutlich so was heißen soll wie: *Warum nicht?*

Ich zeige auf die Costa-Filiale, ob wir vielleicht gleich hineingehen wollen, aber Cassie verzieht das Gesicht. »Nein, nicht hier«, sagt sie. »Ich hab 'ne bessere Idee.«

Sie führt mich durch die Shaftesbury Avenue in Richtung Covent Garden. Schweigend umschiffen wir die Menschenmassen im Kaufrausch und ertragen die süßlichen Weihnachtsklänge, die uns aus den Geschäften entgegenschallen. Als wir die Charing Cross Road erreichen, fällt mir endlich ein Gesprächsthema ein.

»Du, kann ich dich mal was fragen?«

Sie nickt.

»Was ist eigentlich ein ›Div‹?«

Sie sieht mich fragend an. »Was?«

»Ein Bauarbeiter, mit dem ich zusammengestoßen bin, hat mich so genannt.«

Sie lacht. »Ach, das ist ein Cockney-Ausdruck und bedeutet so was wie ›Idiot‹.«

»Alles klar. Wie nett.«

Cassie

5

Montag
17:53 Uhr

»Wir können auch woanders hingehen, wenn's dir hier zu voll ist.«

Schuldbewusst sehe ich ihn an. Eigentlich ist es unverzeihlich, ihn als Einheimische zu dieser Jahreszeit nach Covent Garden zu schleppen, wo das Kopfsteinpflaster für schmerzende Füße sorgt, massenhaft kitschige Weihnachtsbeleuchtung herumhängt und überall dichtes Gedränge herrscht. Es ist ein Albtraum, vor allem im Advent.

Aber er strahlt übers ganze Gesicht. »*Dafür* musst du dich doch nicht entschuldigen.« Er läuft rückwärts, um weiter den Artisten beobachten zu können, der vor einem Publikum aus maximal sieben Leuten mit brennenden Stäben jongliert. »Das ist doch total cool«, sagt er begeistert, als er sich wieder zu mir umdreht.

Ich gebe ein zustimmendes Knurren von mir, obwohl ich nicht genau sehen konnte, wie gut der Jongleur tatsächlich war. Es fällt mir immer ein bisschen schwer, mit anzusehen, wie engagiert *manche Leute* ihrem Metier nachgehen.

Wir betreten die South Hall, wo man durch die gläserne Decke den Eindruck hat, gleichzeitig drinnen und draußen zu sein, fahren ins Untergeschoss und gehen ins *Mary's*. Dieses im viktorianischen Stil eingerichtete Café sagt ihm offensichtlich sehr zu. Meinerseits könnte ich gut auf die stickige Wärme verzichten, die mir wie eine schwitzige Hand ins Gesicht schlägt.

»Gefällt's dir?«, erkundige ich mich mit einem Schulterblick.

»Sobald ich Koffein kriege, ist alles gut.«

»Hast du noch mit Jetlag zu kämpfen?«

»Zu kämpfen? Nee – der Jetlag zieht mich runter und lässt mir die Haare zu Berge stehen, nur um mir zu zeigen, dass er's kann.«

Ich wende den Blick ab, damit er nicht mitbekommt, wie witzig ich das finde. Ich weiß selbst nicht so genau, warum ich das tue. Wir geben unsere Bestellung auf. Tee für mich, schwarzen Kaffee für Jason und dazu ordern wir beide Scones. Jason bezahlt für uns beide, als »finale Entschuldigung für die ganze Sache mit dem Ticket und als Dankeschön für den kleinen Rundgang.«

Wir nehmen unsere Getränke und ich gehe voran zu einem Tisch in der Ecke. Schweigend sitzen wir uns eine Weile gegenüber, bis ich ihm schließlich die naheliegende Frage stelle, was ihn eigentlich in die Stadt geführt hat.

»Ich hatte ein Vorsprechen bei der RADA.«

»Wow, toll.« Seine Miene sieht allerdings danach aus, als ob es alles andere als toll war. »Oh ... ist es nicht so gut gelaufen?«

»Tja, meine Szene als Biff Loman hab ich ziemlich gut hingekriegt – aber als es dann an die Impro ging, bin ich plötzlich zu einem Cockney sprechenden Engländer mutiert, der einen Polizisten mit sehr *speziellem* Verhältnis zu seiner Bürotasse spielt.«

Ich konzentriere mich darauf, meinen Tee einzuschenken, bis ich mir sicher bin, dass ich nicht loslachen muss. »Klingt ziemlich verwegen. Könnte ihnen doch gefallen haben.«

»Ja klar, wenn sie vorhaben, *Fast and Furious 8 – das Musical* auf die Bühne zu bringen, bin ich auf jeden Fall dabei.«

Ich pruste in meine Tasse und bespritze mir dabei die Nase mit Tee. Er reicht mir eine Serviette. »Ich lache nicht über deinen Misserfolg.«

»Doch, tust du.« Er lächelt, um mir zu signalisieren, dass er nichts dagegen hat. Dabei sehe ich ihm etwas länger als üblich in seine braunen Augen.

»Wenigstens kannst du drüber lachen.« Mir fällt auf, dass ich das Wort »du« vielleicht ein bisschen zu sehr betont habe, worauf er selbstverständlich sofort eingeht. Schauspieler und ihre verdammte Empathie!

Er beugt sich nach vorn, stützt die Ellbogen auf den Tisch und nippt an seinem Kaffee. »Schlechte Erfahrungen gemacht?« Ich beiße ein großes Stück von meinem Scone ab und tue so, als ob ich deswegen nichts sagen kann. Das dehne ich so lange aus, bis er schließlich merkt, dass ich nicht darüber reden will. »Ach, nimm's einfach mit Humor«, sagt er zwischen zwei Schlucken Kaffee. »Ich bin nur ein paar Tage in London und die will ich auf keinen Fall mit Trübsinn verbringen.«

»Hast du irgendwelche Pläne für deine Zeit hier?«

»Nee, noch nicht so richtig …« Wieder zuckt er die Schultern. »Ich bin einfach davon ausgegangen, dass ich mit meiner Bekannten Charlotte unterwegs sein werde, aber wenn bei ihr zu Hause wirklich so dramatische Zustände herrschen, wie sie sagt, dann ist sie bestimmt nicht besonders gut drauf. Ich werd wohl einfach ein bisschen rumschlendern. Kannst du mir irgendwas empfehlen? Sachen, die ich *unbedingt* gesehen haben muss?«

Ich trinke einen Schluck Tee und tue so, als ob ich nachdenken müsste, aber in Wirklichkeit weiche ich hauptsächlich seinem Blick aus. Nach einem ganzen Semester an Bens Seite, der immer zu allem eine Meinung hatte (und mir diese auch immer eindringlich ans Herz legte), bin ich nicht mehr daran gewöhnt, dass es auf meine Ansichten ankommt. »Wenn du dich für Theater interessierst, ist das Angebot groß genug, dass du die ganze Woche jeden Abend eine Vorstellung besuchen kannst.«

Er nickt und trommelt mit den Fingern auf den Tisch. »Ja, ich hab schon mehrere Plakate von coolen Sachen gesehen, die gerade laufen. Ist ein bisschen schade, dass ich im Sommer nicht hier bin, wenn *Beyond Words* anläuft.«

»Genau, das neue Rockmusical über Helen Keller. Darauf bin ich auch schon total gespannt«, antworte ich und bin heilfroh, dass meine Mutter nicht sieht, wie meine Augen dabei leuchten. »Die Darstellerin der Helen ist eine Freundin von mir.«

»Du kennst Emma Paige?« Er beugt sich quer über den Tisch, und diesmal bin ich froh, dass meine Mutter *sein* begeistertes Gesicht nicht sehen kann. Denn genauso schauen mich immer alle an, wenn sie erfahren, dass ich Emma kenne: Es beeindruckt die meisten Leute so sehr, dass sie fast das Gefühl haben, dadurch ebenfalls einen Draht zu ihr zu haben. Für Mum ist es unerträglich, dass Emma in hochkarätigen Musicals auftritt, während ich an der Keele Psychologie studiere. Ganz abgesehen davon, dass es selbst damit bei mir nun vorbei ist.

»Wir waren zusammen im Theaterkurs.«

»Ich glaube, ich muss dringend mehr über dich erfahren.«

Wieder beiße ich ein Stück von meinem Scone ab und weiß nicht so recht, was ich darauf antworten soll. Ich bin mir unsicher, ob jetzt wirklich der richtige Zeitpunkt für einen Flirt ist, da ich ja heute erst eine missglückte Beziehung beendet habe und mein Gegenüber obendrein zu Hause eine Freundin hat. Nur weil unsere Begegnung eine romantische Aura hat, muss nicht zwangsläufig eine Affäre daraus werden.

Jason starrt in seine Kaffeetasse und wirkt nach seiner Bemerkung ein wenig verlegen. »Na ja, ich werde bestimmt ein paar gute Vorstellungen finden.« Er wechselt lieber das Thema, statt mich zu einer Reaktion zu drängen. Auch das bin ich schon länger nicht mehr gewohnt. »Könntest du mir vielleicht noch kurz helfen, eine Liste zusammenzustellen?«

Es klingt so, als ob er jeden Moment aufbrechen wollte. Dadurch schrumpfen die vier Meilen bis nach Greenwich, wo ich wohne, bedrohlich zusammen, und meine »Aussprache« mit Mum rückt immer näher. Ich straffe meine hängenden Schultern, damit Jason nicht denkt, es hätte etwas mit ihm zu tun.

»Was für Stücke magst du denn besonders?«

»Eigentlich alles«, antwortet er. »Ich hab gehört, dass im Moment eine tolle Neuinszenierung von *Carousel* läuft. Das klingt super. Was ist denn?« Er hat mein Stirnrunzeln bemerkt.

»Das ist ja gut und schön, aber du willst doch nicht die *ganze* Zeit in West End zubringen, oder? Zum einen kriegst du hier nicht immer Tickets und zum anderen finden auch in anderen Ecken tolle Sachen statt. National und Globe Theatre sind direkt gegenüber auf der anderen Seite der Themse. Außerdem gibt es ein paar großartige Off-Bühnen in weniger touristischen Gegenden. Wenn du *echtes* Londoner Theater erleben willst, solltest du auch authentische Locations besuchen.«

»Klingt gut, aber ich habe gerade drei Monate in Manhattan verbracht«, erklärt er mit etwas verlegenem Gesicht. »In einem rasterförmigen Straßennetz finde ich mich problemlos zurecht, aber London kommt mir vor, als ob es ganz *bewusst* so angelegt wäre, damit sich Touristen hier verlaufen und ihr euren Spaß mit uns habt. Wenn ich hier allein losziehe, endet das garantiert mit einer Vermisstenanzeige.«

»Also, ich könnte …« Ich stocke. Kann ich wirklich? Ja, ich kann. Sobald ich an zu Hause denke, wird mir immer noch ganz anders. Wenn ich uns für heute Abend ein schönes Programm zusammenstelle, kann ich mich dann morgen der Konfrontation mit Mum stellen, nachdem ich ein bisschen Zeit hatte, mich zu wappnen. Aber andererseits läuft da nichts zwischen uns, und selbst als Schauspielkollege will er vermutlich nicht ununterbrochen in der Stadt unterwegs sein, um ein Theaterstück nach dem anderen zu sehen.»… dir meine Nummer geben, falls du dich ernsthaft verirrst.«

»Danke«, erwidert er und nippt wieder an seinem Kaffee. Ich frage mich, ob er damit versucht, eine gewisse Enttäuschung zu verbergen. »Tja, was kannst du denn nun *wirklich* empfehlen? Was ist deiner Meinung nach das Beste, was in London gerade läuft?«

Ich bin ihm dankbar für diese leicht zu beantwortende Frage. »*Conspiracy Theory*. Das ist eine interaktive Show, die auf der Shakespeare-Tragödie *Coriolanus* basiert. Vielleicht hast du noch nichts davon gehört, aber das wird sich bald ändern. Ich hab gelesen, dass in New York eine Produktion in Vorbereitung ist. Das Stück hab ich im Sommer gesehen, bevor ich zum Studium weggegangen bin. Es war fantastisch – man läuft dabei in einem alten Lagerhaus herum, schaut in verschiedene Szenen hinein und wird gewissermaßen in die Verschwörung gegen Coriolanus mit hineingezogen, während das tatsächliche Stück angeblich draußen stattfindet. Das ist total genial gemacht, vor allem die Soundeffekte, wenn das Römerheer an deinem Versteck vorbeimarschiert. Man traut sich erst nach einer ganzen Weile wieder raus und ich hatte danach noch tagelang Herzklopfen.«

❄ ❄

Es ist unüberhörbar, wie begeistert ich davon bin. Was wieder eins von Mums vielen Argumenten bestätigt, dass dies meine wahre Leidenschaft sei. Aber das ist mir im Moment egal. Nachdem ich drei Monate lang schweigend in Seminaren herumgesessen habe, während andere – viel intelligentere – Leute sich über Synapsen und Plastizität ausgelassen haben, ist es ein wunderbares Gefühl, sich endlich wieder zu Wort zu melden und über ein Thema Bescheid zu wissen.

Jason beugt sich nach vorn und sieht genauso euphorisch aus, wie ich mich fühle. »Das klingt fantastisch. Vielleicht sehe ich mir das tatsächlich an. Wie heißt denn die Theatertruppe?«

Ich hole mein Telefon heraus, entsperre das Display und gehe meine Bookmarks durch. Dabei sehe ich, dass mein Akku noch 88 Prozent Ladung hat, was für diese Tageszeit *höchst* ungewöhnlich ist. »Die Bühne heißt *Off-Stage Theatre*. Ich schick dir 'nen Link zu ihrer Website ...« In diesem Moment fällt mir etwas ins Auge. »Es gibt noch Karten für die Vorstellung heute Abend. Sie beginnt um acht und jetzt ist es erst zwanzig nach sechs. Das ist locker zu schaffen, und ich wäre so spät zu Hause, dass ich mir den Vortrag meiner Mutter erst zum Frühstück anhören müsste. Das wird zwar genauso nervig wie immer, aber zumindest krieg ich dann Spiegelei mit Schinkenspeck dazu. (Sorry, Ben.)

Ich zeige Jason mein Handy. »Los, das machen wir.«

Er mustert mich skeptisch. »Hast du nicht gesagt, dass du heute Abend noch mit Freunden verabredet bist?«

»Äh …« Stimmt ja, meine vorhin erwähnten fiktiven Freunde hatte ich schon völlig vergessen. »Da kann ich problemlos absagen. Wenn ich ihnen erzähle, dass ich Karten für *Conspiracy Theory* habe, werden sie das total verstehen.«

Er lächelt mich daraufhin so beglückt an – offenbar hocherfreut über unsere tollen Pläne und die neue Freundschaft –, dass ich ihm um ein Haar gestanden hätte, dass die Verabredung mit meinen Freunden frei erfunden war. Ich tippe ein paarmal auf mein Display, reserviere zwei Karten und fühle mich danach ganz erleichtert, obwohl die Tickets etwas teurer waren, als ich es in Erinnerung hatte. (Wahrscheinlich wurden die Preise in der Weihnachtszeit ein wenig erhöht).

Zu Hause kann definitiv warten.

Montag
19:45 Uhr

»Das ist ja wirklich seltsam«, sagt Jason und dreht sich langsam im Kreis, als ob aus jeder Richtung ein Angriff kommen könnte.

Wir stehen vor einem hohen Eisentor, das den Eingang zu dem alten Speicher unweit von Hampstead Heath bildet, wo laut unseren Tickets die Vorstellung von *Conspiracy Theory* stattfinden soll. Es ist ein bisschen unheimlich, denn angesichts der Kombination aus grauem Backstein und verrostetem Eisen drängt sich unweigerlich der gruselige Höhepunkt eines billigen Horrorfilms auf.

»Aber mach dir keine Sorgen«, sagt er und tippt meinen Ellbogen an. »Die Freundin, bei der ich übernachte, wohnt in Hampstead – wenn irgendwas schiefgeht, können wir uns dort in Sicherheit bringen.«

»Ich wette zwanzig Pfund, dass du ohne Google Maps niemals den Weg dorthin findest.«

»Die zwanzig Pfund gehören praktisch schon dir.«

Ich muss lachen. In diesem Moment taucht hinter dem Tor ein dürrer Kerl in schmuddeligen Jeans und grauem Hoodie auf. Er wirkt ein bisschen finster und bedrohlich mit seinem schmalen, dreckverschmierten Gesicht hinter den Gitterstäben, aber gleichzeitig so verzweifelt, dass ich auf Anhieb wieder mitten in die Handlung hineingezogen werde. Er ist ein Bauer, der sein Dasein unter dem Regime des Tyrannen Coriolanus fristet. Die Vorstellung hat begonnen.

»Kommt ihr als Freund oder Feind?«, fragt er mit kratzig-furchtsamer Stimme.

Hastig wechseln Jason und ich einen Blick, um wortlos den Einsatz für die geheime Parole abzustimmen, die wir in der U-Bahn geübt hatten und die uns laut Website Einlass verschaffen würde. »Treuer Freund, nicht feindlicher Schmeichler.«

Der Mann nickt, als ob er zufrieden, aber gleichzeitig ein wenig ungehalten wäre. »Gebt künftig besser acht, wenn ihr diese Gefilde durchstreift.«

Er deutet auf das Telefon in meiner Hand. Ich zeige ihm das Display mit der Reservierungsbestätigung – was natürlich ein gewisser Bruch ist –, woraufhin er vorsichtig nach links und rechts schaut und anschließend das Tor öffnet.

Das ist wiederum ebenfalls nicht ganz glaubwürdig, denn das Quietschen von Metall auf Beton dürfte jeder Römer im Umkreis von einer halben Meile gehört haben. Er reicht uns zwei grüne Halsbänder mit dem leuchtend roten Logo des *Off-Stage Theatre*. Wir nehmen sie entgegen und hängen sie um. Ich schaue kurz zu Jason hinüber und erkenne auf Anhieb, dass er sich ein breites Grinsen über dieses tolle Erlebnis genauso verkneifen muss wie ich. Eine solche interaktive Performance darüber, was sich bei *Coriolanus* jenseits der Bühne abspielt, ist genau die unkonventionelle Herangehensweise, die mir in Erinnerung ruft, was ich am Theater so liebe. Vielleicht nicht auf die Art, wie Mum es sich wünscht, aber auf jeden Fall innig.

Als wir uns wieder zu den Bauern umdrehen, packt er uns an den Schultern. »Drinnen sollt ihr Kameraden finden. Schenkt gleichwohl keinem das Vertrauen. Die römischen Schurken haben ihre Spione überall.«

Er beeilt sich, das Tor wieder zu schließen, während Jason und ich den Speicher betreten. Eine weitere Person – diesmal eine große Bäuerin mit roten Haaren – taucht aus dem Hintergrund auf und führt uns in einen kleinen dunklen Raum. Ich versuche die Überlegung auszublenden, ob sich hier normalerweise ein Büro befindet, und mich stattdessen auf die acht anderen »Rebellen« zu konzentrieren, die bereits drinnen kauern. Sie tragen die gleichen Halsbänder wie wir, nur dass bei einigen das Logo blau ist. In der hintersten Ecke erkenne ich zwei kleine untersetzte Männer als Schauspieler, während alle anderen genau wie Jason und ich zahlende Zuschauer sind.

Wir begeben uns in eine Ecke, direkt neben ein paar junge Frauen um die zwanzig. Eine von ihnen starrt mich aufmerksam an, und ich drehe mich zu Jason um, ehe sie mir ihre Frage stellen kann, die ich schon kenne.

»Mach dich auf was gefasst«, raune ich ihm zu. »Der erste Teil ist ziemlich eindrucksvoll.«

Er nickt und lässt den Blick aufmerksam durch den Raum schweifen, als ob er sich jedes Detail einprägen wollte.

Dann springen die beiden stämmigen Männer auf. Einer von ihnen rennt zur Tür und schließt sie, während der andere angestrengt aus dem Fenster schaut. Beide keuchen, als ob sie gerade eine längere Strecke gerannt wären, und rufen etwas von einer Revolte der Bauern wegen des Korns.

Ich lächel Jason an und bin ein bisschen stolz auf meine großartige Idee. Er hat derart leuchtende Augen, dass sie den Raum scheinbar ein wenig heller machen. Er wirft mir einen dankbaren Blick zu und dann passiert es: Er greift nach meiner Hand und drückt sie.

Mich überkommt ein Kribbeln, das bis hinauf zu meiner Schulter reicht.

Montag
21:55 Uhr

Es ist schon beinahe zehn, und wir befinden uns inzwischen in einem anderen Raum des Speichers, in dem es diesmal unbarmherzig kalt ist. Wir sind von verzweifelten

Plebejern umgeben, die berichten, dass Gajus Marcius zum Konsul gewählt wurde. Meine Shakespeare-Kenntnisse sind nicht so fundiert, dass ich genau wüsste, an welche Stelle in *Coriolanus* diese Szene gehört, aber von meinem letzten Besuch weiß ich noch, dass die Vorstellung demnächst zu Ende ist. In etwa zehn Minuten werden Jason und ich wieder draußen auf der Straße stehen; er wird zu seinem Übernachtungsquartier fahren und ich ... wahrscheinlich einfach nach Hause. Da ich die ganze Zeit mit den Rebellen und Plebejern von einem Raum zum anderen gerannt bin, hatte ich kaum Gelegenheit, einen Blick auf mein Handy zu werfen. Aber da es in meiner Hosentasche gelegentlich vibriert hat, bin ich mir sicher, dass meine Mutter versucht hat, mich zu erreichen. Sobald wir draußen sind, werde ich sie zurückrufen.

Einer der untersetzten Schauspieler klammert sich mit verzweifeltem Blick an Jason. »Wie einst Coriolanus das Korn uns nahm, so raubt er nun auch alle Hoffnung. Doch mangelt's an Kraft, um aufzubegehren ... Wohlan, es ist vorbei.«

Der Schauspieler drückt kurz Jasons Arm und entfernt sich. Was als Nächstes passiert, läuft wie in einer Art grausame Zeitlupe vor unseren Augen ab.

Jason streckt die Hände aus und umfasst die Ellbogen des Mannes, um ihn aufzuhalten. »Ich beschwör euch, guter Mann, verliert doch nicht den Mut.« Von seinem texanischen Akzent ist keine Spur mehr zu hören, er spricht jetzt in lupenreinem Shakespeare-Duktus. Der Schauspieler macht ein genauso entsetztes Gesicht wie ich. »Eines gar nicht fernen Tages *werden* die Krähen die Adler hacken.«

Der Schauspieler starrt Jason einen Moment lang entsetzt an, gewinnt schließlich seine Fassung zurück und wiederholt dann seine Textpassage, dass es vorbei ist, als ob es die kleine Impro-Einlage des zahlenden Komparsen gar nicht gegeben hätte.

Doch die von Jason erfundene Figur lässt sich nicht so leicht abwimmeln. Diesmal lässt er den Rebellen ein Stück gehen, folgt ihm jedoch kurz darauf in die Mitte des Raums. Mir bricht der kalte Schweiß aus, und ich richte meine Augen starr auf Jason, um nicht auf die bohrenden Blicke der Schauspieler und des Publikums reagieren zu müssen, die sich fragen, wann ich meinen Freund zur Vernunft bringen werde. Aber selbst wenn ich es wollte, weiß ich nur allzu genau, mit welcher Leichtigkeit Jason unseren kleinen Impro-Wettstreit im Theaterfoyer vor *Les Mis* gewonnen hatte.

Langsam dreht er sich um und spricht nun zu uns allen: »Wenn Coriolanus vom Menschen zum Drachen geworden ist...« Jasons manierierte elisabethanische Aussprache füllt den gesamten Raum aus. »... Dann sei er ein Drache, der viel Rauch speiet und gleichwohl Feuer nur *rülpsen* kann. Denn wer von euch hat Furcht vor einem Rülpsen?«

Verhaltenes Gelächter ist zu hören.

»Sind wir denn nicht ein stolzes Volk?«

Bald lachen sogar die Schauspieler und amüsieren sich über Jasons Stegreif-Einlage. Je mehr sich Jason über Coriolanus lustig macht, desto größer wird die Begeisterung des Publikums. Die Art, wie er ihn als aufgedunsenen General verkörpert, löst bald wahre Jubelstürme aus. Niemand erwartet mehr von mir, dass ich eingreife, und das nervöse Kribbeln hat sich allmählich gelegt. Ich bin mir zwar nicht sicher, ob diese Performance etwas mit Schauspiel zu tun hat, aber dieser albern grinsende Texaner hat definitiv etwas drauf.

Und schon ist das Kribbeln wieder da.

Ohrenbetäubendes Sirenengeheul lässt alle Anwesenden zusammenzucken – außer die Schauspieler und mich, da wir vorgewarnt waren. Die Tür wird aufgerissen, und der Bauer, der uns zuvor begrüßt hatte, kommt hereingestürmt. Er schreit, dass Coriolanus' Männer nahe seien. Einige von uns müssten daher in Deckung gehen und andere umgehend fliehen. Während wir den Raum verlassen, fällt es mir schwer, in meiner Rolle zu bleiben und nicht anerkennend Jasons Hand zu drücken. Das kann ich später immer noch nachholen, sage ich mir.

Nachdem wir die Tür passiert haben, kontrolliert der Bauer, der uns die dringliche Kunde überbracht hat, das Halsband jedes Anwesenden. Diejenigen mit dem blauen Logo schickt er nach links und Leute mit dem roten nach rechts. Jason und ich begeben uns also nach rechts und gesellen uns zu weiteren Zuschauergruppen, die wahrscheinlich Szenen in anderen Räumen erlebt haben und nun aus verschiedenen Richtungen in die Gänge strömen, als ob es uns aus dem Gebäude spülen würde.

Als wir das Ende dieses neuen Korridors erreichen, steht dort ein weiterer Bauerndarsteller und weist uns paarweise

❄ ❄

den Weg zu weiteren Türen. Jason und ich sehen uns stirnrunzelnd an, während wir uns offenbar beide fragen, ob es hier tatsächlich so viele Ausgänge geben kann.

»Hier entlang, eilt euch!« Hastig werden wir durch eine Tür gewinkt, ehe man uns den Befehl erteilt, uns still zu verhalten und ihn nicht zu verlassen, bis sich die Lage entspannt hat. Dann wird die Tür hinter uns geschlossen, und wir bleiben allein zurück, während wir nichts weiter hören als die Sirene von draußen …

»Was geht denn hier ab?«, murmelt Jason und hat seinen elisabethanischen Akzent vollständig abgelegt.

»Keine Ahnung«, antworte ich und suche in der Jackentasche nach meinem Handy. »Ich dachte eigentlich, die Vorstellung wär um zehn zu Ende, aber ich schau lieber noch mal nach.«

»Das macht hier nicht den Eindruck, als ob um zehn Schluss wäre«, entgegnet er und deutet erst auf eine Wand und dann auf eine andere, an denen …

… sich zwei Einzelbetten gegenüber stehen.

Plötzlich fällt mir etwas ein. Vage erinnere ich mich an ein Banner ganz oben auf der Buchungsseite für die Tickets … mit einer Werbung. Was stand da noch mal? Ich meine mich an das Wort »ERLEBNIS« zu erinnern, aber was für eine Art von Erlebnis?

»Ich schau noch mal nach …« Ich halte das Telefon in meinen leicht zitternden Händen. Ich hatte zwar bemerkt, dass die Karten relativ teuer waren. Aber ich werde doch nicht … Nein, nein, so leichtfertig bin ich auf keinen Fall gewesen.

Ich recherchiere in meinen Mails nach der Buchungsbestätigung. Ja, hier steht der Grund, warum wir uns in einem mit Betten ausgestatteten Raum befinden (und warum wir rote Halsbänder haben und die anderen blaue): Ich hatte aus Versehen die *Erlebnisvorstellung mit Übernachtung* gebucht – bei der man einen Römerangriff überstehen muss.

»Mist«, murmele ich und überlege, ob wir eine Chance haben, durch das winzige Fenster im oberen Teil der Wand zu entkommen.

Als ich zu Jason hinüberschaue, lächelt er mich ein wenig verunsichert an. »Alles in Ordnung?«

»Na ja, ich sag mal so: Hoffentlich schnarchst du nicht.«

Er mustert mich und versucht herauszufinden, ob ich Witze mache. Als ihm dämmert, dass es mein bitterer Ernst ist, dreht er sich einmal um die eigene Achse und bewegt dabei den Kopf von oben nach unten, wie um sich den Raum genau einzuprägen. Ich weiß nicht, ob es die Erinnerung an seine Stegreifeinlage von vorhin ist, mit der er alle Anwesenden zum Lachen gebracht hat, aber seine stumme Panik wirkt ziemlich lustig. »Ist nicht wahr.«

»Ich fürchte doch. Tut mir echt leid, ich hätte besser aufpassen müssen, als ich die Tickets reserviert habe.«

»Hm...«

Schweigen breitet sich zwischen uns aus. Ich betrachte die beiden Betten und den Abstand dazwischen – definitiv vollkommen ungefährlich. Doch unweigerlich muss ich an die vielen Male denken, wenn Ben mich mitten in der

Nacht geweckt hat, damit ich aufhöre, im Schlaf zu reden. Anscheinend kam das ziemlich oft vor.

»Dann sollte ich wohl mal Charlotte eine Nachricht schicken, was?«, stellt Jason fest.

»Ja ...« Ich nicke. »Aber wenn wir unbedingt raus wollen, können sie uns nicht davon abhalten. Das wäre *garantiert* illegal.«

»Wie du willst ...« Diese Worte habe ich von Ben nie gehört. Jason hält sein Handy in der Hand, um seine Bekannte zu informieren – oder auch nicht, je nachdem, wie ich mich entscheide. Ich überlege einen Moment. Es gibt jetzt genau zwei Möglichkeiten: Entweder ich fahre zu Tante Gemma, sitze wahrscheinlich die ganze Nacht in der leeren Wohnung herum und fühle mich wie der letzte Loser, weil ich von der Uni geflogen bin und mich vor der unausweichlichen Begegnung mit meiner Mutter fürchte. Oder ich schiebe den Trübsinn noch ein bisschen hinaus und erlebe die restliche Vorstellung von *Conspiracy Theory*. Immerhin habe ich das Ticket bezahlt. Außerdem ist Jason noch ein bisschen mitgenommen von seinem RADA-Vorsprechen – auch wenn er es zu überspielen versucht. Vielleicht kann er also ein bisschen Ablenkung ebenfalls gut gebrauchen.

»Okay, schreib ihr eine Nachricht«, sage ich zu ihm.

Jason

Montag
22:20 Uhr

Nachdem ich die Nachricht an Charlotte abgeschickt habe, öffne ich Instagram auf meinem Handy, um mich abzulenken und die merkwürdige Situation noch ein bisschen länger zu verdrängen. Ich bin also in einem winzigen Raum mit einer jungen Engländerin eingesperrt, die ich erst seit heute Nachmittag kenne und von der ich nicht mal den Familiennamen weiß. Und wie muss es *ihr* erst gehen – eingeschlossen mit einem Typen aus Amerika, der ihr erst heute Nachmittag über den Weg gelaufen ist? Ich werde die ganze Situation auf keinen Fall ins Lächerliche ziehen, denn wenn ich Witze mache, wird das oft als Anmache verstanden – und das ist unter diesen Umständen natürlich eine ganz andere Nummer als in einem Café. Vor allem, wenn die andere Person mehr als deutlich gemacht hat, dass sie im Moment überhaupt nicht auf eine Beziehung aus ist. Was an sich überhaupt kein Problem darstellt, denn ich habe ja eine Freundin … eine Freundin, an die ich seit meinem Aufenthalt hier zwar kaum gedacht habe, aber immerhin … eine Freundin.

Mir wird bewusst, dass ich schon geraume Zeit auf mein Handy starre, was vermutlich wirkt, als ob ich Cassie bewusst ignorieren würde. Als ich den Kopf hebe, sehe ich noch, wie sie ihre Tasche auf das eine Bett legt. Sie dreht sich so abrupt um, dass ich umgehend den Blick abwende, der allerdings unweigerlich auf das Bett fällt, neben dem *sie* gerade steht.

Tolle Leistung mit dem unverfänglichen Auftreten, Jason.

Betreten starre ich auf meine Schuhspitzen. Ich merke, wie ich leicht rot werde und meine Wangen dann regelrecht anfangen zu brennen, als sie plötzlich loslacht – so laut, dass ich nicht anders kann, als sie anzusehen. Sie schüttelt den Kopf. Über mich? Sich selbst? Über uns? Über die Situation? Wahrscheinlich über alles zusammen.

»Tja«, konstatiert sie, »das ist schon eine ziemlich missliche Lage, hm?«

Ich muss ebenfalls lachen, gehe zum anderen Bett hinüber und setze mich im Schneidersitz darauf, sodass ich garantiert keinen irgendwie »anzüglichen« Eindruck mache. »Was denkst du, wie wird's jetzt weitergehen? Ich meine, es ist doch bestimmt nicht so gedacht, dass wir hier einfach schlafen und dann nach Hause gehen, oder?«

Sie setzt sich auf ihr Bett und versucht ihre Locken mit einem Pferdeschwanz zu bändigen. Der Abstand zwischen uns beträgt etwa zwei Meter, führt sich aber viel größer an. »Keine Ahnung. Beim letzten Mal hatte ich keine Übernachtung gebucht. Soweit ich weiß, könnten wir ...«

Jemand klopft eindringlich an die Tür und reißt sie auf, noch ehe ich Zeit hatte, vom Bett aufzustehen. Einer der Plebejer kommt herein, schließt die Tür hinter sich und redet dann hastig in Shakespeare'schem Stil auf uns ein: Angeblich droht einstweilen keine Gefahr von den Römern – und keine Sorge wegen der Spione (das sind die Leute mit den blauen Bändern), sie wurden am Ausgang hingerichtet. Wir könnten also den Abend ganz unbeschwert genießen und uns in die Taverne begeben ... »Denn ein froher Mut ist fürwahr unsere *einzige* Waffe in der Bedrängnis.«

»Aha ... okay. Danke, Kollege.« Als der Schauspieler unser Zimmer so eilig verlässt, wie er gekommen ist, verziehe ich das Gesicht. Cassie starrt mich an.

»Wieso bist du denn aus der Rolle gefallen?«, erkundigt sie sich.

»Die ganze Situation hat mich wahrscheinlich ein bisschen überfordert.«

Sie lächelt und steht auf. Dann klopft sie ihre Hosentaschen ab, ob sie Telefon, Geldbörse und dergleichen dabei hat und sieht mich erwartungsvoll an. »Wollen wir?«

Montag
22:32 Uhr

Die »Taverne« erweist sich als Bar in einer Ecke des Speichers, wo das interaktive Stück offensichtlich pausiert. Außer uns sind noch zwanzig weitere Zuschauer anwesend (von denen ich ein oder zwei von vorhin erkenne). Verstreut zwischen ihnen sehe ich mehrere Schauspieler, die erstarrt sind wie Schaufensterpuppen und scheinbar darauf warten, dass sie wieder zum Leben erweckt werden, indem jemand von den zahlenden Komparsen auf sie zugeht und mit ihnen in Interaktion tritt.

Als wir hereinkommen, werden wir von den Anwesenden freundlich angelächelt. Niemand spielt irgendeine Rolle, denn offensichtlich sind hier nicht nur ausgesprochene Theaterfreaks versammelt, die mein Vater als »Realitätsflüchtlinge« bezeichnen würde. Ich folge Cassie an den Tresen, wobei mir auffällt, dass ihr unzählige Blicke folgen. Das finde ich zwar nicht *total* seltsam, denn Cassie ist schon ziemlich hübsch und so, aber die Leute starren sie derart unverhohlen an, dass ich mich schon frage, ob ich sie darauf ansprechen sollte.

Hinter der Theke steht ein dürrer, als Plebejer verkleideter Mann, an dessen Hals ich jedoch mehrere Tattoos in Form von Totenschädeln entdecke, woraus sich schließen lässt, dass er in seiner Freizeit in der Gothic-Szene unterwegs ist. Er kommt zu uns rüber und erkundigt sich, was wir trinken wollen. Eine gewisse Beklemmung macht sich in mir breit – wie immer, wenn ich alkoholische Getränke ordern will. Cassie bestellt ein Bier, und als der Barkeeper zu mir schaut, sage ich: »Das klingt gut ...« Als Nächstes mache ich das, was ich immer tue, wenn ich nicht auf Volljährigkeit kontrolliert werden will – ich verwandle mich in den texanischen Schauspieler Matthew McConaughey mit Kehlkopfentzündung. »Ich nehme das Gleiche.« Es gelingt mir nicht, das nächste Wort zu verhindern, das mir gnadenlos herausrutscht: »... Broseph.«

Der Barkeeper starrt mich eine Weile sprachlos an und

überlegt vermutlich, ob ich ihn provozieren will. Dann macht er sich jedoch daran, unser Bier zu holen.

Cassie mustert mich ebenfalls verblüfft. »›Broseph?‹«

Ich spüre, wie mir die Schamesröte den Nacken hochkriecht, ähnlich wie das Tattoo am Hals des Barkeepers. Mit ihrer britischen Aussprache hört es sich noch viel dämlicher an. Ich vergewissere mich, dass der Barkeeper außer Hörweite ist. »Tut mir leid. Wenn ich nervös bin, fange ich immer an, Unsinn zu reden.«

»Bist du denn schon achtzehn?«

»Ich bin neunzehn.«

»Dann musst du dir keinen Kopf machen. Du bist ein Jahr über dem Mindestalter für Alkoholkonsum.«

Ich senke kurz den Kopf und lache über mich. In meiner Heimat überspielen Männer meistens ihre Verlegenheit, indem sie sich die Seele aus dem Leib fluchen, als ob es die komplette Katastrophe wäre, aus Versehen etwas Ungeschicktes zu tun oder zu sagen. Wahrscheinlich bin ich so weit weg von zu Hause in dieser Hinsicht ein bisschen entspannter, denn es macht mir überhaupt nichts aus, mich vor Cassie zu blamieren. Oder vielleicht ignoriere ich diesen Impuls einfach, um nicht …

Um nicht was? Um nicht als totaler Idiot vor ihr dazustehen? Wo wäre das Problem?

Der Barkeeper serviert unser Bier. Als er die beiden Flaschen lächelnd vor uns hinstellt, sagt er grinsend: »Na dann Prost, Judy.«

Cassie zuckt ein wenig zusammen und senkt den Blick. Ich bezahle beide Getränke, wogegen Cassie protestiert.

Während der Barkeeper sich anderen Gästen zuwendet, schlage ich ihr vor, dass sie den Betrag meinetwegen von meiner Hälfte des Ticketpreises abziehen kann. Direkt neben dem Eingang finden wir einen freien Tisch, setzen uns und stoßen mit unseren Bierflaschen an. Als wir den ersten Schluck trinken, wird mir wieder ein wenig flau im Magen – denn nach diesem kurzen Ausflug müssen Cassie und ich in unser gemeinsames Schlafzimmer zurückkehren. Das wird eine ziemlich peinliche Sache, die sich leider nicht umgehen lässt. Ich überlege, vorher ausführlich von meiner Freundin zu erzählen, die in meiner Instagram-Timeline die Hauptrolle spielt, überlege es mir dann aber doch anders. Denn ich muss mir eingestehen, dass ich Taylor kaum vermisst habe, seit wir beide aufs College gegangen sind. Insofern wäre es einigermaßen bescheuert, sie als Vorwand zu benutzen, um eine peinliche Situation zu entschärfen. Außerdem fällt mir dabei ein, dass sie es wohl reichlich seltsam fände, wenn ihr Freund mit einem anderen Mädchen im selben Zimmer übernachtet.

Als ich es wage, Cassie anzusehen, holt mich das umgehend zurück in die Gegenwart: »Sag mal, was war das denn gerade? Wieso hat der Barkeeper dich ›Judy‹ genannt?«

Sie nippt wieder an ihrem Bier. »Ach, das war nur … weißt du, also …« Gehetzt sieht sie sich um und weicht meinem Blick aus. »… eine Art Spitzname für eine Frau, die man nicht kennt. Männer heißen John und Frauen Judy. Das ist so ein Londoner Ding, weißt du?«

»Ah ja.« Ich trinke einen Schluck von meinem (ganz

legalen!) Bier und denke mir, dass es zwar irgendwie plausibel klingt und gleichzeitig auch ein bisschen bizarr. Aber hey, in Texas haben wir auch ein paar ziemlich durchgeknallte Slangausdrücke.

Gegen Mitternacht schließe ich unsere Zimmertür. Cassie zieht ihre Schuhe aus, wirft die Jacke auf ihre Tasche und steigt dann komplett angezogen in ihr Bett. Es sieht also danach aus, dass wir in Sachen schlafen werden … an Schlafanzüge ist ja ohnehin nicht zu denken.

Ich ziehe ebenfalls Jacke und Schuhe aus und schlüpfe dann in das gegenüberliegende Bett. Kaum dass ich mich zugedeckt habe, weicht alle fieberhafte Energie, die dazu beigetragen hat, meinen Jetlag, die ganze Aufregung rund um das Vorsprechen und den Abend mit Cassie durchzustehen, schlagartig aus meinem Körper, und ich schlafe sofort ein.

Dienstag, 18. Dezember
05:55 Uhr

Ich befinde mich gerade mitten in einem reichlich verworrenen Traum, in dem ich Streit mit Taylor habe, die mich an den Schultern packt und schüttelt und dabei schimpft, dass ich sie im Stich lasse und ausbremse. Etwas kitzelt in meinem Gesicht. Obwohl wir uns draußen auf einer Wiese befinden, fühlt es sich an, als würde ich gegen eine weiche, unsichtbare Wand stoßen. Die Umgebung verblasst allmählich, während es mir im Hinterkopf dämmert, dass alles gar nicht real ist. Nach und nach kommt mir der

Gedanke, dass ich zwar *tatsächlich* geschüttelt werde, allerdings nicht von dem Mädchen, das ich vor mir sehe ...

»Jason!«

Als ich blinzele, explodiert die Wiese um mich herum, und zum Vorschein kommt ... das Schlafzimmer. Jener Raum, in dem ich mit Cassie übernachtet habe. Sie beugt sich über mich – es waren ihre herabhängenden Haarspitzen, die mich im Gesicht gekitzelt haben.

Mühsam stütze ich mich auf die Ellbogen. »Wa ... Was ist denn?«

Erst jetzt höre ich, wie es leise an die Tür klopft. Draußen ist jemand.

»Ob das mit zur Vorstellung gehört?«, frage ich.

»Wahrscheinlich«, antwortet sie und tritt einen Schritt zurück, während ich aus dem Bett steige.

Wieder klopft es, diesmal eindringlicher als zuvor. Als ich die Tür erreicht habe, schaue ich noch einmal zu Cassie, um ihr anzuzeigen, dass sie sich bereithalten soll; was natürlich albern ist, denn wir befinden uns ja nicht tatsächlich in Gefahr.

Ich öffne die Tür. Vor mir steht ein gut aussehender Mann, dessen Gesicht ich auf der Website gesehen hatte, als Cassie dabei war, die Tickets zu buchen.

Wir werden also von Coriolanus höchstselbst geweckt.

»Darf ich eintreten?«, fragt er.

Vermutlich würden unsere Protagonisten nie im Leben auf die Idee kommen, Coriolanus einzulassen, doch er wartet unsere Reaktion gar nicht ab. Stattdessen betritt er unser Zimmer, schreitet auf und ab und lässt uns mit ausschweifenden Worten wissen, dass er uns ein Geheimnis anvertrauen will. »Ihr Plebejer liegt mir sehr am Herzen«, fährt er fort. Cassie sieht mich fragend an, ob wir darauf einsteigen sollten. Aber ich bin der Ansicht, dass der weitere Verlauf der Szene ganz davon abhängt, was er uns zu sagen hat. Daher mache ich eine Geste, dass wir ihn erst einmal ausreden lassen.

Doch schon eine halbe Minute später bedauere ich diese Entscheidung, denn Coriolanus verfällt in eine völlig irre Tirade, wie eingeengt er sich fühle, wenn er den Coriolanus »spielen« müsse (Meta oder was?) und schwört dann schließlich, dass er uns einen nach dem anderen auslöschen wird, damit er irgendwann in einer Welt leben kann, in der er sicher ist …

»In einer Welt, die ganz allein mir gehört!«

Der Schauspieler stürzt auf Cassie zu, was wir als Stichwort werten, schleunigst von hier zu verschwinden. In den Fluren rennen wir an Rebellen vorbei und rufen ihnen zu, dass Coriolanus selbst sich im Gebäude befindet! Sie informieren uns, wo wir uns in Sicherheit bringen können – indem wir die dritte rote Tür nehmen.

Während wir weiterlaufen, greift Cassie nach meiner Hand, bis wir schließlich die besagte Tür erreichen. Wir stürzen hinein, schlagen sie hinter uns zu und lehnen uns von innen dagegen. Unterdessen lauschen wir auf die eilenden Schritte und aufgebrachten Rufe draußen. Als ich sie ansehe, merke ich, dass es ihr genauso schwerfällt wie mir, nicht aus der Rolle zu fallen und davon zu schwärmen, wie genial das alles ist.

Als Nächstes lässt Cassie ihren Blick durch den Raum schweifen und ich sehe mich ebenfalls um. Wir stellen fest, dass wir in einen winzigen Lagerraum geschickt wurden, in dem ein paar Kisten mit der Aufschrift »Korn« stehen. Jede Wette allerdings, dass sie leere Requisiten sind. Cassie und ich stehen dicht gedrängt nebeneinander, da der Raum wirklich klein ist. Von draußen dringt chaotisches Stimmengewirr zu uns herein.

Es ist schon ein bisschen – okay, ziemlich – beängstigend, allerdings auf durchaus kontrollierte Art. Deshalb weiß ich nicht so recht, warum Cassie sich vor der hinteren Wand auf den Boden setzt und das Gesicht in den Armen verbirgt, die sie um ihre Knie geschlungen hat.

Ich krieche zu ihr und setze mich neben sie. Es ist wirklich extrem eng hier drinnen. »Hey.« Sanft stoße ich sie mit dem Ellbogen an. »Es wird alles wieder gut. Sie können uns gar nichts tun, denn dann bekämen sie rechtliche Schwierigkeiten. Glaub mir das, ich studiere Jura an der Columbia.« Bei dieser Aussage spüre ich einen Stich im Herzen, als ob ich damit zugegeben hätte, kein »richtiger« Schauspieler zu sein.

Sie hebt den Kopf, und ich sehe ihre müden Augen durch die Locken hindurch, die ihr ins Gesicht gefallen sind. »Das weiß ich doch alles. Ich bin einfach nur todmüde. Aber trotzdem danke für die beruhigenden Worte.«

Ich weiß nicht, ob es seit wir uns kennen das dritte oder vierte Mal ist, dass ich knallrot werde, und ich frage mich, wie ich je ein professioneller Darsteller werden will, wenn ich mich vor fremden Leuten derart schnell blamiere.

Gähnend merkt Cassie an: »Tut mir alles schrecklich leid. Ich wusste nicht, dass diese Übernachtungssache so stressig wird. Wahrscheinlich verderbe ich dir deinen ganzen Aufenthalt hier, oder?«

Ich stoße sie noch mal an. »Nein, überhaupt nicht. Was der fiese römische General uns serviert, kann gar nicht so gruselig sein wie das, was mich zu Hause erwartet.« Noch während ich diesen Satz ausspreche, wird mir bewusst, dass ihr das wahrscheinlich zu viele Informationen von einem Typen sind, den sie eigentlich gar nicht richtig kennt. Ich starre in Richtung Tür und spüre, wie Cassie mich ansieht. Als ich es wage, ihren Blick zu erwidern, stelle ich fest, dass er gar nicht abweisend, sondern – ganz im Gegenteil – neugierig ist.

»Darf ich raten?« Ich nicke und frage mich, ob sie denkt, dass ich irgendwie aus zerrütteten Verhältnissen stamme. »Deine Eltern wissen gar nicht, dass du hier an einem Vorsprechen teilgenommen hast?«

Ich lache und betrachte eingehend meine Schuhspitzen. »Kannst du Gedanken lesen, oder was?«

»Nee. Aber du bist schließlich ein Schauspielkollege – da standen die Chancen fifty-fifty, dass es darum geht. Also, was genau ist das Problem? Hat deine Familie etwas gegen Kunst einzuwenden?«

Das hat sie in der Tat. Allerdings aus anderen Gründen, als Cassie wahrscheinlich vermutet. »Ich komme halt aus einer Anwalts-Dynastie. Familientradition. Da erwartet man von mir, dass ich nicht von dieser Vorlage abweiche.«

Sie rückt ein wenig herum, sodass sie mich ansehen kann. »Würden sie sonst ausrasten?«

»Ja, würden sie. Mein Vater findet, dass Schauspiel eine total ›brotlose Kunst‹ ist. Ohne jede Sicherheit.»›Schauspieler wird man schon bald komplett durch Animationen ersetzen. Aber gute Anwälte werden nie arbeitslos, solange die Menschheit so dumm bleibt wie bisher.‹«

Sie gibt ein Schnauben von sich, das teils spöttisch, teils verärgert klingt und in mir das Bedürfnis auslöst, meine Familie in Schutz zu nehmen.

»Sie haben für mich eben nur das im Blick, was sie kennen. Das nehm ich ihnen nicht mal übel ...«

Cassie lächelt. »Aber etwas Wichtiges übersehen sie dabei.«

»Ah, dir entgeht aber auch nichts.« Ich lache, doch sie bleibt ernst. Ihr eindringlicher Blick fordert mich auf, es in Worte zu fassen. Sie lässt mich also nicht davonkommen. »Na ja ... Ich würde mir schon wünschen, dass sie nicht einfach über meinen Kopf hinweg meinen Lebensweg planen. Wenn ich nicht seit jeher davon ausgegangen wäre, später Anwalt zu werden, dann hätte ich das Schauspiel vielleicht schon viel früher entdeckt. Gut möglich, dass ich dann viel besser wäre.«

»Ich hab aber schon den Eindruck, dass du ziemlich gut bist.«

»Hm, kann sein ... Ich meine, nach RADA-Maßstäben nicht gut genug, aber ansonsten wahrscheinlich ganz okay.«

»Das Vorsprechen war extrem wichtig für dich, oder?« Sie sieht mich während unseres Gespräches die ganze Zeit unverwandt an, was in mir das Bedürfnis auslöst, auszuweichen – das ist allerdings unmöglich, da ich mit dem Rücken zur Wand sitze. Ich weiß nicht mal genau, was draußen im Flur vor sich geht, denn meine gesamte Aufmerksamkeit ist auf Cassie gerichtet. Es ist ein äußerst seltsames Gefühl, so eindringlich darüber befragt zu werden, warum mir das Schauspiel so am Herzen liegt. Ich bin so geprägt worden, dass ich meinen eigenen Antworten nie so recht über den Weg traue. Von den Malones wird erwartet, dass sie mit beiden Beinen fest im Leben stehen.

Ich nicke kurz und flüstere, ohne auszuweichen, ein leises »Ja«.

Aber das genügt ihr natürlich noch nicht. »Was hing denn für dich dran? Hast du gedacht, wenn es mit dem RADA-Sommerkurs klappt, dann findest du auch den Mut, deinen Eltern zu sagen, was du eigentlich machen willst?«

Zunächst bin ich einigermaßen geschockt, wie schnell sie das Ganze durchschaut hat. Doch dann fällt mir ein, dass sie Schauspieler ziemlich gut kennt, denn immerhin gehörte sie mal selbst zu unserer Zunft. Außerdem kann sie mich und mein Problem verstehen, weil sie mir aufmerksam zugehört hat. Das ist ein gutes Gefühl. »So ungefähr.«

»Das kann ich ja nachvollziehen, aber … wenn du den Mut hast, hierher zu fliegen, vor Profis vorzusprechen, dann wirst du dich doch auch trauen, deinen Eltern zu sagen, dass du es einfach mal ausprobieren willst.«

»Hast du das so gemacht?«

Sie kneift die Augen zusammen, als ob sie die Frage nicht so recht verstehen könnte. Dann prustet sie plötzlich los. Ich habe sie heute schon mehrmals zum Lachen gebracht, aber jetzt lacht sie zum ersten Mal, ohne dass ich einen Witz gemacht habe. »Was ist denn so lustig?«

»Nichts, gar nichts ...« Plötzlich geht mir ebenfalls auf, was ich bisher übersehen habe. Da ist noch etwas, das sie nicht ausspricht. »Egal, wie die Sache mit diesem Kurs ausgeht, du solltest ihnen auf jeden Fall davon erzählen, sobald du wieder zu Hause bist. Wenn dir eine Sache so wichtig ist, dass du weite Wege auf dich nimmst, nur um an einem Vorsprechen teilzunehmen, dann ist sie dir auch wichtig genug, um deiner Familie die Wahrheit zu sagen. Sie werden Verständnis dafür haben.«

»Eigentlich ist das Hauptproblem gar nicht meine Familie.«

Sie macht ein wissendes Gesicht. »Deine Freundin.«

Schon beim Gedanken an Taylor werde ich schlagartig todmüde. »Ja ...«

»Sie würde nicht mitkommen?« Cassie setzt sich jetzt wieder so, dass wir beide in Richtung Tür blicken. Ich fühle mich wie elektrisiert und weiß nicht so recht, ob es daran liegt, dass sie mich lauter Sachen fragt, die zu Hause – weder in Austin noch in New York – bisher nie jemand von mir wissen wollte und ich mir wünsche, dass dieses Gespräch immer weitergeht. Vielleicht liegt es aber auch an der leichten Berührung ihres Arms, wenn sie sich bewegt.

»Das ist ja gerade das Problem ...« Ich bin kurz davor, etwas auszusprechen, was ich schon länger verdränge und wofür ich mich selbst verachte. »Ich bin mir gar nicht sicher, ob ich das will.«

»Wie lange seid ihr denn schon zusammen?«

»Seit unserem Freshman-Jahr an der Highschool.«
Sie tippt gegen meine Schulter. »Dafür brauche ich eine Übersetzung. Ich bin aus England, schon vergessen?«
»Ach ja, richtig ... Seit der neunten Klasse, also seit ungefähr vier Jahren.«
»Und danach seid ihr nicht zusammen ans College gegangen?«
»Nein, sie ist in Texas geblieben. So wie fast unsere ganze Klasse.«
»Und du bist die große Ausnahme? Der Einzige, der den Absprung geschafft hat?«
Jetzt bin *ich* derjenige, der losprustet. »Genau. Einen Absprung für exakt vier Jahre. Nach dem College werde ich meinen Jura-Abschluss vermutlich wieder in Heimatnähe machen. Die große Frage ist nur, wird das vor oder nach der rauschenden Hochzeit sein?«
»Ihr seid *verlobt?*«
»Nein, nein ...« Ich lehne meinen Kopf gegen die Wand und strecke die Beine aus. Über dieses Thema zu reden, strengt mich offenbar sehr an. »Aber wenn es nach unseren Müttern geht, führt kein Weg daran vorbei.« Zaghaft sehe ich zu ihr hinüber und warte auf die nächste Frage, doch es kommt keine. Sie drängt mich nicht, über etwas zu sprechen, das mir unangenehm ist, und zwingt mir auch nicht ihre Ansichten auf. So etwas bin ich nicht gewohnt, deshalb rede ich weiter.
»Das klingt jetzt bestimmt komisch, aber ... bei uns in der Stadt galten wir als so was wie ein Traumpaar. Beide groß, blond, sportlich, nicht dumm ...«

»Und beide total bescheiden?«, witzelt sie.

Ich erwidere ihr Lächeln, bevor mich die Erschöpfung wieder überkommt. »Unsere Mütter sind gut befreundet, und wahrscheinlich träumen sie schon seit unserer Kindheit davon, wie entzückend es doch wäre, wenn Taylor und ich irgendwann heiraten würden. Früher waren wir beide auch wirklich enge Freunde, sodass die Sache für alle völlig klar war. In meiner Familie läuft das halt so, weißt du? Da wird das Stück, nach dem dein Leben ablaufen soll, quasi von *außen* festgelegt. Wen du mal heiratest, wo du wohnen wirst …«

»Womit du deinen Lebensunterhalt verdienst?« Ich spüre ihren aufmerksamen Blick und zögere daher, sie anzusehen, weil ich genau weiß, dass in meinem Gesicht deutlich zu lesen ist, wie unglaublich mir das alles auf die Nerven geht. Und nachdem sie das erkannt hat, bleibt mir nichts anderes übrig als ihr genau zu erklären, warum ich solche Angst davor habe, etwas dagegen zu unternehmen, und weiß genau, dass es ziemlich erbärmlich klingen wird.

Deshalb nicke ich einfach nur. »Ja, das auch.«

»Denkst du, dass du glücklich sein wirst?«, fragt sie. »Als Anwalt? Falls es darauf hinausläuft?«

Ich verfluche meine Fantasie, die umgehend eine Szene im Gerichtssaal heraufbeschwört, in der ich vor den Geschworenen auf und ab gehe und dabei gelegentlich auf den unsichtbaren Mandanten zeige, für den ich einen Freispruch von einer völlig abstrusen Mordanklage erwirken will. Dabei bekomme ich Applaus von den zwölf Männern und Frauen und sogar von den Zuschauerrängen.

Fest steht, dass es wesentlich unangenehmere Arten gibt, sein Geld zu verdienen, und ich kann mir durchaus vorstellen, wie befriedigend es sein kann, in seinem Berufsleben tagtäglich Gutes zu tun. Dann muss ich allerdings an die vielen Gelegenheiten denken, wenn mein Vater gestresst über irgendwelchen Akten saß, oder wenn er mitten in der Nacht noch Unterlagen studierte und mit Anmerkungen versah oder Paragrafen in einem Gesetzbuch nachschlug, das so dick war wie ein Pflasterstein. Dabei macht er immer einen mehr oder weniger schlecht gelaunten Eindruck. Außerdem wurde er nicht müde, mich darauf hinzuweisen, dass viele Anwälte in ihrer gesamten Laufbahn keinen Gerichtsaal von innen sehen. Ich frage mich also, was an meiner kleinen Fantasievorstellung verlockender war: dem zu Unrecht beschuldigten Mann zu seinem Recht zu verhelfen oder der (wahrscheinlich unrealistische) Applaus des Publikums?

»Ich weiß nicht so genau«, gebe ich zu. »Vielleicht … Möglicherweise. Anwälte verdienen gutes Geld …« Ich muss lachen, weil mir die Worte meines Vaters so flüssig über die Lippen kommen. »Aber ehrlich gesagt nehme ich an, dass ich mich langweilen würde. Ich meine, wahrscheinlich wäre das Studium an sich kein Problem, und ich würde das bestimmt auch ganz gut machen, aber vermutlich fände ich es nach einer Weile ziemlich eintönig. Das Fachgebiet meines Vaters ist nicht sonderlich glamourös – im Wesentlichen ist er dafür zuständig, den Verwaltungskram großer Unternehmen zu prüfen. Vielleicht wäre es anders, wenn er sich mit Strafrecht beschäftigen würde ... Aber selbst das klingt für mich nicht sonderlich aufregend.«

»Was findest du denn aufregend?«

Ich überlege einen Moment und versuche, eine geeignete Formulierung zu finden. Aber mein vom Schlafentzug geplagtes Hirn ist noch ein wenig vernebelt, sodass ich einfach herausplatze: »Dich.«

An ihrem verblüfften Blick – aus dem die Frage spricht, wo das jetzt so plötzlich herkam – erkenne ich, wie aufdringlich das wahrscheinlich klang, vor allem angesichts der Situation. »Ich meine, solche Tage wie heute – immerzu über Theater reden und so. Das sollte jetzt nicht heißen, dass ich gern mit dir zusammen bin ... also, mit dir *allein*. Ich will gar nicht unbedingt allein mit dir sein. Nicht dass ich ...«

Sie nimmt meine Hand. »Cut.« Ihr Ton hat etwas Autoritäres an sich, der mich tatsächlich zum Schweigen bringt. »Ich versteh schon. Danke für das nette Kompliment.«

»Tut mir trotzdem leid«, murmle ich. »Wenn ich müde bin, fang ich immer an, Unsinn zu labern.«

»Tja ...« Sie lehnt sich gegen die Wand. »Eigentlich ist ja alles meine Schuld. Es hätte mir auffallen müssen, dass ich die Tickets mit Übernachtung gebucht habe. Entschuldige.«

»Du musst dich nicht entschuldigen.« Irgendwann – ich weiß gar nicht genau wann – lege ich meine freie Hand auf ihre, sodass sie zwischen meinen Händen ruht. »Ich hab heute Abend ein Shakespeare-Stück mit allen Sinnen erlebt. Das werde ich niemals vergessen. Hab Dank dafür, Cassie.«

»Nun sehen wir uns einfach nur an. Cassies Miene ist ein klein wenig verwirrt, als ob sie nicht so ganz verstanden hätte, was ich gerade gesagt habe. Aber *so* stark ist mein Akzent doch nun auch wieder nicht, oder? Keiner von uns beiden weiß so recht, wie es jetzt weitergehen soll. Deshalb halten wir uns einfach sehr lange an den Händen, bis Cassie mich schließlich anlächelt.

»Gern geschehen. Und weißt du was, du solltest diesen Abend und dieses Gefühl gut in Erinnerung behalten« – als ob ich das je vergessen könnte –, »denn wenn das Theater dir wirklich am Herzen liegt, bist du es dir schuldig, in dieser Richtung einen Versuch zu wagen.«

»Und wenn ich dabei feststelle, dass ich nicht gut genug bin?« Wo kam denn diese Frage nun schon wieder her? Bisher hatte ich es noch nie gewagt, mit jemandem über dieses Thema zu sprechen, nicht einmal mit Taylor. Offensichtlich macht mich das Gespräch mit einer Fremden, die ich nie wiedersehen werde, mutig und unerschrocken.

Ich fühle, wie sie meine Hand drückt. »Dann hast du das wenigstens herausgefunden«, antwortet sie, »und endest nicht als reicher, unerträglich erfolgreicher Anwalt, der dauerdeprimiert ist, weil er sich ständig fragt, was gewesen wäre, wenn. Und der sich in Grund und Boden ärgert, dass er nicht den Mut hatte, ehrlich zu sich, zu seiner Familie … und zu seiner Freundin zu sein.«

Ich halte ihrem Blick nur wenige Sekunden stand, ehe ich wegschaue und mir schon wieder die Schamesröte den

Hals hinauf bis in die Wangen steigt. Ich bin es einfach nicht gewohnt, so offen und direkt über dieses Thema zu reden. Das macht mich ganz fertig.

»Uah!«

Cassie schreit auf und befreit ihre Hand, um die Augen abzuschirmen – denn plötzlich ist unser Raum in grelles Licht getaucht. Das kommt noch viel unerwarteter als bei *Les Mis*. Ich muss ein paarmal blinzeln und stehe mit gesenktem Kopf auf. Dabei spüre ich deutlich den kalten Lufthauch auf meiner leicht verschwitzten Handfläche, die eben noch Cassies Hand berührt hat.

»Was ist denn hier los?«, rufe ich und beneide sie um ihre langen Haare, die ihre Augen ein wenig vor dem hellen Licht schützen.

»Ich nehme an, dass die Vorstellung zu Ende ist«, antwortet sie.

Fassungslos sehe ich sie an. »Ernsthaft? Erst die ganze Aufregung und dann hockt man als großes Finale eine halbe Stunde in irgendeinem Raum?«

Sie wirft den Kopf in den Nacken und lacht mich aus. So was bringt mich normalerweise total auf die Palme, aber bei ihr stört es mich kein bisschen. »Ich glaube nicht, dass es so gedacht war. Vermutlich gab es irgendwo eine richtige Schlussszene. Aber die haben wir wohl verpasst.«

»So ein Mist!« Ich öffne vorsichtig die Tür – doch der Flur ist mittlerweile fast leer, abgesehen von ein paar anderen zahlenden Akteuren, die in Richtung Tür strömen und dabei mit strahlenden Gesichtern von diesem einzigartigen Erlebnis schwärmen.

Cassie äugt über meine Schulter. »Ich wüsste ja gern, wie es ausgegangen ist.«

Ich zucke die Schultern. »Das werden wir wahrscheinlich nie erfahren.« Ich drücke die Tür weiter auf und lasse Cassie den Vortritt. »Siehst du, ich hab's dir ja gesagt – Impro bringt mich nur in Schwierigkeiten!«

Dienstag
07:38 Uhr

Nachdem wir unsere Taschen aus dem Schlafraum geholt hatten, mussten wir bei einer Plebejerin nachfragen, wo es zum Ausgang geht. Sie gab sich keinerlei Mühe, ihrer Rolle treu zu bleiben, sondern beschrieb uns unverblümt, durch welche Flure wir hinausfinden würden. Dabei grinste sie uns amüsiert an, als ob es regelmäßig vorkäme, dass junge Paare »versehentlich« das Ende der Vorstellung versäumten. Leicht beschämt eilten Cassie und ich aus dem Speichergebäude, vorbei an einem anderen Pärchen, das ich gestern Abend in der Bar gesehen hatte. Das Mädchen beschwerte sich gerade darüber, dass sie sich den Knöchel verdreht habe, als sie Coriolanus aus dem Gebäude vertreiben mussten (womit die Vorstellung vermutlich geendet hatte).

Ich bereue es überhaupt nicht, dass uns das Ende entgangen ist, denn ansonsten hätte ich Cassie niemals anvertraut, weshalb das RADA-Vorsprechen so wichtig für mich war und warum es für mich so kompliziert ist, nach Austin zurückzukehren. Und sie hätte mir nicht den entscheidenden

Rat geben können, der mir gezeigt hat, dass ich vielleicht doch nicht der letzte Arsch bin, was das Verhältnis zwischen Taylor und mir angeht.

Manchmal ist es eben doch ganz sinnvoll, vom vorgesehenen Text abzuweichen.

Jetzt laufen wir beide Hand in Hand durch den Park Hampstead Heath in Richtung Parliament Hill – jeder von uns mit einem Croissant und einem Tee von Starbucks, wo wir gerade vorbeigekommen sind. Cassie wollte unbedingt Tee, doch ich bereue meine Entscheidung, mich den hiesigen Gepflogenheiten anzupassen.

»Schmeckt er nicht?«, deutet Cassie meine Miene. Sie zeigt auf eine Bank am Wegrand und steuert darauf zu.

»Ach, ist schon okay«, lüge ich, während wir uns hinsetzen. »Aber generell bleibe ich wahrscheinlich doch lieber bei Kaffee.«

Schweigen breitet sich aus wie die tief hängenden Wolken über London, obwohl die Sonne sich alle Mühe gibt durchzubrechen und die Stadt vom dunklen Schleier zu befreien – jedoch vergeblich. Obwohl die Silhouette der Stadt in der Ferne ein wenig gespenstisch wirkt, ist es trotzdem ein schöner Platz. Ich sehe Cassie an und will ihr dafür danken, dass sie ihn mir gezeigt hat, doch ich sehe ihr Gesicht im Profil und halte inne. Da sie ihre Haare zu einem straffen Pferdeschwanz gebunden hat, erkenne ich die scharfen Konturen und den bewundernden Blick, mit dem sie die Skyline betrachtet. Sie ist gerade voll und ganz in diesen Anblick versunken und ich will sie keinesfalls dabei stören.

Deshalb richte ich den Blick ebenfalls auf London. Ich habe eine Reihe von Artikeln gelesen, in denen die Stadt mit New York verglichen wird. Auch wenn sie sich vom Rhythmus her vielleicht ähneln, sind sie sich *optisch* überhaupt nicht ähnlich, zumindest in meinen Augen. Die New Yorker Skyline ist wie eine gigantische Mauer aus Stahl und Beton, während die Londoner Wolkenkratzer eher verstreut angeordnet sind und dazwischen niedrigere Gebäude stehen, die aussehen, als ob sie sich vor ihren höheren Pendants verneigen.

Diese Stadt unterscheidet sich so sehr von allen anderen, in denen ich je gelebt habe, dass ich mich weiter von zu Hause entfernt fühle als je zuvor und mir der Kopf schwirrt von dem aufregenden Theaterstück, das ich gerade (wenngleich nicht ganz vollständig) erlebt habe. Außerdem freue ich mich auf meine Rückkehr an die Columbia im Januar, um weiter zu lernen und an mir zu arbeiten, obwohl ich das RADA-Vorsprechen vermasselt habe. Das Beste ist aber, dass ich all das mit einer neuen Freundin teilen kann. Dieser Moment könnte kaum schöner sein.

Und dann fängt es auch noch an zu schneien.

Neben mir atmet Cassie hörbar ein.

»Was ist denn?«, frage ich und sehe sie an.

Sie sieht in den Himmel und hat ein Lächeln im Gesicht, das wie ein kleiner Sonnenstrahl leuchtet. Aber das behalte ich natürlich für mich. »Ach nichts. Es ist nur ... so selten, dass es zu Weihnachten schneit.«

Ihre Stimme wird von einem über uns hinwegdonnernden Flugzeug im Landeanflug übertönt. An Bord vielleicht

Einheimische und Touristen, die in London eintreffen, um ihre eigenen Abenteuer zu erleben? Ich wünsche ihnen, dass London sie genauso freundlich empfängt wie mich.

Erneut genieße ich die Aussicht und bin mir plötzlich ganz sicher, dass ich im Sommer noch mal herkommen muss.

»Ich war nur drei Monate weg«, sagt sie, »aber ich hatte schon ganz vergessen, wie wunderschön diese Stadt sein kann. Ich bin fast ein bisschen neidisch auf dich, dass du sie zum ersten Mal siehst.«

»Ja …« Ich sehe sie an und nehme wieder ihre Hand, die so eiskalt ist wie meine. »Ziemlich perfekt, würde ich sagen.«

Als sie mich ansieht, wird mir bewusst, wie banal und kitschig diese Zeile daherkam (auch wenn sie gar nicht so gedacht war!), und dass ich gar nicht so genau weiß, ob ihr dieser Körperkontakt überhaupt recht ist. Ich kenne sie nicht gut genug, um zu beurteilen, wie viel Wert sie auf eine gewisse Distanz legt.

»Entschuldigung«, sage ich und ziehe meine Hand zurück. »Es war nur gerade so romantisch. Also, für mich, nicht für *uns*. Ich möchte da nicht für dich sprechen.« Wieder richte ich den Blick auf die Silhouette der Stadt und merke, wie mein Gesicht ganz heiß wird.

Cassie lacht. »Schon in Ordnung. Dieser Moment war wirklich etwas Besonderes. So was kommt halt vor in London.«

»Mir war überhaupt nicht bewusst, wie sehr ich diesen Abend und diesen Morgen nötig hatte.« Dabei muss ich beinahe lachen, weil ich lauter Sachen sage, über die sich meine Kumpels zu Hause wahrscheinlich totlachen würden. »Manchmal bringt die Schönheit der Welt mein Herz zum Singen, weißt du, was ich meine?«

»Ja …« Mit ernstem Blick betrachtet sie die Stadt. »Ein bisschen schon.«

Cassie

Dienstag
08:25 Uhr

Hier im Park auf dieser Bank, bei leichtem Schneefall, fühle ich mich total entspannt; viel weniger gestresst und unter Druck als gestern bei meiner Ankunft in London. Wenn ich die Skyline betrachte, sehe ich keine seelenlosen Bürogebäude aus kaltem Stahl, sondern die offenen Arme meiner *Heimatstadt*.

Als Jason mich dann fragt »Und was wirst du jetzt machen?«, antworte ich daher vielleicht ein wenig zu ehrlich:

»Ich weiß noch nicht genau, aber ich hab das Gefühl, dass es mir jetzt leichter fällt, darüber nachzudenken. Ich kann wieder freier atmen. Es kommt mir vor, als ob London dafür sorgt, dass ich einen klaren Kopf bekomme …«

Er sieht mich an, als ob ich Chinesisch mit ihm reden würde. Dann breitet sich langsam ein Grinsen in seinem Gesicht aus, das ihm ausgesprochen gut steht.

»Ich meinte eigentlich, mit dem Rest des Tages.«

Ups! »Ach so, ja …« Ich werde rot und durch den eisigen Wind sticht es ein wenig in meinen Wangen. »Das muss ich mir noch überlegen.«

»Aber es ist super«, fügt er hinzu, während er herzhaft gähnen muss, »dass du jetzt so optimistisch bist.« Jason sinkt der Kopf auf die Brust. Er hebt ihn wieder, blinzelt mehrmals und klopft sich auf die Wangen. »Wahrscheinlich sollte ich mich mal auf den Weg zu Charlotte machen und ein bisschen Schlaf nachholen.«

Reflexartig, um irgendwas zu tun, hole ich mein Handy hervor und stelle fest, dass es immer noch 55% Akku hat, obwohl es schon mindestens vierundzwanzig Stunden her ist, seit ich es zum letzten Mal geladen habe. Ich weiß nicht genau, ob das für die Vorstellung spricht, die wir gesehen haben, oder eher für meine Begleitung.

Außerdem finde ich ein paar Textnachrichten von Mum und eine Meldung der Mailingliste, die ich abonniert habe, mit Infos über eine Verlosung für …

»*Follies!*«, entfährt es mir, und schlagartig habe ich ein Bild davon, was ich an diesem Tag – zumindest am Vormittag – tun werde.

»Das Sondheim-Musical? Ich liebe es«, antwortet er. »Meine Schauspiel-Dozentin steht total drauf. Sie meint zwar, dass wir zu jung wären, um es einzustudieren, aber wir mussten das Stück und die Liedtexte lesen und haben uns in der Bibliothek ein Video der Originalproduktion am Broadway angesehen. Den Song »The Road You Didn't Take« hab ich danach noch wochenlang ständig vor mich hingesungen …« Er macht ein verlegenes Gesicht.

Ich bin ganz euphorisch. »Du magst das Stück? Omeingott, und ich erst. Meine Schauspielfreunde finden das megaschräg und können nicht nachvollziehen, wieso ich ein Musical über alte Leute aus den Siebzigern so toll finde.«

»Na, weil es einfach *genial* ist!«, kontert Jason umgehend. »Und dann erst die Kostüme!«

Ich stoße ein etwas irres Kichern aus. Gut möglich, dass ich auch ein bisschen Schlaf gebrauchen kann. Aber vorher ... »Okay, ich schau mal, ob ich Karten dafür kriege.«

Jason bleibt ernst. »Für die Inszenierung im Golden Theatre? Da weiß sogar *ich,* dass die total ausverkauft ist.«

»Schon klar, aber es ist Dienstag ...«

Er reagiert nicht. Deshalb erkläre ich: »Dienstag ist der beste Tag, um Restkarten zu kriegen! Das ist zwar normalerweise nicht so mein Ding, aber es ist eine Revival-Produktion – die Besetzung aus dem West End Theatre von vor zehn Jahren steht noch einmal zum großen Finale im Golden Palace auf der Bühne. Und weißt du, wer damals die Hauptrolle gespielt hat? Portia Demarche als Sally!«

Normalerweise sind Theaterfans immer ganz aus dem Häuschen, wenn der Name Portia Demarche fällt, aber Jason bleibt völlig ungerührt. »Ganz große Broadway-Legende«, helfe ich ihm auf die Sprünge. »Sie hat alle großen Hauptrollen gespielt und sämtliche Preise abgeräumt ...«

»Ja«, erwidert er und richtet den Blick wieder in Richtung Skyline. »Ich hab von ihr gehört.«

Beeindruckt ihn das denn gar nicht? Wie ist das möglich?

»Also, *ich* finde das total aufregend«, verkünde ich. »Es gibt zwar ein paar kleine Änderungen an der Besetzung, aber trotzdem. Diese Produktion ist absolut legendär und außerdem: Eine Prise Sondheim kann so ziemlich jeden Tag retten, egal, wie ätzend er war. Meinst du nicht?«

Er sieht immer noch starr geradeaus und wirkt tief in Gedanken versunken. Er kaut auf seiner Unterlippe und sieht dabei ausgesprochen großartig aus. Nach einer Weile nickt er. »Stimmt … Sondheim ist toll.« Dann strafft er den Rücken. »Okay … klingt interessant.«

»Was genau soll das heißen?«

»Das soll heißen, dass ich mitkomme … wenn das okay für dich ist.«

Dienstag
09:37 Uhr

Wir brauchen fast eine Stunde von Hampstead bis Cambridge Circus, wo sich das Golden Palace Theatre befindet. Wegen des Berufsverkehrs war die Fahrt mit der Jubilee Line ein Albtraum. Sechs U-Bahnen waren überfüllt, sodass wir nicht mitfahren konnten, und als wir uns dann in die siebte buchstäblich hineingepresst hatten, war sie so voll, dass Jason und ich die ganze Zeit dicht aneinandergedrängt stehen mussten. Er hielt sich mit einer Hand an einem Griff über mir fest, wodurch er bei jedem Halt mit dem Ellbogen gegen meinen Hinterkopf stieß. Das war schmerzhafter als Bens Ellbogen gestern im Zug, aber trotzdem viel weniger nervig.

Jetzt überqueren wir die Charing Cross Road und laufen auf das Golden Palace Theatre zu. Eine Schlange von etwa zwanzig Leuten wartet schon vor der Kasse, die um zehn Uhr öffnet. Ich drehe mich um und will Jason vorwarnen, dass unsere Chancen vermutlich nicht allzu groß sind, doch er betrachtet eingehend ein riesiges Plakat mit dem Gesicht von Portia Demarche. Allerdings macht er dabei kein sonderlich beeindrucktes Gesicht.

Ich will ihn gerade fragen, weshalb er eigentlich das Stück so unbedingt sehen will, da stellt er sich plötzlich vor mich und schirmt mich gegen einen Mann in einem schweren grünen Flanellmantel ab, der mit einer Bierdose in der Hand auf uns zugewankt kommt. Es ist klar, dass er auf Jason bedrohlich wirkt, aber am Leuchten in seinen Augen ahne ich, was gleich passieren wird.

Der Betrunkene dreht sich mit seitlich ausgestreckten Armen einmal langsam um die eigene Achse und verschüttet dabei sein Bier auf einige der Wartenden. »Weihnachten gehööört den Träumern!«

Dann bricht er in schrilles asthmatisches Gelächter aus und geht weiter. Jason sieht ihm hinterher, bis er außer Sichtweite ist.

»Das war ja abgefahren«, kommentiert er, während ein nervöses Lachen durch die Kassenschlange geht. Dann kneift er grübelnd die Augen zusammen. »Ist das eine Zeile von irgendwoher?«

Ich zucke die Schultern und tue so, als ob ich auf meinem Handy etwas Hochinteressantes entdeckt hätte, das ich mir unbedingt sofort ansehen müsste. Nachdem ich eine Weile auf mein Display gestarrt habe, muss ich plötzlich herzhaft gähnen.

Als ich damit fertig bin, stößt er mich leicht an. »Tut mir leid, dass ich kein unterhaltsamerer Begleiter bin.«

Als ich etwas antworten will, muss ich wieder gähnen.

»Na toll«, erwidert er lachend. »Man könnte glatt denken, dass *du* die mit dem Jetlag bist.« Er tritt einen Schritt zur Seite und sieht sich um. »Was hältst du davon, wenn ich uns mal 'nen Kaffee besorge? Erinnerst du dich: Dieses braune Heißgetränk, von dem man so schön wach wird?«

Er grinst über seinen eigenen Witz, aber ich bin viel zu müde, um es lächerlich zu finden. Als ich ihm Geld geben will, winkt er nur ab, da ich für *Conspiracy Theory* noch etwas bei ihm gut habe. Im Laufschritt macht er sich auf den Weg zum nächstgelegenen Café und taucht zehn Minuten später mit zwei großen Kaffeebechern und zwei Teigtaschen wieder auf. Gefüllt mit *Schinken*.

Zehn Punkte für Jason.

Ich bin gerade dabei, mein Frühstück hinterzuschlingen, als ich ihn lachen höre. Vor lauter Hunger ist es mir völlig egal, ob mein Gesicht mit Ketchup oder Fett verschmiert ist. Aber er sieht gar nicht mich an, sondern das Pärchen direkt vor uns. Sie sind schätzungsweise Ende dreißig. Der Mann trägt ein blütenweißes Basecap und die Frau eine mit Mistelzweig verzierte Beanie, die ich auf Anhieb komisch finde.

Die Frau richtet ihre blassblauen Augen auf uns, und ich bekomme schlagartig koffeinbedingtes Herzrasen bei dem Gedanken, dass sie vielleicht durchschaut, warum der Alkoholiker vorhin seine kleine Showeinlage vor mir aufgeführt hat. Aber sie zeigt nur ihre makellosen Zähne und stellt fest: »Ist das nicht unglaublich aufregend?« Sie teilt uns mit, dass sie Bets heißt und ihr Ehemann Harry. Ohne abzuwarten, bis wir uns ebenfalls vorstellen, fügt sie hinzu: »Wenn mich nicht mein Schatzi hier« – sie tippt Harry liebevoll gegen die Rippen – »zu einer nachträglichen Winter-Hochzeitsreise überredet hätte, wäre uns diese einmalige Gelegenheit entgangen.«

»Ich hab's dir doch gesagt, Liebling«, ergänzt ihr Mann, während sie sich bei ihm unterhakt. »Das sollte eben so sein.«

»Vielleicht. Aber vielleicht liegt es auch daran, dass mein Schatzi einfach immer die besten Ideen hat.«

Er grinst sie seinerseits an. »Deshalb bin ich ja auch dein Schatzi.«

»Genau.« Sie küsst ihn so heftig, dass es trotz des Verkehrslärms unüberhörbar ist. »Ein Schmatzi für meinen Schatzi.«

Harry erwidert den Kuss. »Ein Schatzi-Schmatzi!«

Nachdem sie zwei oder drei von diesen Küssen ausgetauscht haben, fangen sie richtig an zu knutschen, und ich schaue beiseite – verlegen oder genervt, da bin ich mir nicht so sicher. Dabei fange ich Jasons Blick auf und sehe, dass er das Ganze genauso lächerlich findet wie ich. Ich muss mein Gesicht an seiner Schulter verbergen, damit die beiden Knutschenden nicht mitbekommen, wie ich mich über sie lustig mache.

»Ach wie goldig …« Bets dreht sich wieder zu uns um. »Wie's aussieht, sind wir hier in der Liebesschlange gelandet, was?«

Ich wage es nicht, das Gesicht von Jasons Schulter zu heben, da ich mich kaum noch beherrschen kann. Dadurch wirken wir allerdings wie ein »Pärchen«, was Bets mit einem begeisterten Kreischen quittiert.

»Ach. Wie. Süß. Seit wann seid ihr zwei denn zusammen?«

Als ich mich wieder einigermaßen im Griff habe und es wage, sie anzusehen, sehe ich, dass Bets beide Arme um Harrys Taille geschlungen und den Kopf an seine Brust gelegt hat. Dabei sieht sie uns erwartungsvoll an und hofft vermutlich auf eine zauberhafte Liebesgeschichte. Ich weiß nicht so genau, ob es am Schlafmangel, am Kaffee oder an beidem liegt, jedenfalls höre ich mich plötzlich sagen: »Seit ungefähr neunzehn Stunden. Wir kennen uns erst seit gestern und haben uns Hals über Kopf ineinander verliebt, könnt ihr euch das vorstellen?«

Harrys Lächeln wirkt so starr, dass ich mich frage, ob er sich einen Gesichtsmuskel gezerrt hat. »Ach, ist das nicht entzückend?« Er sieht zu Bets hinunter. »Das erinnert mich daran, als wir zum ersten Mal…«

Er wird durch Jasons Handy unterbrochen, das den Eingang einer Textnachricht mit dem lautstarken Geräusch von splitterndem Glas meldet, woraufhin alle Umstehenden erschrocken zusammenzucken.

»Tut mir leid…« Er greift in seine Hosentasche. »Ich dachte, ich hätte es stumm geschaltet.«

Harry und Bets schmachten sich weiter an und ich sehe zu Jason rüber. Er wirft einen kurzen Blick auf sein Handy und merkt dann schulterzuckend an: »Falls wir hier kein Glück haben, brauche ich wahrscheinlich ein paar Tipps, was man in London noch so machen kann. Charlotte schreibt, dass sie wahrscheinlich den ganzen Tag nicht von zu Hause wegkommt, weil ihre kleine Schwester total am Rad dreht.«

Er will sein Telefon gerade zurück in die Hosentasche stecken, doch ich halte ihn am Handgelenk fest. »Das ist doch perfekt. Ich kann auf jeden Fall eine Tour durch die Stadt für dich zusammenstellen. Einen Theatermarathon – das wird super!«

Wieder verzieht er das Gesicht zu einem verhaltenen – und leicht verblüfften – Grinsen. »Aber du musst jetzt nicht die ganze Woche mit mir verbringen – es ist kurz vor Weihnachten, da hast du doch bestimmt genug zu tun mit Freunden und Verwandten und so, oder?«

Da es unmöglich ist, ihm dramafrei zu erklären, warum ich meine Familie nicht sehen will und auch kein dringendes Bedürfnis habe, meine Freunde zu treffen, greife ich zu einer Ausrede: »Ach, ich liebe das Theater einfach. Und wann kommt schon mal wieder Gelegenheit, so viel zu sehen und die Stadt zu erleben … noch dazu im Advent!«

Zwanzig Minuten später zeigt der Akkustand meines Telefons nur noch 27% an, nachdem ich diverse Spielpläne konsultiert und einen Wochenplan aufgestellt habe, welche Vorstellungen meiner Meinung nach für uns in Frage kommen. Ich bombardiere Jason mit meinen Vorschlägen, sodass er kaum hinterherkommt, auf einem Zettel mitzuschreiben, den er aus seinem Notizbuch herausgerissen hat. Etwas skeptisch war er in Bezug auf eine Weihnachtsrevue in Chelmsford am äußersten Stadtrand, weil er Sorge hatte, dass wir den Weg nicht finden. Aber ich konnte ihn beruhigen, dass dies in Begleitung einer Einheimischen wohl nicht zu befürchten sei. »Außerdem ist das mehr so ein regionales Ding, das kaum in der City aufgeführt wird.«

Er war immer noch nicht ganz überzeugt. »Wollen wir nicht vorher ein paar Rezensionen lesen?«

»Nicht nötig«, beruhige ich ihn. »Weihnachtsrevues sind halt so, wie sie sind. Der größte Pluspunkt sind die günstigen Eintrittspreise. Wenn wir uns die ganze Zeit im West End herumtreiben, ist deine Reisekasse bald leer. Und falls es uns überhaupt nicht gefallen sollte, ist es trotzdem keine verschwendete Zeit, weil man aus schlechten Inszenierungen manchmal genauso viel lernt wie aus guten.«

Was er ebenfalls nicht ganz nachvollziehen konnte, war mein dringender Wunsch, morgen ins National Theatre zu gehen, wo Lorna Lane in *Die Glasmenagerie* von Tennessee Williams mitspielt. Ich erklärte ihm, dass es mir nicht nur um das Stück ging, sondern vor der eigentlichen Vorstellung noch eine Signierstunde mit der Schauspielerin stattfand, in der sie den neuesten Band ihrer Memoiren vorstellen würde (die zu den skandalträchtigsten Büchern gehören, die je veröffentlicht wurden). Es war mir ein bisschen peinlich zuzugeben, dass ich sie gern las, wohingegen ich kein Hehl daraus machte, wie sehr ich Lorna bewunderte.

»Sie ist fantastisch«, sage ich und spreche dann im Flüsterton weiter, weil meine nächste Bemerkung durchaus dazu führen könnte, dass ich von den Leuten in der Warteschlange gelyncht werde. »Ehrlich gesagt finde ich, dass sie vielleicht sogar eine bessere Schauspielerin ist als Portia Demarche.« Ich nicke in Richtung des Plakats über dem Theater.

Als Antwort gibt er nur ein kurzes »Hm« von sich, woraufhin ich ihn vorwurfsvoll zurechtweisen will, als mir im letzten Moment in den Sinn kommt, dass er diese Schauspielerin – in London seit rund vierzig Jahren eine Legende, allerdings nur selten präsent am Broadway oder im Film – vermutlich überhaupt nicht kennt. In der US-Presse wird sie in der Regel als »britische Portia Demarche« gehandelt, worüber sie sich in ihren Memoiren *ausführlich* auslässt.

Endlich kommt Bewegung in die Schlange, alle rücken träge etwa zwei Schritte vorwärts, dann dauert es einen Moment, ehe hocherfreut aussehende Leute wieder herauskommen. Danach geht es wieder zwei Schritte weiter. Jedes Mal dreht sich Bets mit ihrem Dauerlächeln zu uns um, als ob sie die Aufregung kaum aushalten könnte. Als Harry und sie an der Reihe sind, befürchte ich, dass sie jeden Moment ohnmächtig wird. Aber inzwischen habe ich mich von ihrem Frohsinn so weit anstecken lassen, dass ich ebenfalls ein Lächeln auf den Lippen habe, als Jason und ich die nächsten sind …

Umso unerwarteter trifft es uns, als der Platzanweiser entschuldigend die Hände hebt. »Tut mir sehr leid«, erklärt er, »das sind die letzten beiden für heute.«

Hilflos müssen wir zusehen, wie Harry und Bets ihre

Tickets kaufen. Als sie wieder herauskommen, sind sie zumindest so umsichtig, dass sie es vermeiden, uns anzusehen, während sie sich im Gehen darüber unterhalten, dass sie heute Morgen noch nicht einmal sicher waren, ob sie sich überhaupt anstellen sollten.

Bets hängt sich an seinen Arm. »Das war höhere Fügung!«

Neben mir schnaubt Jason verächtlich. »Sollen wir sie warnen, dass es im Stück darum geht, wie einem die Ehe das Leben ruiniert?«

Lachend sehe ich dem glücklichen Paar hinterher. Bets schmiegt sich so eng an Harry, als ob sie ihn zur Stabilisierung bräuchte. Ich versuche mir vorzustellen, wie die beiden miteinander streiten, und frage mich, ob ihre sonnigen Gemüter überhaupt dem Wechselbad der Gefühle gewachsen sind, dem die Zuschauer in *Follies* ausgesetzt sind. Für einen ganz kurzen Augenblick empfinde ich sogar so was wie Hass. Denn als ich heute Morgen die Ankündigung für das Stück sah, war ich unter anderem deshalb so aufgeregt, weil mir der Soundtrack des Musicals jedes Mal ziemlich zu Herzen geht. Diese Geschichte über Menschen, die ihre früheren Entscheidungen bereuen (und fantastische Songs darüber singen) sollte mich von der Traurigkeit nach meinem verkorksten Semester an der Keele befreien. Vielleicht würde mir das helfen, zu Hause die Standpauke meiner Mutter besser zu ertragen.

»Ach komm«, sage ich zu ihm. »Gönnen wir es ihnen. Wir können ja morgen wiederkommen.« Was also bedeutet, dass ich frühestens am Donnerstag nach Hause komme.

»Aber selbstverständlich, Barb. Auf jeden Fall können wir morgen wiederkommen.«

Ich will gerade meiner Empörung Luft machen: Hat er ernsthaft meinen Namen vergessen? Doch dann fällt mir auf, dass der Tonfall definitiv nicht sein eigener ist – genauso wenig wie das Grinsen in seinem Gesicht. Er imitiert Harry. »Und lass dir eins gesagt sein, mein Schatzilein, ich zweifle keine Sekunde daran, dass wir morgen mit unseren Karten Glück haben werden.«

Ich hake mich bei ihm ein, schmiege mich an ihn und treffe blitzschnell eine Entscheidung über meine eigene Rolle. Impro fand ich schon immer toll! »Aber selbstverständlich, ähm ... *Henry*, mein Schatzi-Spatzi.« Ich bin mir nicht ganz sicher, ob meine Bets-Parodie genauso überzeugend ist wie Jason als Harry, aber auf jeden Fall ist es durchaus unterhaltsam ... wenn auch ein bisschen gemein. »Denn das soll so sein.«

»Du hast ja so supi-dupi recht, mein Schnuckelchen – so soll es sein. Und wahrscheinlich war es auch *Vorsehung,* dass es heute Morgen mit den Karten nicht geklappt hat ...«

»Tja, vielleicht war es auch Vorsehung, dass du so lange gebraucht hast, um dich fertig zu machen.« Ich spiele meine Rolle als »Barb« mit einem Dauerlächeln, von dem mir jetzt schon die Wangen wehtun. Es ist mir unklar, wie Bets das *im echten Leben* aushält!

Jason/Henry lächelt ebenfalls. »Ich wollte eben *einfach perfekt* für dich aussehen, mein Goldstück. Denn wenn wir nicht perfekt sind, ist doch sowieso alles umsonst.«

Nun können wir uns beide nicht mehr halten vor

Lachen, und ich bin froh, dass ich mich ohnehin schon an Jason festhalte, denn ansonsten würde ich jetzt wahrscheinlich am Boden liegen.

»Ich schätze, es wird maximal drei Monate dauern«, sagt er, jetzt wieder mit seiner normalen Stimme, »bis diese Ehe entweder durch Scheidung oder ein Tötungsdelikt endet.«

»Ihre oder unsere?«

Jetzt wäre es mir allerdings lieber, mich *nicht* an ihm festzuhalten, denn dann würde er nicht spüren, wie mein ganzer Körper angesichts dieser unbedachten Äußerung erstarrt.

Ich ziehe die Notbremse, gehe auf Abstand und schiebe meine Hände in die Hosentaschen. Aber das macht alles nur noch schlimmer, denn nun stehen wir vor dem Theater, wo wir keine Karten mehr bekommen haben, und schweigen uns verlegen an.

»Tja, also …« Er mustert mich und beugt sich ein Stück nach vorn, als ob er darauf warten würde, dass ich etwas sage. Aber mit fällt partout nichts ein. Unsere gemeinsame Zeit ist offenbar zu Ende. »Bei mir lässt die Kaffeewirkung langsam nach. Ich werd mich wohl mal auf den Weg zu Charlotte machen und mich dort ein bisschen aufs Ohr legen. Falls ich bei dem ganzen Schwesterndrama überhaupt zum Schlafen komme. Wollen wir uns morgen wieder hier treffen und es noch mal wegen Karten versuchen?«

»Ja, okay …« Mir wird ganz anders, als ich daran denke, dass ich gleich nach Hause fahren, meiner Mutter begegnen und ihr alles erklären muss. Und vielleicht liegt es auch ein bisschen am bevorstehenden Abschied von jemandem, dessen Gesellschaft ich wirklich genossen habe – obwohl ich gestern noch total gestresst, durcheinander und deprimiert war. Ich hätte nichts dagegen, noch ein bisschen mehr Zeit mit ihm zu verbringen.« Oder … wir könnten auch die Weihnachtsrevue von morgen auf heute vorziehen. Ich meine, wenn wir morgen Karten für *Follies* kriegen, dann schaffen wir die Revue ja eh nicht … Was hältst du davon?«

Jason holt sein Handy hervor und sieht auf die Uhr. »Sie beginnt um fünf, außerhalb der Stadt, oder? Könnte knapp werden, vorher noch zu Charlotte zu fahren.«

»Musst du ja nicht unbedingt«, entgegne ich. »Ich wollte mich noch ein bisschen in Tante Gemmas Wohnung ausruhen, die ist hier ganz in der Nähe. Ich hab einen Schlüssel, weil Gemma irgendwann die Nase voll davon hatte, dass ich ständig nach der Schule bei ihr aufgetaucht bin. Wir können zu Fuß gehen. Komm.«

Ich will loslaufen in Richtung Shaftesbury Avenue, aber Jason bleibt stehen.

»Du legst dich einfach bei Gemma hin«, teile ich ihm mit. Als er immer noch unschlüssig dasteht, erinnere ich ihn daran, dass wir schon eine Nacht im selben Raum verbracht haben. »In der Wohnung kannst du dich für ein paar Stunden allein in ein Zimmer zurückziehen, dann musst du dir nicht anhören, was ich im Schlaf so alles von mir gebe.«

»Ach so, das war gar nicht so schlimm«, antwortet er und holt mich ein.

Ich schaue beiseite, damit er meine Verlegenheit nicht bemerkt.

»Hat denn deine Tante kein Problem damit, wenn einfach so ein Fremder bei ihr auftaucht?«

»Sie ist über Weihnachten in Australien und kommt erst Anfang des neuen Jahres wieder. Die Wohnung steht also leer und ist wirklich gleich um die Ecke. Also los …«

Dienstag
10:31 Uhr

Die Aussicht, in weniger als einer halben Stunde den versäumten Schlaf nachholen zu können, überzeugte Jason schließlich, und wir laufen nun gemeinsam in Richtung Bedford Square in Bloomsbury, wo Tante Gemma wohnt. Als wir am British Museum mit seinem prächtigen Eingang und dem riesigen Gelände vorbeikommen, wird er plötzlich noch mal munter. Er bleibt stehen und sieht durch das Tor.

»Das ist wirklich genial«, stellt er fest. »Ich finde es toll, dass ihr bei euch nicht einfach alles abreißt. In New York hab ich immer den Eindruck, dass die Stadt permanent runderneuert wird.«

»Manche halten uns deswegen auch einfach für stur«, antworte ich, obwohl ich ihm schon recht geben muss, dass die griechischen Säulen ein kleines Stück Vergangenheit verkörpern, das es bis in die Gegenwart geschafft hat.

»Nee nee«, widerspricht Jason. »Denk doch nur mal dran, wie viel Aufwand es war, dieses Ding zu bauen. Das einfach abzureißen, wär ein Verbrechen.«

Wir laufen weiter zu Tante Gemmas Wohnung, die sich in einem umgebauten viktorianischen Reihenhaus am Bedford Square befindet. Als wir an der Tür stehen, ist Jason hellauf begeistert vom Ambiente – mit Bodenfliesen im Eingang, knarzenden Treppenstufen und herrschaftlich hohen Räumen. Alles sieht so elegant, nobel und beinahe *protzig* aus, dass er zunächst unsicher ist, ob er das Wohnzimmer überhaupt betreten darf.

Ich winke ihn herein. »Du solltest auf dem Teppich nur die Schuhe ausziehen, ansonsten passt das schon.

Er bückt sich, löst die Schnürsenkel und steigt aus seinen Schuhen. »Dafür hat deine Tante wahrscheinlich ein paar hundert Tacken hingeblättert, was?«

»Ja, pro Minute. Sie verdient nicht ganz schlecht als Prozessanwältin. O nein, das ist jetzt aber hoffentlich kein Argument für dich, doch weiter Jura zu studieren?«

Er schaut sich nachdenklich um und sieht aus, als ob er gleich eine Bemerkung über derartigen Wohlstand machen wollte. Doch dann schüttelt er den Kopf, und sein Blick fällt auf mehrere Koffer, die vor einem der kleineren Zimmer stehen. Er deutet darauf.

»Was ist denn damit? Hat sie ihr Gepäck vergessen?«

»Ach so, nein – nicht sie … Das sind meine Sachen. Ich hab sie von der Uni vor meiner Abreise hierher geschickt.«

Er sieht mich erstaunt an, und ich sehe deutlich, dass ihm gleich eine ganze Ladung Fragen durch den Kopf geht.

»Ist 'ne lange Geschichte. Willst du 'nen Kaffee?«

»Danke, aber ich muss erst mal eine Runde schlafen, glaub ich.«

Ich zeige ihm das Gästezimmer, das mit einem eigenen Bad ausgestattet ist. Müde taumelt er hinein. Als ich mich in das andere freie Zimmer zurückziehe, höre ich ihn mit einem dumpfen Geräusch auf das Bett sinken. Da es so schnell geht, weiß ich genau, dass er noch vollständig angezogen ist. Ich schleppe meine Koffer ins Zimmer und habe ein leicht schlechtes Gewissen, weil ich schon so lange im Voraus wusste, dass ich nicht mit Ben fliegen würde und trotzdem nicht den Mut hatte, es ihm zu sagen, während er fleißig damit beschäftigt war, allerlei Pläne zu schmieden.

Ich stelle eine Weckzeit auf meinem Handy ein und hänge es dann ans Ladekabel.

Danach lasse ich mich ebenfalls aufs Bett fallen und schlafe tief und fest ein.

Dienstag
14:45 Uhr

Ganz kurz vor dem Handyalarm wache ich auf. Wahrscheinlich wollte ich so schnell wie möglich aus meinem Traum fliehen, in dem ich als Zuschauerin in einem Theaterstück saß und erst bei Vorstellungsbeginn feststellte, dass ich eigentlich auf der *Bühne* stehen müsste. So was hatte ich seit meinem Start an der Uni nicht mehr geträumt. Ich bin entsetzt, dass es jetzt wieder losgeht.

Aus meinem Koffer nehme ich mir frische Kleidung und ziehe die Sachen aus, die ich jetzt gut anderthalb Tage ununterbrochen anhatte. Genauer gesagt wechsle ich Unterwäsche und Pullover, meine Jeans ziehe ich wieder an.

Die getragenen Sachen werfe ich in einen Wäschekorb neben der Tür und entdecke darin eine blaue Strickjacke, die ich bisher glaubte, an der Uni verloren zu haben. Offenbar war sie bei meinem letzten Besuch hier liegen geblieben. (Ich hoffe ein bisschen darauf, dass Jason vielleicht Gemmas Waschmaschine anwerfen kann, bevor er wieder geht).

Nachdem ich mir die Zähne geputzt habe, gehe ich zum Gästezimmer, öffne vorsichtig die Tür und sehe hinein. Jason liegt quer auf dem Bett. Wie erwartet, ist er vollständig bekleidet. Ich schleiche auf das Bett zu, will ihn an der Schulter rütteln und bekomme einen Riesenschreck, als er sich plötzlich streckt und mich ansieht. Ich habe keine Ahnung, ob er tatsächlich ein guter Schauspieler ist, aber sein Gesicht kann ich mir definitiv gut auf Plakaten vorstellen – die markante Kontur und die warmen braunen Augen ... die jetzt vollständig geöffnet sind.

Er ist wach und stützt sich auf die Ellbogen.

»Hey«, sagt er einfach. Das Ganze hätte auch ganz anders ablaufen können, indem er mich anschreit und mir Vorwürfe macht, warum ich mich hier hereinschleiche. Aber nichts dergleichen passiert und ich bin ziemlich erleichtert. »Müssen wir los?«, fragt er. »Ich zieh nur noch schnell ein frisches Shirt an, dann bin ich so weit. Ich hab übrigens vorhin meine Shorts gewaschen und zum Trocknen auf die Heizung gehängt – ich hoffe, das ist okay.«

Ohne zu wissen, warum, werde ich knallrot. »Na klar, passt schon. Keinen Stress«, stammle ich und trete den Rückzug an. »Wir haben noch ein bisschen Zeit. Kaffee?«

»Gern.« Er schwingt sich aus dem Bett und steht auf. Als er mich wieder anlächelt, wirkt er so energiegeladen, dass mich wieder Panik überkommt, ob er vielleicht gar nicht *eben erst* aufgewacht ist, sondern genau mitbekommen hat, wie ich mich zu ihm hingeschlichen und ihn *angestarrt* habe.

»Mann, ist das alles aufregend«, verkündet er. »Jetzt bin ich definitiv bereit für meine erste Weihnachtsrevue.«

»O nein, bist du nicht!«

Verunsichert sieht er mich an, weil er sich fragt, was ich damit sagen will – oder warum ich plötzlich derart laut geworden bin.

»Das wirst du schon noch sehen«, erkläre ich und verlasse schleunigst das Zimmer.

Jason

Dienstag
17:58 Uhr

Die Stadthalle von Chelmsford – einem kleinen Städtchen vor den Toren Londons – ist winzig, die wackeligen Stühle sehen unbequem aus, und die Kulisse besteht aus einem aufgemalten Wald, der aussieht, wie von Kindergartenkindern fabriziert. Trotzdem ist das Publikum mindestens genauso aufgeregt wie gestern vor der Aufführung von *Les Mis*. Also zumindest die Kinder – einige Erwachsene wirken allerdings reichlich gestresst, vor allem diejenigen, die ihre Kinder auf ihren Platz zurückzulotsen versuchen.

Cassie bemerkt meinen Blick, während wir unsere Plätze in der vierten Reihe ansteuern. »Wenn du willst, können wir auch wieder gehen«, sagt sie. »Ich meine, wenn du es total schrecklich findest.«

»Nein, bestimmt nicht ...« Ich setze mich. »Ich bin immer offen für Neues.«

Sie zieht ihre Jacke aus und nimmt neben mir Platz. Ich sehe ins Programmheft, das eigentlich nur aus einem einzelnen Blatt besteht. Das Foto der Mitwirkenden ist wahrscheinlich schon x-mal kopiert und daher kaum zu erkennen. Das Stück heißt *Chaosmas Eve,* und zur Besetzung gehören Schneewittchen, Aladin, Dornröschen, Robin Hood, Hänsel und Gretel, Rapunzel und Aschenputtel. Wahrscheinlich erwartet uns eine bunte Mischung aus bekannten Märchen, was durchaus lustig werden könnte.

»Du, sag mal …« Ich beuge mich zu ihr hinüber und will ihr das Foto zeigen, wobei sich unsere Schultern berühren. Ich tippe auf den Dschinn in der Mitte des Bilds. »Weißt du, wo ich den schon mal gesehen habe? Der kommt mir total bekannt vor.«

Cassie wendet den Blick ab und murmelt: »Keine Ahnung.«

Verwundert frage ich mich, ob ich ihr irgendwie zu nahe getreten bin. Aber da sie *nicht* umgehend von mir abgerückt ist, weiß ich überhaupt nicht mehr, was los ist. Sie trägt ihre Haare zum Pferdeschwanz gebunden, sodass ich ihr Gesicht von der Seite gut im Blick habe, aber ich kenne sie nicht genug, um an ihrer Miene etwas abzulesen. Schürzt sie die Lippen öfter so?

Die Lichter gehen aus. Obwohl ich mir nach wie vor Gedanken mache, ob ich Cassie irgendwie verärgert habe, spüre ich das vertraute Kribbeln wie immer vor einer Theateraufführung. Auch wenn dieses Stück eher anmutet wie *Die Gebrüder Grimm im Kampf gegen die Avengers.*

Dienstag
19:06 Uhr

Gut, das ganze Spektakel erinnert eher an Disney auf LSD. Im Nachhinein werde ich vermutlich nicht ansatzweise in der Lage sein, die Handlung wiederzugeben. Irgendetwas mit der Dunklen Fee, der Hexe aus Hänsel und Gretel und der Bösen Königin, die den Dschinn aus Aladin mit einem Fluch belegt, der ihn dazu verdammt, zu Weihnachten in aller Welt herumzufliegen und Kindern die Geschenke zu stehlen. Dabei überlege ich die ganze Zeit krampfhaft, woher ich den Schauspieler kenne. Später taucht noch ein resolutes Schneewittchen auf, das eine Truppe Superhelden zusammentrommelt, um dem Dschinn das Handwerk zu legen und das gesamte Stück damit hätte retten können, wenn die schnelle Eingreiftruppe nicht permanent ihren Einsatz vertrödelt hätte, indem sie ständig wieder in Gesang verfiel. Da ihr Ziel darin bestand, sämtliche Geschenke bis zum ersten Weihnachtstag zurückzubringen, war es nicht ganz plausibel, dass sie eine Pause einlegten, nur damit sich Robin Hood und Aladin eine Rap-Battle liefern können.

Das Stück läuft inzwischen seit einer Stunde, der Dschinn steht allein auf der Bühne und singt, wie sehr er sich wünscht, den Fluch wieder loszuwerden, wenn er sich nur an den richtigen Zauberspruch erinnern könnte. Im Gegensatz zu einem Großteil der anderen Darsteller kann dieser Typ wirklich singen und begeistert das Publikum, während er sich von Gut zu Böse verwandelt, Geschenke klaut und dann ein Lied der Entschuldigung singt. Meine Güte, woher kenne ich ihn bloß?

»Lasst euch eins gesagt sein ...« Er steht als Böser Dschinn am Bühnenrand und gestikuliert vorwurfsvoll ins Publikum. »Weihnachten ... ist ... nichts für Träumer!«

Daraufhin bricht er in irres Gelächter aus und wird dafür von den Zuschauern ausgebuht. Doch er bekommt auch etwas Applaus, unter anderem von mir, da ich nun *endlich* herausgefunden habe, woher ich den Schauspieler kenne. Das ist Nigel freaking Winston aus diesem alten Weihnachtsfilm, der jedes Jahr im Fernsehen läuft – *Christmas Nuts* heißt er. Darin hat er Mr Peyton gespielt, den Betreiber einer Familienbäckerei, die unmittelbar vor Weihnachten durch die Eröffnung eines neuen Supermarktes pleite geht. Er hatte eine ganz bezaubernde Tochter, die davon überzeugt war, dass alles wieder gut wird, weil sie es geträumt hatte – und ihre Träume sich auf wundersame Weise immer bewahrheiteten. (Der Film ist ein bisschen schräg).

Von daher ist es also kein Wunder, dass die Zuschauer so auf Nigel stehen, denn diesen Film lieben einfach *alle,* auch wenn er schon ungefähr zehn Jahre alt ist. O Mann, wenn ich das zu Hause erzähle, werden alle total ausflippen – Kyle, Taylor ...

Aber vielleicht sollte ich diese Geschichte lieber ganz für mich behalten.

Der Böse Dschinn spaziert weiter über die Bühne und stachelt das Publikum an, indem er immer wieder betont, wie sehr er Weihnachten hasst und es am liebsten abschaffen würde. Ich nutze den Tumult, um Cassie zuzuflüstern: »Nicht zu fassen, dass ich Mr Peyton nicht erkannt habe. Immerhin läuft *Christmas Nuts* jedes Jahr im Dezember mindestens dreißig Mal im Fernsehen.«

Sie sieht mich nicht an, sondern starrt geradeaus zu Nigel Winston. Ihre Wangen sind dabei leicht gerötet, sodass sie ein wenig … verlegen aussieht. Vielleicht hat sie Mitgefühl mit ihm, weil er in so banalen Kinderstücken auftritt? Allerdings hat er gerade ein paar hundert Leute fest im Griff, weshalb er so schrecklich unglücklich eigentlich *kaum* sein dürfte.

Der Dschinn – diesmal der Gute – sieht ins Publikum. »Liebe Kinder«, ruft er. »Könnt ihr dem Dschinn einen Gefallen tun?« Mehrere hundert Kinder schreien: »Ja!«, woraufhin der Dschinn verkündet, dass sich jetzt gleich alle *Licht* wünschen sollten. Er spüre ganz deutlich, dass unter den Zuschauern ein Held mit Zauberkräften sei, der den Fluch durchbrechen könne, aber ohne Licht würde er diese Person leider nicht erkennen. Er erklärt, dass der Wunsch nach Licht so funktioniert, dass man »seinen Sitznachbarn an der Hand fasst. Selbst wenn man ihn überhaupt nicht kennt …«

Fragend schaue ich zu Cassie hinüber, ob wir mitmachen sollten. Sie sieht mich ebenfalls an und wirkt nach wie vor etwas mitgenommen. Ich kann nicht deuten, ob sie verlegen oder genervt ist – vielleicht auch beides. Trotzdem nimmt sie meine Hand und schließt sogar die Augen, als der Dschinn uns dazu auffordert. Ich schließe sie ebenfalls und lausche seinen Anweisungen: »Jetzt müsst ihr es euch ganz fest wünschen, liebe Kinder. Wünscht euch, dass der Held unter euch sich *zu erkennen gibt!*«

Ich spüre, wie das Saallicht angeht, höre die schweren Schritte des Dschinns auf der Bühne, der Stegreif-Dialoge mit Zuschauern führt, die es seiner Ansicht nach auf keinen Fall sein können und dabei gelegentlich Witze über ihre Kleidung reißt, womit er vereinzelte Lacher erntet. Währenddessen umklammert Cassie krampfhaft meine Hand. Was hat sie denn nur? Es war doch ihre Idee herzukommen!

Als der Dschinn einen beglückten Seufzer von sich gibt, bricht sie mir fast die Finger.

»Das ist doch nicht möglich! Ist das …? Nein. *Nein,* da spielen mir meine Augen ganz bestimmt einen Streich …«

Im Publikum kommt Unruhe auf, sodass ich es für vertretbar halte, die Augen zu öffnen. Der Dschinn steigt von der Bühne, läuft durch den Gang und schnurstracks in Richtung …

… Cassie.

Nun steht er vor ihr und legt die Hände an die Wangen, als ob er gar nicht glauben könnte, was er da sieht. »Donnerwetter, liebe Kinder, ich habe den Eindruck, dass die größte und mutigste Heldin gar nicht hier auf der Bühne stand, sondern die ganze Zeit mitten *unter euch* saß!«

Verblüfft schaue ich hinüber zu Cassie, die Nigel vorwurfsvoll ansieht und dabei mit der flachen Hand vor ihrer Kehle einen Schnitt andeutet. *Die beiden kennen sich?* Vielleicht haben Sie ja früher zusammengearbeitet, bevor Cassie die Schauspielerei aufgab. Aber warum hat sie mir nichts davon gesagt, als ich von ihr wissen wollte, woher ich den Darsteller des Dschinns kennen könnte?

Nigel ignoriert Cassies abweisende Geste und grinst diebisch. »Wer braucht schon den Bogen von Robin Hood? Immerhin wissen wir alle, dass sich ein Fluch am besten dadurch aufheben lässt, indem man ihn einfach *wegträumt*. Stimmt's ...?« Er kniet sich direkt neben Cassie, die immer noch die durchtrennte Kehle imitiert. »... Kleine Judy?«

Im Theater hört man nun ausschließlich das Knarzen der Stühle, während sich sämtliche Zuschauer die Hälse verrenken, um etwas zu erkennen. In diesem Moment geht mir ein Licht auf. Im Film *Chrismas Nuts* hieß Mr Peytons bezaubernde Tochter *Judy* und genauso hatte der Barkeeper Cassie gestern Abend genannt. (Ich *wusste* doch, dass das nicht nur so ein Londoner Ding war!) Und wie war das mit diesem betrunkenen Kerl in der Kassenschlange vor dem Theater heute Morgen, der auf uns zukam und verkündete: »Weihnachten gehört den Träumern«? Das war doch die triumphale Zeile der Kleinen Judy! Nicht zu fassen, dass mir das nicht früher aufgefallen ist! Das herzförmige Gesicht, die großen braunen Augen ...

Das erkennt man doch eigentlich auf den ersten Blick!

Meine neue englische Freundin ist der Star aus *Christmas Nuts*!

Mir wird klar, dass Cassie vorhin nicht wegen unserer Berührung so komisch war, sondern schlichtweg erschrocken, Nigel im Programmheft zu entdecken.

Nigel fordert Cassie auf, ihm auf die Bühne zu folgen, und ich hoffe, dass sie es möglichst bald tut, denn andernfalls muss ich meine Finger ärztlich versorgen lassen. Hilfesuchend sieht sie mich an, aber ich bin immer noch etwas überfordert von der Erkenntnis, dass Cassie die Kleine Judy ist.

Zögernd steht sie auf und lässt dabei endlich meine Hand los. Das Publikum applaudiert enthusiastisch, stampft mit den Füßen und ruft im Chor »Judy«, während sie Nigel mit hängenden Schultern auf die Bühne folgt, wie auf dem Weg zum elektrischen Stuhl.

»Also dann«, sagt Nigel, nimmt Cassie bei der Hand und führt sie in die Mitte der Bühne. Ich erkenne, wie beide ihre Augenbrauen bewegen und damit einen stummen Disput austragen. Nigel versichert ihr vermutlich, dass alles gut wird, und Cassie gibt wahrscheinlich ein paar Unflätigkeiten von sich. »Kann die Kleine Judy mir helfen, den Fluch zu durchbrechen?«

Cassie sieht sich auf der Bühne um, als ob sie hofft, irgendwo eine versteckte Falltür zu finden. »Ich … ich glaube, das kann ich gar nicht. Dazu bin ich viel zu schwach.«

»Doch, du kannst das! Du *kannst* das!«, schallt es aus Hunderten Kinderkehlen, um Cassie Mut zu machen. Nun weiß ich auch, was der Grund für ihre seltsame Reaktion war, nachdem sie mich in Gemmas Wohnung geweckt hatte.

»Du musst nur fest daran glauben!« Nigel schnippt mit den Fingern, woraufhin die Musiker einen Wiener Walzer zu spielen beginnen. Und unversehens bringen Cassie und er noch einmal die Schlussszene aus *Christmas Nuts* auf die Bühne, in der die Kleine Judy und ihre Familie ausgelassen feiern und durch den Schnee tanzen, während schon der

Abspann läuft. Das ist schon im Film ein bisschen schräg und jetzt erst recht, aber das Publikum ist begeistert.

»Also ...« Nigel keucht ein wenig. Er kann zwar ausgelassen tanzen, aber jetzt ist er sichtlich außer Atem. »Denkst du, dass ...«

Er stöhnt auf und beugt sich so unvermittelt vornüber, dass ich einen Moment lang tatsächlich befürchte, er hätte Herzprobleme. Doch dann dreht er sich einmal um die eigene Achse, verwandelt sich wieder in den Bösen Dschinn und bricht in gehässiges Gelächter aus.

»Diese armselige Närrin wird es nicht schaffen, den Plan der Hexen zu durchkreuzen!«, schimpft er und wird dafür von der Menge ausgebuht. »Mit Weihnachten ist es aus – ein für alle Mal! Weihnachten ist nichts für Träumer!«

»Da-irrst-du-dich-Weihnachten-gehört-den-Träumern«, verkündet Cassie in etwa so ambitioniert, als ob sie ein Sandwich bestellen würde. Das Publikum wird langsam unruhig, aber Nigel ist ein Vollprofi. Er überlegt kurz und verfällt wieder im Gelächter.

»HahaHA! Es braucht schon ein bisschen mehr Weihnachtskraft, um diesen Fluch zu durchbrechen. Aber davon hast du wohl keine mehr übrig, hab ich recht, Kleine Judy? Ich hab's dir ja gesagt: Weihnachten ist nichts für Träumer!«

Wieder führen die beiden eine kurze Debatte mit den Augenbrauen, in der Nigel sie auffordert: *Na komm, jetzt liefere schon,* während Cassie wiederholt, dass sie das Ganze vollkommen daneben findet.

»Du irrst dich ...«

Dann breitet Cassie die Arme aus und dreht sich im Kreis, genau wie der Betrunkene heute Morgen. Denn das ist der große Auftritt der Kleinen Judy – als sie sich einmal um die eigene Achse dreht und zu ihrem Vater sagt: »Weihnachten *gehööööört* den Träumern!«

Daraufhin rastet das Publikum komplett aus, Nigel stürzt zu Boden und krümmt sich verzweifelt, während der Fluch des Dschinns gebrochen wird. Als er schließlich aufspringt, ist er wieder der Gute Dschinn und verkündet, dass die Weihnachtskraft der Kleinen Judy den Fluch bannen konnte. Denn wenn man Gutes träumt, dann geschieht auch Gutes. Genau darum geht es zu Weihnachten!

Zum Schluss kommen sämtliche Darsteller noch einmal auf die Bühne und führen die letzte Gesangs- und Tanzszene auf, die im Wesentlichen darin besteht, dass sie Geschenke in die Menge werfen. Cassie versucht sich davonzustehlen, läuft dabei jedoch schnurstracks Gretel in die Arme, die sie zu einem weiteren Walzer nötigt. Sie hat also keine andere Wahl, als bis zum Ende der Vorstellung auf der Bühne zu bleiben.

Als die Schauspieler sich verbeugen, bekommt sie den meisten Beifall von allen.

Dienstag
19:53 Uhr

»Tja ...«

Ich weiß nicht so recht, was ich sagen soll. Die Vorstellung ist schon seit einer halben Stunde vorbei, aber Cassie und ich verlassen erst jetzt die Stadthalle, weil sie sich in der Toilette verschanzt hatte, bis die meisten Zuschauer gegangen waren. Ich kann immer noch nicht fassen, dass ich seit ungefähr anderthalb Tagen mit der *Kleinen Judy* unterwegs bin, ohne dass es mir aufgefallen ist.

»Wie jetzt, tja?«, fragt sie und sieht mich zum ersten Mal an, seit sie nach der Schlussnummer von der Bühne gestiegen ist. Sie hält die Arme um den Körper geschlungen.

»Nichts, gar nichts, ich bin nur ...« Mir hat es derart die Sprache verschlagen, dass ich ihrem Blick ausweiche, damit sie mir nicht auf Anhieb ansieht, was los ist. Ich schaue zum Bahnhof und erkenne dahinter die Lichter einer Stadt. »Ich hab nur überlegt, ob wir hier was essen sollten, bevor wir zurückfahren? Ich hab ein bisschen Hunger ...«

Sie zuckt die Schultern. »Klar.«

Schweigend machen wir uns auf den Weg in die Stadt und müssen dabei dem einen oder anderen Partytrupp ausweichen. Die Feiernden sind vermutlich ein paar Jahre älter als wir und haben sich mit Weihnachtsmannmützen und Rentiergeweihen ausstaffiert. Ein paar von ihnen halten sich einen Mistelzweig über den Kopf, erkennen aber an Cassies Miene auf Anhieb, dass sie ihr mit *diesem* Ansinnen besser nicht kommen sollten.

Irgendwann zeigt Cassie auf ein Bistro, das ihrer Meinung nach vertrauenerweckend aussieht, und eine Kellnerin weist uns drinnen einen Tisch in der Ecke zu. Cassie bestellt für uns beide ein Glas Wein und widmet sich dann schweigend der Speisekarte. Aber jetzt halte ich es nicht länger aus.

»Meine Freunde werden total ausrasten, wenn ich ihnen erzähle, dass ich mit der Kleinen Judy unterwegs war.«

Cassie sieht weiter konzentriert in die Karte, aber ich merke, wie ihre Kiefer mahlen, und weiß sofort, dass ich es wieder einmal vermasselt habe. Verdammt.

So sitzen wir uns schweigend gegenüber und die Schamesröte steigt mir ins Gesicht. Wenn sie den Kopf heben und mich ansehen würde, bekäme sie wahrscheinlich Angst, dass mein Gesicht jeden Moment in Flammen aufgeht. Aber sie hält den Kopf gesenkt, weil sie wütend auf mich ist – und das konnte ich noch nie gut aushalten.

Deshalb setze ich ein breites, gespieltes Lächeln auf und gebe den »Henry«. Die kleine Einlage mit ihm und »Barb« hatte uns schließlich gestern viel Spaß gemacht. Ich tippe auf die Speisekarte. »Also ich muss schon sagen, Schatzilein, die Engländer essen ja offenbar sehr fleischlastig. Ich will doch hoffen, dass du mich dazu anhältst, eine extra Gemüsebeilage zu bestellen, damit …« Aber weder Cassie noch »Barb« würdigen mich eines Blickes.

»… ich mich ausgewogen ernähre«, beende ich leise meinen Satz und wünschte, ich hätte geschwiegen. Denn dann wäre es wahrscheinlich nicht dazu gekommen, dass ich ein Mädchen vor den Kopf stoße, das so nett war, mir die Stadt zu zeigen und sogar eine Liste von sehenswerten Theaterstücken für die nächsten Tage zusammenzustellen, aber das kann ich jetzt wahrscheinlich auch vergessen.

Manchmal bin ich wirklich ein Idiot.

9

Cassie

Dienstag
20:15 Uhr

Wir starren nun schon so lange auf unsere Speisekarten, dass mir allmählich Zweifel kommen, ob sie überhaupt auf Englisch verfasst ist.

Okay, jetzt weiß er es ...

Eigentlich ist es nicht sonderlich überraschend. *Christmas Nuts* war auch in Amerika ein Erfolg und das verdammte Netflix hat den Film *jedes Jahr* um diese Zeit ebenfalls im Programm. Trotzdem hatte ich gehofft, dass er irgendwie an Jason vorbeigegangen wäre – weil seine Familie vielleicht keinen Fernseher hatte oder nie mit ihren Kindern ins Kino gegangen ist.

Aber das war natürlich reines Wunschdenken, vor allem seit ich wusste, dass er hier als *Schauspieler* an einem Vorsprechen teilgenommen hatte.

Ich spüre, wie er mich gelegentlich mustert, und weiß genau, dass er sich schrecklich dafür schämt, jemanden so vor den Kopf gestoßen zu haben und außerdem überhaupt nicht nachvollziehen kann, warum ich so außer mir bin. Wie sollte er auch? Er ist ja nicht mit mir aufgewachsen und weiß deshalb nicht, dass die Kleine Judy mich seit einem ganzen Jahrzehnt gnadenlos verfolgt.

Erklär's ihm, sage ich mir. *Das bist du ihm mehr oder weniger schuldig. Ernsthaft, tu es.* Heute ist die *Gelegenheit dafür, Cass* ...

»Weißt du ...« Ich lege die Speisekarte ab. Dann hebe ich mühsam den Kopf und gebe mir Mühe, mich nicht von seinen großen, schuldbewussten Augen einschüchtern zu lassen. »Ich wollte nicht unhöflich sein oder so, aber ...« Meine Güte, mir kommen jetzt schon die Tränen – alles nur wegen Judy. »... es ist nur so unglaublich anstrengend. Bist du schon mal zehn Jahre lang ausgelacht worden?«

Zu *lachen* wäre jetzt die denkbar unpassendste Reaktion, aber genau das tut er. Ich ziehe in Erwägung, sofort schimpfend das Lokal zu verlassen, doch dann sagt er:

»Wovon redest du denn? Kein Mensch macht sich über dich lustig!«

»Und was war mit dem betrunkenen Kerl heute Morgen?«

»Der auch nicht. Er wollte dich nicht *nachäffen* oder so. Wenn ich noch mal daran zurückdenke, bin ich mir sicher, dass es ihm einfach nur gute Laune gemacht hat, dich zu sehen. Denn mir geht es gerade genauso ...« Er senkt kurz den Blick und wird ein klein wenig rot, ehe er sich wieder fasst: »... wenn ich mich an diesen Film erinnere. Okay, er ist ein bisschen kitschig, macht aber trotzdem Freude. Und für die Leute verkörperst *du* diese Freude, und das ist doch großartig, finde ich. Das Leben ist kurz, und die meisten Leute können nicht viel mehr bewirken, als in ihrer direkten Umgebung Gutes zu tun, aber *du* ... Du hast *fremde Leute* glücklich gemacht und wirst es auch weiter tun, solange dieser Film gezeigt wird. Ist das nicht genau das, was Kunst bewirken soll? Etwas Bleibendes zu schaffen?«

So hochtrabende Sachen hat wahrscheinlich noch niemand über *Christmas Nuts* gesagt. Ich habe ein etwas schlechtes Gewissen, gebe mich aber immer noch nicht zufrieden. »Kann schon sein. Nur hab ich doch noch ganz andere Sachen gemacht, viel *bessere* – vor allem im Theater. Daran erinnert sich kein Mensch. Ich hätte zum Beispiel nichts dagegen, wenn die Leute etwas aus *Les Mis* singen würden, sobald sie mich sehen ... Weißt du wie schräg es ist, wenn man andauernd« – sicherheitshalber flüsterte ich den Rest – »›Weihnachten gehört den Träumern‹ zu hören bekommt, selbst mitten im Sommer? Und jetzt im Dezember schicken die Leute natürlich jeden Tag irgendwelche YouTube-Videos rum und schreckliche Memes ... Meine Güte, diese Memes. Ehrlich gesagt haben diese Erlebnisse dazu geführt, dass ich Weihnachten ein bisschen hasse.«

Das alles habe ich nicht zum ersten Mal gesagt, aber es ist das erste Mal, dass ich es aussprechen kann und *nicht* von jemandem unterbrochen werde, der mir einredet, ich würde überreagieren, wäre zu empfindlich oder einfach nur dumm. Vielmehr sollte ich dankbar sein für diese (überflüssige) Gelegenheit in so jungen Jahren. Zum allerersten Mal erzähle ich es jemandem, der nicht nur höflich nickt und so tut, als ob er mich versteht, während es in Wirklichkeit gar nicht stimmt. Jason hört einfach nur zu.

»Entschuldige diesen Monolog«, sage ich dann und

lehne mich zurück, während eine Kellnerin unseren Wein serviert. Den kann ich jetzt wirklich gut gebrauchen.

»Klingt ganz danach, als hättest du dir das mal von der Seele reden müssen«, erwidert er und nippt lächelnd an seinem Wein.

Ich lache auf und starre in mein Glas. »Ja, wahrscheinlich.« Ich warte darauf, dass er nachhakt und weitere Erklärungen erwartet. Aber als ich ihn ansehe, spricht nichts Forderndes aus seinem Blick. Er sieht mich an, bereit zuzuhören, jedoch ohne mich zu bedrängen.

Es bleibt also mir überlassen.

Ich entschließe mich weiterzureden, und als unser Essen serviert wird, habe ich die achtzehn Lebensjahre von Cassie Winter zusammengefasst. Vom Aufwachsen mit einer Mutter, die wild entschlossen war, einen Star aus mir zu machen und mich deshalb für sämtliche Sommerkurse anmeldete, in denen auch nur entfernt das Wort »Auftritt« vorkam, und wie ich daran gewöhnt war, mir ihre ganzen Ideen und Pläne zu eigen zu machen. Dass ich lernen musste, die »nicht konstruktive« Stimme in meinem Kopf zu überhören – jene Stimme, die nicht an mich glaubte und mir immer wieder einreden wollte, doch lieber etwas zu machen, das Spaß macht – wo doch Spaß nur eine unerwünschte Ablenkung war. Wie ich im Laufe der Schulzeit immer mehr Freunde verlor, weil keine Geburtstagsfeier jemals wichtiger war als irgendwelche Vorsprechen, die Mum für mich organisiert hatte. Wie ich aus der Schule abgeholt werden musste, weil mich die ständigen Absagen von irgendwelchen Casting-Agenturen zu einem neurotischen Nervenbündel gemacht hatten, das jederzeit grundlos in Tränen ausbrechen konnte.

»Und was ist mit deinem Vater?«, erkundigt sich Jason, als ich fertig bin. »Macht er genauso viel Druck?«

»Ich sag's mal so: Er ist *körperlich* anwesend«, antworte ich. »Wie es mental aussieht, ist eine andere Geschichte. Aber ich mache ihm da keine Vorwürfe – meine Mutter hat bei uns den Laden fest im Griff.«

»Wolltest du denn Schauspielerin werden? Als du klein warst?«

»Es war das Einzige, worin ich gut war.«

»Das ist keine richtige Antwort.«

Wahrscheinlich meldet sich hier der Jurastudent zu Wort, um kurz die Lage zu sondieren. Es ist das erste Mal, dass ich so direkt danach gefragt werde, und es fühlt sich seltsam an. Wieder werde ich ein wenig rot, während ich versuche, mir meine Antwort zurechtzulegen: Dass ich damals selbst nicht so genau wusste, was ich wollte – woran sich bis heute eigentlich nichts geändert hat. Dass es mir schwerfällt, einen klaren Gedanken zu fassen, nachdem ich als Schauspielerin gescheitert bin, mein Studium in den Sand gesetzt habe und beziehungstechnisch auch eine Niete bin … Und dass ich mich frage, ob es überhaupt eine Rolle spielt, was ich eigentlich will, wenn ich am Ende doch alles vermassele.

»Ich weiß auch nicht so recht«, gebe ich zu. Ich habe so viel geredet und bisher kaum etwas gegessen, während Jason schon beinahe fertig ist. Abschließend füge ich hinzu: »Aber ganz im Ernst, es ist echt kein Spaß, als Kind berühmt zu sein.« Dann wende ich mich meinem inzwischen nur noch lauwarmen Hähnchengericht zu.

»Verstehe«, sagt er und legt sein Besteck ab.

Er spielt mit dem Stiel seines Weinglases. »Hm, ich werde das Gefühl nicht los, dass du in dieser Richtung auch irgendwas mit dir rumträgst«, mutmaße ich.

Er wendet den Blick ab, schüttelt den Kopf und versucht, ein Lächeln zu unterdrücken. Vergeblich. Es ist ein sehr attraktives Lächeln, das ich mir – wieder einmal – definitiv sehr gut auf einem Filmplakat vorstellen kann.

»Na ja, ich war auf keinen Fall ansatzweise so berühmt wie die kleine Judy oder so«, beginnt er und trinkt einen Schluck, als ob er erst Mut fassen müsste. »Aber ich hab mal in einem schrottigen Werbespot für einen Friseursalon in meiner Heimatstadt mitgemacht. Der lief ein paar Jahre lang im Lokalfernsehen und die Leute haben mich regelmäßig deswegen erkannt. Darin kam der dämlichste Slogan vor, den man sich vorstellen kann. Zusammen mit ein paar anderen Jungs kam ich aus dem Laden gerannt und dann haben wir mit einem Luftsprung gerufen: ›*Haar*scharfe Sache!‹«

Er muss lachen und schüttelt den Kopf. Als er sieht, dass von mir keinerlei Reaktion kommt, verstummt er und errötet wieder leicht. »In Texas funktioniert das«, erklärt er, »so einigermaßen ...«

Ich weiß schon ganz genau, wonach ich auf YouTube suchen werde, *sobald* wir zurück in Tante Gemmas Wohnung kommen. Allerdings erst, nachdem ich mich in mein Zimmer zurückgezogen habe.

»Jedenfalls«, fährt er fort, »war mein alter Herr einverstanden, dass ich den Spot drehe, aber die Schauspielerei zum Beruf zu machen, war für ihn ausgeschlossen. Viel zu unsicher und nicht solide genug.«

»So formuliert es dein Vater?«

Er nickt. »Andauernd.«

»Aber offenbar ist es bei dir nicht angekommen.«

Jason lächelt wieder. »Wahrscheinlich bin ich ein bisschen bekloppt.«

»Das glaube ich nicht. Wenn du so weit gekommen bist, obwohl dein Vater nicht viel von deinen beruflichen Ambitionen hält, ist zumindest schon mal sicher, dass du genau *weißt,* was du willst.«

Er beugt sich nach vorn. »Und bei dir ist das nicht so?«

»So sieht's aus.« Ich konzentriere mich wieder auf mein Essen, doch da er nichts sagt, ist anzunehmen, dass er auf eine Erklärung von mir wartet. »Ich bin noch dabei rauszufinden, was ich eigentlich machen will.«

Was ich nicht sage: *Ein bisschen Schiss hab ich aber schon, wie lange das dauern wird.*

Dienstag
21:53 Uhr

Als ich mich suchend nach der Kellnerin umschaue, weil wir bezahlen wollen, sehe ich den Geist meiner weihnachtlichen Vergangenheit draußen am Restaurant vorbeigehen. Obwohl »gehen« etwas zu viel gesagt ist, denn Nigel Winston *torkelt* eher. Als er mich durch die Fensterscheibe sieht, hellt sich sein Gesicht schlagartig auf. Er betritt das Lokal und kommt direkt auf unseren Tisch zu. Seine Wodkafahne trifft allerdings schon ungefähr zehn Sekunden vor ihm bei uns ein. Er ist reichlich betrunken. Schon vor ein paar Jahren hatte ich von seinen Alkoholproblemen gehört (er war mit einer Fernsehmoderatorin verheiratet und ihre Scheidung wurde ungefähr ein Jahr lang in der Boulevardpresse ausgeschlachtet), hatte ihn aber noch nie in diesem Zustand erlebt.

»Cassyo … Cassio …« Mühsam versucht er meinen vollständigen Namen auszusprechen.

Um dem ein Ende zu bereiten, stehe ich auf und begrüße ihn, obwohl dieser Anblick bei den anderen Gästen vermutlich einige Aha-Effekte auslöst. Ganz bestimmt hat er ein paar unscharfe Fotos auf Instagram zur Folge, versehen mit Kommentaren wie »Als Kind war die Kleine Judy viel süßer«.

»Hallo Nige«, sage ich. »Schön, dich zu sehen.« Erstaunt stelle ich fest, dass ich das tatsächlich ernst meine.

»Ich hoffe, es war okay für dich, dass ich dich auf die Bühne geholt habe«, erklärt er und lehnt sich an den freien Tisch neben uns, ohne zu merken, dass er dabei Salz- und Pfefferstreuer umwirft. »Ich wusste genau, dass das Publikum total drauf abfährt.«

»Eigentlich fand ich's nicht okay«, entgegne ich und gebe mir Mühe, Jason nicht anzusehen, als ich hinzufüge: »Aber im Nachhinein ist mir schon klar, dass es ein schöner Moment war.«

»Auf jeden Fall gehörst du dorthin«, verkündet er und

dreht sich dann um, um sich einen Stuhl von einem anderen freien Tisch zu nehmen. Dabei sehe ich, dass sein Nacken immer noch mit der blauen Dschinn-Schminke bedeckt ist. Sein Blick fällt auf Jasons leeres Glas. Er macht ein enttäuschtes Gesicht. »Wie ist es dir denn ergangen in all den Jahren?«

»Danke, gut«, lüge ich. »Studium und so weiter.«

»Du musst doch nicht mehr an die Schauspielschule, meine Liebe«, erwidert er und gibt sich Mühe, nicht gar zu gierig mein Glas zu fixieren, in dem sich noch eine winzige Neige Wein befindet. »Du bist doch für die Bühne geboren, wie ...«

Jason fällt Nigel ins Wort und lobt ihn für seinen Auftritt heute Abend, während ich der Kellnerin signalisiere: *Können wir bitte die Rechnung bekommen, und zwar möglichst schnell?* Als sie losgeht, um sie fertig zu machen, will ich gerade zu Jason sagen, dass wir jetzt los müssen ... doch dann sehe ich, in welchem Zustand Nigel tatsächlich ist. Vor zehn Jahren war er noch total bekannt und spielte die Hauptrolle in einer Seifenoper, die Mum angeblich noch nie gesehen hatte. Zu dieser Zeit war er wirklich ein großer Name, und bei unserer Zusammenarbeit für *Christmas Nuts* fand ich ihn reichlich arrogant, weil er zwischen den Drehs mit niemandem sprach. Er hat mich damals sogar ein bisschen eingeschüchtert, doch jetzt tut er mir einfach nur leid, wenn er mitten in der Woche abends nichts Besseres zu tun hat, als sich sinnlos zu betrinken.

Abgesehen davon – ich gebe es nur ungern zu – war er während der dreimonatigen Dreharbeiten so etwas wie mein

Ersatzvater, sodass ihn ein Teil von mir in Gedanken immer noch »Papa« nennt und seinen Anblick in diesem Zustand nur schwer ertragen kann. Trotzdem bin ich mir nicht sicher, ob es mir zusteht, ihn zum Heimgehen aufzufordern – wir haben uns ja schon jahrelang nicht mehr gesehen.

Nigel teilt uns mit, dass er sich an der Bar etwas zu trinken holen will und wir ihm einfach sagen sollen, was wir gern hätten.

»Danke, Nigel«, winke ich ab. »Mehr Alkohol verkrafte ich nicht.«

Lachend legt er eine Hand auf Jasons Schulter, um sich daran abzustützen. »Das wird sich ändern, wenn du erst mal so lange im Geschäft bist wie ich, Casso … Cashyo … Cass … Das wird sich ändern! Glaub mir.«

Als er zur Bar losschwankt, flüstert Jason mir zu: »Wir sollten ihn nach Hause bringen. Ohne uns schafft er das garantiert nicht.«

Ich bin froh und erleichtert zugleich. Froh, dass sich eine Lösung für Nigel abzeichnet, und erleichtert, dass *jemand* an diesem Tisch sich von dieser skurrilen Situation nicht abschrecken ließ, sondern eine handfeste Idee parat hatte.

»Ich glaube, er wohnt in London«, merke ich an. »Er wird also vermutlich den gleichen Zug nehmen wie wir.«

Als die Kellnerin die Rechnung bringt, schlage ich Jason vor, dass ich sie bezahle, während er Nigel in der Zwischenzeit nach draußen lotsen sollte, bevor der seinen nächsten Drink bestellt.

»*Du* wirst auf gar keinen Fall bezahlen«, protestiert er und greift nach der Rechnung.

Doch ich ziehe den kleinen Silberteller weg. »Wenigstens einen Vorzug hat die lästige Popularität von *Christmas Nuts* ...« Grinsend hole ich meine Kreditkarte hervor. »Die jährlichen Tantiemen. Also, ich zahle, und du holst Papa.«

Das überzeugt ihn schließlich. »Aber ich bin immer noch total geflasht«, meint er grinsend, während er aufsteht, »von der ganzen Nummer hier.«

Nachdem ich die Rechnung beglichen habe, verlasse ich das Lokal. Die beiden warten schon draußen auf mich. Nigel hat einen Arm um Jason gelegt, was einerseits als freundliche Geste gemeint ist und andererseits zu seiner Stabilisierung dient.

»Ihr zwei seid echte Perlen, d'you know that?« Er lallt im selben Cockney-Slang wie früher in der Soap. »Ohne euch würde ich mich wahrscheinlich nicht mal zum Bahnhof finden.«

»Das machen wir doch gern, Mr Winston«, sagt Jason, als wir losgehen. Jason bugsiert Nigel mühelos die Straße entlang, und ich mutmaße, dass er so stark ist, weil er früher Football gespielt hat. Ich muss mich sehr beeilen, um mit ihnen Schritt zu halten.

Aber es macht mir nichts aus, so schnell zu gehen, denn ich habe es ziemlich eilig, zurück nach London zu kommen.

Außerdem gibt es für Jason und mich neuen Gesprächsstoff, nachdem wir Nigel nach Hause gebracht haben, was bedeutet ...

Was bedeutet, dass dieser Abend noch nicht zu Ende ist.

Jason

10

Dienstag
23:37 Uhr

Als wir wieder in der City ankommen, hat der nächste Tag schon beinahe begonnen. Während der Fahrt fand ich zwei Textnachrichten und einen Anruf auf der Mailbox von Charlotte vor, die – angesichts der Anzahl von Ausrufezeichen – gegen 21 Uhr offenbar äußerst besorgt war. Deshalb rief ich sie vom Zug aus kurz zurück, um ihr mitzuteilen, dass ich immer noch mit meiner neuen Bekannten von gestern (es ist gar nicht so einfach, Stillschweigen über ihre Identität zu wahren, doch ich schaffe es mit Mühe und Not) unterwegs bin. Nach diesem Telefonat klingelte mein Handy sofort wieder und auf dem Display erschien ein Foto von Taylor und mir auf unserem Abschlussball. Da ich direkt neben Cassie saß, hatte ich keine Chance, ihr diesen Anruf zu verheimlichen, und sie bekam auch genau mit, wie ich ihn wegdrückte und das Handy wieder in meiner Tasche verstaute. Auf ihren vorwurfsvollen Blick hin deutete ich mit den Augen zu Nigel hinüber und merkte an: »Ganz schlechter Zeitpunkt.«

Was einerseits natürlich stimmte, aber andererseits entging es Cassie vermutlich nicht, dass ich in diesem Moment nicht sonderlich erpicht darauf war, mit Taylor zu telefonieren.

Nun verlassen wir die Bahnstation Liverpool Street und stützen Nigel von links und rechts. Ich habe mit Cassie abgesprochen, dass es wahrscheinlich das Beste ist, wenn wir ihn bis vor die Haustür in der Bow Lane bringen, die er als seine Adresse angegeben hat, damit er auch wirklich sicher nach Hause kommt. Nach ein paar Minuten biegt Nigel links ab, dann wieder rechts, und plötzlich stehen wir in einer düsteren Straße, die problemlos als Setting für einen Film aus den Dreißigerjahren durchgehen würde. Die trostlos grauen Bürogebäude sehen aus, als wollten sie uns Vorwürfe machen, weil wir so spät noch unterwegs waren. Cassie raunt mir zu, dass es eine gute Idee gewesen sei mitzukommen, weil Nigel in die völlig falsche Richtung liefe. Sie klingt dabei einigermaßen gereizt, aber ich bin mir nicht sicher, ob man ihm deswegen wirklich Vorwürfe machen kann, denn die Londoner Straßen kommen mir vor, als ob sie von einem Witzbold geplant wurden – mit ihren ganzen Biegungen und Kurven ist es meiner Ansicht nach kein Wunder, wenn selbst ein Einheimischer sich darin verläuft, noch dazu, wenn er betrunken ist.

Allerdings ist Nigel offenkundig nach uns die wahrscheinlich nüchternste Person in dieser Gegend. Während wir die scheinbar endlose Threadneedle Street entlanglaufen, begegnen uns zweimal Männergruppen in ziemlich edel aussehenden Anzügen – jeweils Arm in Arm, möglicherweise aus Kameradschaft, aber vielleicht auch, um kollektive Stürze zu verhindern. Lautstark grölen sie irgendwelche Gesänge, die in der stillen Straße ohrenbetäubend widerhallen.

»Also ich finde es ja ganz schön seltsam«, stelle ich fest, während Cassie einen Spruch von irgendwem über die Kleine Judy mit einem milden Lächeln quittiert, »wie ruhig es hier in manchen Ecken ist. Sind wir hier nicht mitten im Stadtzentrum?«

»Ja, aber es ist die City«, erklärt sie, als ob das meine Frage beantworten würde. Was jedoch nicht der Fall ist. Ich schließe daraus lediglich, dass London manchmal eben anders ist als erwartet.

Nigel führt uns an einer schier endlosen steinernen Mauer mit Säulen entlang, die ein bisschen so aussieht wie ein Stück des alten Rom, das durch einen Riss im Raum-Zeit-Kontinuum ins London des 21. Jahrhunderts katapultiert wurde. »Wo sind wir denn hier?«, erkundige ich mich.

»An der Bank of England«, antwortet sie und packt Nigel beherzt am Mantel, damit er nicht vor einen Doppeldeckerbus läuft, der langsam an uns vorüberfährt.

»Cool«, sage ich und laufe ein Stück rückwärts, damit ich mir das Gebäude im Vorbeigehen noch etwas genauer ansehen kann. »Sieht mehr nach einem Museum aus als nach einer Bank.«

»Drin gibt's auch ein Museum.«

»Siehst du, genau das ist so anders an London. Eure Geschichte steht direkt neben eurer Gegenwart, weißt du? Zu Hause in Texas sehen die Banken manchmal eher aus wie Fastfood-Läden. Ich find's toll, dass vieles hier drüben deutlich mehr Charakter hat.«

Sie antwortet nicht, da sie schon wieder Nigel hinterherläuft – denn Nigel spaziert gerade …

… schnurstracks auf eine Kneipe zu, die den Namen *Counting House* trägt. Auf den ersten Blick ist sie schwer zu erkennen, da sie die gleiche graue Steinfassade hat wie alle anderen Gebäude in dieser Gegend. Doch die Raucher vor der Tür und die gedämpfte Musik von drinnen verraten den Zweck.

»Hey«, ruft Cassie mit so lauter Stimme, dass sogar Nigel stehen bleibt. Ich renne ihr hinterher und wir kommen gleichzeitig bei ihm an. In diesem Moment beginnt es ganz leicht zu schneien. »Was soll das denn hier werden?«

»Ich wollte nur mal kurz reinschauen, weil ich dringend aufs Klo muss«, informiert uns Nigel, ohne unsere Antwort abzuwarten. Ehe wir ihn daran hindern können, ist er in der Kneipe verschwunden und lässt uns mit einigen Takten des Songs *Last Christmas* zurück, die durch die offene Tür zu uns hinausdringen.

Wir sehen uns an. Dann verdreht sie die Augen und öffnet die Tür. Als wir eintreten, schallt uns – *Wham!* – in voller Lautstärke George Michael entgegen. Angesichts der Kälte und Nässe bin ich nicht gerade versessen auf einen Kneipenbesuch.

Wir warten in Türnähe, während Nigel in Richtung Toilette verschwindet. Ich bin erstaunt, dass Cassie nicht mitgeht, und lasse meinen Blick durch den Raum schweifen. Die Luft ist schwer von Bier- und Alkoholdunst, und die Musik konkurriert mit dem Stimmengewirr der Stammgäste, die entweder kein Zuhause haben oder nicht nach Hause *wollen*.

»Du, Moment mal.« Ich greife nach Cassies Hand, ehe mir bewusst wird, was ich da tue. Trotzdem halte ich sie weiter fest, denn wenn ich sie jetzt hastig loslasse, würde nur besonders auffallen, wie seltsam das war. »Ist das nicht Cheryl Hunter aus *Finishing School*?«

Ohne hinzusehen, nickt Cassie. »In diesem Viertel wohnen ziemlich viele Schauspieler.«

Das erklärt natürlich, warum überall an den Wänden original-signierte Autogrammfotos hängen – von berühmten und teilweise vergessenen Darstellern, wobei ich manche noch nie im Leben gesehen habe.

»Hör auf, die Leute anzustarren.«

Ich drehe mich zu ihr um und lasse endlich ihre Hand los. »Mögen sie das nicht?«

Sie verzieht das Gesicht. »Doch – das ist ja das Traurige daran.«

»Wie meinst du das?«

Sie antwortet nicht, weil sie auf Nigel zugeht, der gerade von der Toilette kommt – es erstaunt mich kein bisschen, dass er direkt in Richtung Bar spaziert und etwas zu trinken bestellt.

»Nee, nee, nee.« Cassie packt ihn buchstäblich am Revers und versucht, ihn vom Barhocker zu zerren, auf dem er gerade erst Platz genommen hat. »Feierabend, Papa.«

Diese Szene würde mich ganz atemlos machen, wenn sie dabei nicht krampfhaft den Kopf gesenkt hätte, um ihr

Gesicht so gut wie möglich zu verbergen, damit niemand von den Anwesenden Papa und Judy zusammen sieht. Nigel zieht ein Gesicht wie ein Kind, das darum bettelt, noch eine Stunde länger aufbleiben zu dürfen.

»Ach komm, warten wir noch ab, bis es aufhört zu schneien«, schlägt er vor und holt seine Geldbörse heraus. »Los, ich lad dich ein.«

Als er in Richtung Bar sieht, suche ich Cassies Blick. Sie sieht verärgert aus und bläst die Wangen auf, als ob ihr Mund randvoll wäre mit Schimpfworten. »Er hat sich überhaupt nicht verlaufen«, wettert sie empört. »Das hatte er von Anfang an geplant, dieser gerissene Sack.«

Nigel wirft einen Blick über die Schulter und zwinkert uns zu.

Cassie schürzt die Lippen, holt ihr Handy heraus und schaut auf die Uhr. Dann sieht sie mich genervt und resigniert zugleich an. »Auf ein Glas könnten wir ja vielleicht noch bleiben.«

Mittwoch, 19. Dezember
00:26 Uhr

Am Ende werden es zwei. (In Reiseführern sollte dringend davor gewarnt werden, wie immens der eigene Alkoholkonsum bei einem London-Besuch höchstwahrscheinlich ansteigt!) Ich habe Charlotte noch eine Nachricht geschickt, dass es mir gut geht, und von ihr die Info bekommen, dass sie einen Ersatzschlüssel an die Rückseite des Adventskranzes an der Eingangstür geklebt hat. Ich habe ihr versichert, dass ich niemanden aufwecken werde, woraufhin sie schrieb, dass die kleine Jess vermutlich ohnehin wach sei und Charlotte diesem Arsch von Freund kräftig eine reinhauen werde, wenn sie ihn das nächste Mal sieht. Dann hat sie mir noch viel Spaß gewünscht.

Nigel unterhält sich inzwischen mit ein paar Kumpels an einem Tisch in der Ecke, während Cassie und ich mit dem Barkeeper plaudern. Wobei »plaudern« eine krasse Untertreibung ist – vielmehr schreien wir ihn an, da nach wie vor nonstop Weihnachtsmusik aus den Fernsehern dröhnt, auf denen irgendein Musiksender läuft.

Und auch das »Wir« stimmt nicht ganz, weil der Barkeeper eigentlich nur mit Cassie redet.

»Weißt du was?« Er beugt sich über den Tresen und scheint dabei gar nicht zu bemerken, dass er mit seinem dürren Ellbogen beinahe mein Bier umkippt. »Ich finde, dass du unbedingt wieder spielen solltest. Ein klasse Mädchen wie du *gehört* einfach vor die Kamera, weißt du?«

Cassie trinkt einen Schluck Bier, will etwas sagen, muss dann jedoch erst einmal rülpsen. »Stimmt genau, ich hab wirklich Klasse.«

Ich verberge ein Grinsen hinter meinem Glas. Der Barkeeper ist zwar ein ziemlicher Idiot, aber wenigstens weiß er abweisende Signale zu deuten. Er geht sofort los, um leere Gläser von den Tischen zu räumen.

Cassie versucht ihre unschuldige Miene beizubehalten, scheitert jedoch gnadenlos. »Stößt das einen anständigen Jungen aus dem Süden vor den Kopf?«, ruft sie.

Ich schüttele den Kopf. »Wieso das denn? So sexy warst du noch nie.«

Uuund schon sind wir wieder in Peinlichhausen, nippen schweigend an unserem Bier und warten, bis einem von uns ein *anderes* Gesprächsthema einfällt.

Irgendwann sagt Cassie schließlich: »Man könnte fast denken, dass sie uns verfolgt, oder?« Sie zeigt auf eins von den Autogrammfotos an der Wand. Es zeigt Portia Demarche, für deren *Follies*-Vorstellung wir heute keine Karten mehr bekommen haben.

Ich lache vielleicht ein bisschen zu laut und stoße sie dann mit dem Ellbogen an. »Sag mal, wie hast du das vorhin eigentlich gemeint, dass du es traurig findest, wenn Schauspieler gern angestarrt werden?«

Sie sieht sich in alle Richtungen um, um zu kontrollieren, dass uns niemand belauscht. Dabei wirkt sie genauso unsicher, wie ich mich fühle. Dann beugt sie sich zu mir herüber, damit wirklich nur ich sie hören kann, und ihre Stimme löst ein seltsames Kribbeln in mir aus. »Ich finde das halt ziemlich deprimierend, weißt du?«

Ich weiche ein kleines Stück zurück, damit sie meine gespannte Miene erkennen kann. Unsere Nasenspitzen sind weniger als zehn Zentimeter voneinander entfernt. Wieder beugt sie sich nach vorn, wobei eine Locke von ihr meine Wange streift. Erneut spüre ich dieses Kribbeln.

»Diese Leute sind ein bisschen wie Gespenster«, erklärt sie. »Schauspieler, die nichts oder zu wenig zu tun haben. Sie hängen hier rum, erzählen sich Geschichten aus alten Zeiten und hoffen darauf, dass sich irgendein Fremder zufällig an sie erinnert, damit sie sich wieder wie Stars fühlen können – wenigstens für einen kurzen Moment. Ich find's halt traurig, dass es so ziemlich ihre einzige Freude ist, verstehst du?« Sie lehnt sich zurück, schaut einen Augenblick ins Leere und fängt dann an zu lachen.

Ich rücke näher an sie heran. »Was ist denn so lustig?«

»Ach, nichts«, antwortet sie. »Ich hab mir nur gerade überlegt, dass meine Mutter vielleicht verstehen würde, warum ich keine Schauspielerin sein will, wenn ich sie mit hierher nehmen würde.«

Sie trinkt den letzten Rest von ihrem zweiten Bier, während ich mich immer noch an meinem Glas festhalte, sie mustere und überlege, was die Kleine Judy im Hinblick auf die Schauspielerei so zynisch gemacht hat.

Mittwoch
00:54 Uhr

Sobald der Schneefall ein wenig nachließ, ging Cassie auf Nigel zu, zerrte ihn buchstäblich von seinem Gesprächspartner weg – es war ein Herr mit grau meliertem Haar und Tweedsakko, der in den Achtzigern möglicherweise ein Mädchenschwarm war ... vielleicht auch in den Siebzigern – und beförderte ihn in Richtung Tür. Hinter uns rief jemand: »Ich muss backen-backen-backen ... viele Kuchen!« Eine weitere bekannte Textzeile von ihr aus *Christmas Nuts*. Doch Cassie zeigte keinerlei Reaktion, sondern lotste Nigel ungerührt aus der Kneipe und von dort aus weiter zu seiner Wohnung in der Bow Lane, einer kleinen, von einer breiten Geschäftsstraße abzweigenden Gasse. Aus New York bin ich es gewohnt, dass viele Läden und Lokale bis spät in die Nacht geöffnet haben, und es irritiert mich nach wie vor, wenn in London bis auf die Kneipen alles geschlossen hat. Dadurch macht die Stadt einen beinahe apokalyptischen Eindruck.

Nach dem zweiten Versuch von Nigel, den Schlüssel ins Schloss zu bekommen, befürchte ich schon, dass er im Rausch die falsche Wohnung erwischt hat. Sie befindet sich über der Filiale einer Sandwichkette, sieht aber trotzdem für einen gescheiterten Schauspieler zu teuer aus. Als es beim dritten Mal endlich klappt, fällt mir ein, dass sie wahrscheinlich noch aus Zeiten stammt, als Nigel berühmt war.

Er dreht sich zu uns um. »Vielen Dank, ihr beiden, dass ihr mich nach Hause gebracht habt.« Er deutet eine Verbeugung an und streckt mit übertriebenem Schwung seine Hand aus, sodass ich mich frage, ob er überhaupt jemals *keine* Rolle spielt?«

»Kommst du zurecht?«, erkundigt sich Cassie.

Er versucht, sie liebevoll anzulächeln. »Ja, kein Problem, kleine Cassio ... Cassyo ...«

O Mann, er ist wirklich sturzbetrunken – mit Cassies Namen hatte er schon vorhin ein Problem, als er zu uns ins Restaurant kam.

»Meine Kleine Judy ... dich heute Abend zu treffen, war das schönste Weihnachtsgeschenk, das ich mir vorstellen kann. Eine Erinnerung an eine der schönsten Zeiten meines Lebens.«

Cassie bricht in Gelächter aus. »Als wir *Christmans Nuts*

gedreht haben, hattest du doch permanent schlechte Laune und musstest mich in einer Tour kritisieren!«

»Ich wollte doch nur, dass du dich anstrengst.« Er lehnt sich gegen die Tür, die allerdings inzwischen offen steht – deshalb packe ich schnell seine Hand, obwohl es wahrscheinlich ausgesprochen witzig wäre, ihn fallen zu sehen. »Ich war gespannt, was du zustande bringst, wenn du dich richtig reinhängst und dein Bestes gibst.«

Sie starrt ihn mit einer Mischung aus Lächeln und Stirnrunzeln an, als ob sie erfreut wäre, ihn so freundlich zu erleben, sich aber gleichzeitig fragt, warum er es erst zehn Jahre später tut. »Darum ging es dir also?«

Er nickt übertrieben. »Du hast eine fantastische Zukunft vor dir, Cass!«

Mit diesen Worten stolpert er ins Haus und schließt die Tür. Ich höre seine Schritte verhallen, während er die Treppe zu seiner Wohnung hinaufsteigt.

»Jo«, flüstert Cassie daraufhin. »Ich wüsste nur gern, wie diese Zukunft aussieht.«

Mittwoch
01:12 Uhr

Wir laufen zurück zur Geschäftsstraße, wo mehrere Busse träge vorbeischleichen. Inzwischen ist es schon kurz nach eins und sie sind fast völlig leer. Trotzdem bin ich mir nicht ganz sicher, ob ich es bis zu Charlotte nach Hause schaffe, ohne in Tiefschlaf zu fallen. Deshalb frage ich Cassie: »Meinst du, ich sollte lieber ein Taxi nehmen?«

Es weht ein kühler Wind und Cassie zieht fröstelnd die Schultern hoch. »Wie jetzt, bis nach Hampstead?«

Ich nicke.

»Wenn du dort ankommst, kannst du maximal noch 3 Stunden schlafen und musst dann schon wieder los, weil wir uns ja wieder nach Restkarten anstellen wollen. Außerdem ist deine Tasche noch in Gemmas Wohnung.«

Stimmt. Trotzdem fühle ich mich ein bisschen komisch dabei, die Gastfreundschaft ihrer verreisten Tante so auszunutzen. »Okay ... wenn du wirklich meinst.«

»Das geht schon klar«, beteuert sie, bleibt dann jedoch stehen und sieht sich um, als ob sie sich erst mal orientieren müsste. Und über etwas nachdenkt.

Ich bleibe ebenfalls stehen. »Was ist denn?«

Sie strahlt mich an. »Klitzekleiner Umweg ...«

Und so lande ich auf der Millennium Bridge, einer Stahlkonstruktion, die einen krassen Kontrast zu den historisch anmutenden Steinbrücken bildet, die sich über die Themse spannen. Leuchtstreifen im Boden tauchen unsere Füße in ein grelles Blau, und ich kann mir beinahe vorstellen, wie die anderen Brücken über diesen modernen Neuzugang den Kopf geschüttelt haben, der Cassie zufolge vor einer Weile für mehrere Jahre gesperrt werden musste ...

»... weil sie zu sehr gewackelt hat«, berichtet sie, und ich fühle mich schlagartig, als ob meine Beine bis zu den Schuhen mit Beton gefüllt wären.

»Sie hat gewackelt? Echt jetzt?«

Ohne stehen zu bleiben, antwortet sie: »Das ist schon über zehn Jahre her und sie steht immer noch.«

Ich folge ihr über die Brücke bis zu einer Stelle ungefähr in der Mitte, wo Cassie anhält. Sie dreht sich um, tritt ans Geländer und genießt den Ausblick. Ich gehe zu ihr hinüber. Das Wasser sieht nachts tiefschwarz aus und das Flussufer ist fast vollständig in Dunkelheit getaucht. Nur St. Paul's Cathedral – die ich aus dem Reiseführer kenne – thront derart herrschaftlich über der Stadt, dass die Turmkräne dahinter sich beinahe dafür zu entschuldigen scheinen, weil sie den Blick ruinieren.

Aber wow, es ist so wunderbar friedlich. Wir waren den ganzen Tag in der Stadt unterwegs, zu Fuß und per U-Bahn, haben ein Restaurant und eine Kneipe besucht – und nun ist es ein herrliches Erlebnis, einfach nur hier zu stehen, dem träge dahinfließenden Fluss zu lauschen und sich von der Nacht einhüllen zu lassen, als ob London selbst uns umarmen wollte.

Wahrscheinlich liegt es daran, dass es mir im Arm juckt und ich am liebsten nach ihrer Hand greifen würde. Nicht aus romantischen Gründen, sondern einfach um zu bekräftigen, dass dieser Moment nur *uns beiden* gehört.

Das ist doch nicht zu viel Romantik, oder?

»Was denkst du gerade?«, will sie wissen.

Ich traue mich nicht so recht, es zuzugeben, will sie aber auch nicht belügen. Deshalb lege ich mir etwas zurecht: »Ich nehme mir nur einen Moment Zeit, um dankbar zu sein.«

»Wofür denn?«

»Für das alles ... Für London, dass ich hier sein kann ... Für den Perspektivwechsel, die freundlicheren Menschen.

Mal abgesehen von dem Kerl, der mich ›Div‹ genannt hat. Ich habe drei Monate in New York gewohnt und bis zu meinem Besuch hier nicht geahnt, dass eine Metropole nicht zwangsläufig rücksichtslos und unpersönlich sein muss. Es ist gut zu wissen, dass es noch andere Städte gibt, in denen ich mich zu Hause fühlen kann.«

»Meinst du das ernst?«

Ich drehe mich um, sodass ich mit dem Rücken zum Geländer stehe, sehe sie an und merke, wie ich am ganzen Körper Gänsehaut bekomme, als mir klar wird, dass ich das tatsächlich genauso meine. Dazu formt sich der Gedanke, dass ich am allerliebsten irgendwo wäre, wo auch sie in der Nähe ist.

Doch das spreche ich nicht aus, sondern nicke nur und sage: »Falls ich es vor meiner Abreise irgendwie vergessen sollte: Ich möchte dir einfach nur Danke sagen, Cassie. Ohne dich würde ich jetzt entweder trübsinnig bei Charlotte herumsitzen oder schon wieder zu Hause an meiner Juristenkarriere feilen. Du hast mich davor gerettet.«

Sie lacht, sieht wieder hinaus auf den Fluss und fügt dann in Barbs gut gelauntem Ton hinzu: »Du hast es doch nicht nötig, gerettet zu werden, mein Spatzi-Schatz.«

Sie wendet den Kopf ab, doch vorher kann ich gerade noch sehen, wie sie ein wenig lächelt.

Cassie

Mittwoch
07:04 Uhr

THEATERMARATHON
Mittwoch
Morgens: Restkarten für Follies besorgen
Nachmittag: Sondheim-Doku im Picturehouse Cinema (13:30 Uhr)
Signierstunde mit Lorna Lane im National Theatre (16 Uhr)
Abends: Follies im Golden Palace Theatre (19:30 Uhr)

Ich versuche den Plan zu entziffern, den ich gestern mit Jason aufgestellt habe, aber das ist gar nicht so leicht, wenn man gleichzeitig versucht, die Straße zu überqueren. Außerdem sind meine Finger so kalt, dass sie wahrscheinlich gleich abfallen werden – und obendrein bekomme ich kaum Luft im dichten Berufsverkehr, der sich an uns vorbeischiebt.

»Ha, das ist ja abgefahren«, murmelt Jason, als das Golden Palace Theatre in Sicht kommt. Ich schaue nach vorn und sehe ... Harry und Bets – die sich schon *wieder* in die Warteschlange eingereiht haben. Sie stehen ungefähr an achter Stelle, zwischen zwei Grüppchen – wahrscheinlich Touristen – etwa im Alter meiner Mutter.

»Hallo«, begrüße ich sie, als wir auf dem Fußweg Platz nehmen. Ich sehe sie mitfühlend an und habe ein schlechtes Gewissen, weil wir gestern so gemein zu ihnen waren. »Was ist denn passiert, seid ihr gestern doch nicht mehr in die Vorstellung reingekommen?«

Bets tritt einen Schritt zur Seite und beugt sich – an den zwischen uns sitzenden, schlafenden Touristen vorbei – zu uns nach hinten. »Doch, doch«, jubelt sie. »Deshalb sind wir ja wieder hier.«

Und so werde ich ungefähr eine Stunde lang von einem glücklichen Ehepaar zugetextet, das mir abwechselnd sämtliche Höhepunkte aus der gestrigen Aufführung schildert, was spoilertechnisch ihrer Ansicht nach gar kein Problem ist, denn: »Bei *Follies* weiß man ja, wie es ausgeht: Typisch Sondheim – alle sind todunglücklich und ganz versessen darauf, Lieder darüber zu singen.«

Insgesamt also kein perfekter Start in den Vormittag. Dass Jason plötzlich aufspringt und verschwindet, macht es nicht unbedingt besser. Doch glücklicherweise taucht er kurz danach schon wieder auf und hat ein Papptablett mit einer Kaffee-Notfallversorgung dabei. Er reicht mir einen Becher, setzt sich dann wieder neben mich und sieht mich vielsagend an, als Bets zu ihrem nächsten Monolog anhebt. Wenn sie nicht schon verheiratet wäre, käme sie ja arg in Versuchung, den Darsteller des jungen Ben zu stalken, »denn er ist der zweitschönste Mann, den ich je gesehen habe«.

Überflüssig nachzufragen, wer der erstschönste ist, doch Bets hat trotzdem das Bedürfnis, diesen Fakt klarzustellen, indem sie dichter an Harry heranrückt und ihm einen so herzhaft-schmatzenden Kuss gibt, dass es mir förmlich in den Ohren schallt und ich hastig einen Schluck Kaffee trinke, damit man mir meinen Ekel nicht gar zu deutlich ansieht.

»… natürlich erst nach meinem Schatzi hier.«

»Aaah …« Harry erwidert ihren Kuss viel länger als nötig und legt besonders viel Hingabe in das Schmatzgeräusch, als ob sie Angst hätten, dass es sonst vom Verkehrslärm übertönt wird. Ich merke, wie Jason hinter mir abtaucht und meinen Körper als eine Art Schutzschild benutzt, um seine eigene Abscheu zu verbergen – oder vielleicht auch sein Lachen.

Nach diesem langwierigen und lautstarken Kuss legt Bets den Kopf an Harrys Schulter. »Hach, bei meinem Schatzi wird mir immer ganz schwummerig!«

O mein Gott. Ich öffne den Deckel, stecke die Nase in meinen Becher und benutze den Kaffee als Riechsalz-Ersatz. Ich brauche *dringend* etwas, wovon ich richtig wach werde, da ich immer noch reichlich verkatert bin. Außerdem habe ich vorige Nacht nur etwa vier Stunden geschlafen, nachdem wir zurück in Gemmas Wohnung waren.

Dabei bin ich selbst schuld, denn ich wollte ja unbedingt noch zur Brücke, »um die Aussicht zu genießen«.

Ja … und *wozu* das Ganze eigentlich?

»Was denkst du?« Jason rückt ein Stück zu mir heran, hält sich seinen Kaffee unters Kinn – wahrscheinlich, um sich daran zu wärmen – und nickt in Richtung unsres Plans, den ich immer noch in der Hand halte. »Schaffen wir das alles?«

Ich streiche den Zettel glatt und klemme ihn zwischen Daumen und Zeigefinger, damit ihn der Dezemberwind nicht wegweht. »Vielleicht. Wobei, von der Sondheim-Doku zur Signierstunde könnte es ein bisschen knapp werden. Ist ziemlich weit zu laufen.«

»Wir könnten die Doku streichen«, schlägt er vor. »Die läuft doch täglich, oder? Wir könnten sie auf 'nen anderen Tag verschieben. Ich nehm an, dass du zu Lorna unbedingt hinwillst.«

Ich muss wegschauen, damit ich ihn nicht gar zu beglückt anhimmle. Denn ich bin es überhaupt nicht gewohnt, dass Leute so … flexibel sind.

~~Nachmittag: Sondheim-Doku im Kino Picturehouse (13:30 Uhr)~~

Schweigend sitzen wir eine Weile einfach nur da, trinken unseren Kaffee und versuchen die Rezension der gestrigen Vorstellung von Harry und Bets weitgehend zu überhören, die ungefähr eine halbe Stunde dauert. Bets wird nicht müde zu betonen, dass sie *Could I leave you* seit dem Rückweg ins Hotel ununterbrochen vor sich hinsummen muss.

»Das ist einfach herrlich«, merkt Harry zwischen zwei Küssen an, »denn sie hat eine so wunderbare Stimme.

Selbst ein trauriges Lied klingt bei ihr fröhlich. Aber mit ihr ist sowieso jeder Tag die pure Wonne …«

»Also wisst ihr«, meldet sich Jason zu Wort und übertönt dabei das überglückliche Jauchzen von Bets, »so ganz kann ich's ja nicht nachvollziehen, wieso ihr in euren Flitterwochen so scharf auf ein Stück seid, in dem es die ganze Zeit nur um kaputte Ehen geht.« Ich weiß nicht, ob es an seinem Schlafmangel liegt oder ob bei ihm die texanische Direktheit durchkommt, jedenfalls macht es den Eindruck, als ob er die beiden gründlich satt hat.

Bets hält den Kopf schief und drückt seinen Arm. »Ach ja«, seufzt sie, »falls unsere Ehe jemals scheitern sollte, dann hoffe ich nur, dass ich dabei auch so fantastische Kostüme tragen kann!«

Harry beugt sich nach vorn. »Solange sie mir verspricht, dabei zu singen – die Stimme meiner Betty-Maus wird wie ein Samtkissen sein, auf das mein gebrochenes Herz fällt.«

»O nein, aufhören!«

»Niemals!«

O Mann, bitte kriegt euch wieder ein …

Ich weiß ja nicht, wie es Jason geht, aber ich frage mich ernsthaft, ob Verliebte zwangsläufig *total* durchdrehen.

Mittwoch
10:11 Uhr

Drei Stunden warten wir nun schon hier und frieren, aber das ist jetzt auch egal. Denn genau wie gestern sind wir gerade an der Reihe, als verkündet wird, dass keine Karten mehr da sind. Wie benommen verlassen Jason und ich das Theater. In unserer Enttäuschung kommt uns die Winterluft plötzlich viel kälter und die Umgebung noch trostloser vor. Die ausgeschalteten Weihnachtslichter über den Straßen sehen aus wie Gerippe und verbreiten keinerlei Adventsstimmung – also ein exaktes Spiegelbild meiner derzeitigen Stimmung. Ich wage es nicht mal, Jason anzusehen, da ich mich als Einheimische für diesen Fehlschlag verantwortlich fühle. Deshalb greife ich – wieder einmal – zu einem Ablenkungsmanöver. »Tja, mein Spatzistar …« Mein »Barb«-Tonfall erinnert mich an den etwas peinlichen Moment letzte Nacht / heute Morgen auf der Brücke, als er meinte, ich hätte ihn »gerettet«. Da ich keine Ahnung hatte, was ich als Cassie darauf antworten sollte, ließ ich »Barb« das kurzerhand übernehmen, und vielleicht kann sie auch jetzt diesen verkorksten Vormittag retten. »Ich weiß ja nicht, wie's dir geht, aber ich könnte jetzt ein deftiges Frühstück vertragen.«

Jason grinst mich an und »Henrys« euphorisches Gesicht kommt zum Vorschein. »Wow, das klingt fantastisch. Wollen wir einen Versuch wagen und das Café dort drüben aufsuchen?« Er nickt zu dem Lokal, wo er uns zuvor Kaffee geholt hatte.

Ich hake mich bei ihm unter und wir gehen los. »Du hast einfach immer die *besten* Ideen, mein Herzblatt. Aber wenn ich dir zu Hause noch ein einziges Mal Frühstück machen muss, also dann … verlier ich wahrscheinlich den Verstand.«

Ich werfe einen Seitenblick zu Jason, der nur mühsam ernst bleiben kann und bissig kontert: »Liebste Barb, dein Verstand ist schon vor Jahren den Bach runtergegangen.«

»Tja, ich möchte *dich* mal sehen, wenn du im Haushalt so fleißig wärst wie ich. Ich meine, würde dir ein Zacken aus der Krone fallen, wenn du dich gelegentlich um den Abwasch kümmern könntest?«

»Nein, aber ich sag dir eins: So chaotisch, wie du immer die Spülmaschine einräumst, dafür könnte ich *dich* manchmal meucheln.«

Er kommt ein wenig ins Stottern und befürchtet wohl, dass er zu weit gegangen ist. Ich schmiege mich ein wenig an ihn, dann betreten wir das Café und reihen uns erneut in eine Warteschlange ein.

Ich lehne den Kopf gegen seine Schulter. »Ach weißt du, solange du dafür sorgst, dass ich dabei ein fantastisches Kostüm trage, hab ich wahrscheinlich nichts dagegen.«

Wider Erwarten lacht Jason nicht, sondern wirkt nach wie vor etwas angespannt. Ich sehe ihn an und stelle fest, dass er mit starrem Blick in den Spiegel hinter dem Tresen sieht. Direkt hinter uns in der Schlange steht Bets und starrt ihrerseits. Ob sie uns belauscht hat? Ihrem entsetzten Blick und der versteinerten Miene nach zu urteilen, ist das definitiv der Fall. Meine Güte, jetzt habe ich wirklich ein schlechtes Gewissen, löse mich von Jason und wende mich ihr zu.

»Es ist nicht so, wie …«

Doch statt wütend zu sein, kommt Bets auf uns zu und ergreift unsere Hände. »Ich weiß, dass es manchmal schwierige Zeiten gibt«, beginnt sie, »aber es ist so unheimlich wichtig, an einer Beziehung zu arbeiten. Glaubt mir, ihr könnt das schaffen. Harry und ich haben so viel zusammen durch. Ich weiß, dass ihr beide das auch bewältigt.«

Jason nickt feierlich, aber an der Kontur seines Kiefers sehe ich, dass er sich von innen auf die Wangen beißt, um nicht in hysterisches Gelächter auszubrechen. Mühsam stößt er hervor: »Ich hoffe wirklich, dass du recht hast, Bets.«

»Es ist einfach eine komplizierte Lage«, ergänze ich und meine Stimme klingt dabei genauso erschöpft wie seine. »Wenn man so viel Liebe im Herzen hat, verwandelt sie sich manchmal in etwas anderes. Genau wie Phyllis in ›Could I Leave You?‹ singt … Kennst du dieses Gefühl?«

Bets kommt noch einen Schritt auf mich zu. »Ehrlich gesagt, nein«, antwortet sie, und Tränen steigen ihr in die Augen. Sie hat so viel Mitgefühl für uns! »So schön ich dieses Lied fand, aber diesen Groll konnte ich einfach nicht nachvollziehen! Unsere Ehe ist wirklich ein einziger Traum, das wisst ihr ja … Aber wenn ihr tief im Herzen eigentlich glücklich seid, dann … haltet um Himmels willen daran fest, so wie ich euch gerade festhalte!«

Jason und ich schaffen es tatsächlich, ernst zu bleiben, während wir unser Frühstück bestellen und uns einen

Tisch in der hintersten Ecke suchen. Aber sobald Bets mit ihren beiden Kaffeebechern zur Tür hinaus ist, brechen wir vor Lachen fast zusammen und können uns kaum wieder beruhigen.

»›Kennst du dieses Gefühl?‹!«, zitiert er die etwas bissige Frage, die ich Bets gerade gestellt habe. »Da konnte ich fast nicht mehr! Deine Improskills sind ...« Er unterbricht sich und sieht mich an, als ob er nicht wüsste, was er sagen sollte.

Wenn ich ganz ehrlich bin, ist das ein durchaus angenehmes Gefühl.

Mittwoch
10:53 Uhr

Nach zwei Tassen Kaffee und einer stärkenden Teigtasche fühle ich mich allmählich wieder wie ein Mensch. Während Jason zur Toilette geht, kontrolliere ich kurz mein Handy, wobei meine frisch aufgetankten Energiereserven merklich einbrechen, als ich eine Textnachricht von Mum lese. *Wollte nur fragen, ob alles okay ist.*

Übersetzt bedeutet das: *Irgendwann wirst du nach Hause kommen müssen, Cassie.*

Vielleicht hätte ich ihr einreden sollen, dass ich im Ausland bin.

»Alles in Ordnung?« Jason ist zurück und nimmt wieder mir gegenüber Platz.

»Jep«, erwidere ich und schaue immer noch auf mein Handy, das mir gerade eine Instagram-Nachricht von meinem Freund Ollie meldet. Als Erstes schreibt er, wie cool er mein letztes Foto fand – ein Bild von St. Paul's Cathedral, das ich letzte Nacht von der Millennium Bridge aus aufgenommen hatte. Als Nächstes erinnert er mich daran, dass er in einer Hochschul-Produktion des Ionesco-Stücks *Die kahle Sängerin* mitspielt, bei der heute Kostümprobe ist. Er habe ein paar »Vertraute« gebeten vorbeizukommen und sie sich anzusehen, weil er sich nicht ganz sicher sei, ob die Umsetzung so funktionierte. Es sei ihm ein großes Anliegen, vor dieser Prüfungsarbeit konstruktives Feedback zu bekommen.

Ich zeige Jason das Plakat in Ollies Instagram-Feed. Es ist ein Schwarzweißfoto der Besetzung (zwei spießig aussehende Paare, ein Dienstmädchen und Ollie als Feuerwehrhauptmann). Alle stehen in einer Reihe und sehen leicht konfus aus. Er betrachtet das Bild einen Moment lang, dann hellt sich sein Gesicht auf.

»O mein Gott …« Er zeigt auf den Feuerwehrmann. »Ist das der Kleine Jack?«

Meine Güte, *Chrismas Nuts* scheint ihm ja *wirklich* gefallen zu haben, wenn er sogar Ollie erkennt, der Judys Bruder, den Kleinen Jack Peyton, gespielt hat, der Papa das Herz brach, weil er sich nicht von den Spielautomaten im bösen Supermarkt fernhalten konnte.

Als wir das Café verlassen, erkläre ich Jason, dass Ollie am Goldsmith-College im Süden Londons studiert. Wir sind befreundet, seit wir die Peyton-Kinder gespielt haben, obwohl wir manchmal länger keinen Kontakt haben.

»Willst du dir die Probe ansehen?«, erkundigt sich Jason.

»Ich weiß nicht so recht«, antworte ich. »Ich habe Olli schon seit ungefähr einem Jahr nicht mehr gesehen.«

»Hm, offenbar ist es ihm wichtig, dass du kommst.«

»Wahrscheinlich hat er massenweise Leute angeschrieben«, entgegne ich und überlege, ob ich ihm sagen sollte, dass Ollie schwul ist, damit er nicht auf die Idee kommt, dass zwischen uns etwas läuft. Aber ich lasse es dann doch, um nicht den Eindruck zu erwecken, ich halte ihn für eifersüchtig.

Jason trinkt seinen zweiten Kaffee aus. »Trotzdem. Außerdem hast du gesagt, dass ich mir ganz unterschiedliche Stücke ansehen soll, stimmt's? Da kann eine Hochschul-Inszenierung doch ganz lehrreich sein.«

Lachend schüttele ich den Kopf. »Du kennst Ollie nicht. Nach *Christmas Nuts* hat er einen wirklich grottigen Werbespot für billige Cornflakes gemacht. Darin hat er gesungen und getanzt, und die Leute haben es gehasst, warum auch immer.« Als ich das ausspreche, weiß ich plötzlich, dass ich mir Ollis Stück ansehen muss. »Danach wurde er nie wieder irgendwo besetzt, und jetzt ist er Feuer und Flamme für ernsthaftes Theater – was im Wesentlichen so aussieht, dass er lauter durchgeknallte Sachen spielt und sie als ›Kunst‹ bezeichnet. Ich weiß nicht so recht, ob du daraus irgendwas lernen kannst.«

Er nickt, sieht an mir vorbei und überlegt. Dann zuckt er die Schultern. »Na ja, bis zur Signierstunde haben wir ja nichts anderes vor, oder? *So schlimm wird's schon nicht* werden.«

Mittwoch
13:08 Uhr

Aber es *ist* schlimm. Sehr schlimm sogar. Jason und ich sitzen in der ersten von vier Reihen in einem leeren Studiotheater, das genauso dunkel, trist und kalt wirkt wie die Gasse im Stadtteil Deptford, wo sie sich befindet. Wir sind die Einzigen, die gekommen sind – wahrscheinlich haben Ollies Freunde heute noch nicht bei Instagram vorbeigeschaut. Falls er überhaupt noch jemanden angeschrieben hat. Ich wäre froh, sagen zu können, sie hätten etwas verpasst, aber das wäre gelogen. Olli und die anderen Schauspielstudenten haben es tatsächlich hinbekommen, *Die kahle Sängerin* – eine absurde Komödie über zwei Paare, ein Dienstmädchen und einen Feuerwehrhauptmann, die sinnlose Gespräche über rein gar nichts führen – in noch größeren Nonsens zu verwandeln ... Dabei ist es von *vornherein* schon absurd angelegt. Es ist ungefähr so, als ob man versuchen würde, *Warten auf Godot* extra langweilig zu inszenieren.

Irgendwer hatte die brillante Idee, dass die Darstellerin der Mrs Smith zu Beginn des Stücks geschlagene fünf Minuten lang an einem Pullover stricken soll (ich hatte verstohlen einen Blick auf mein Handy geworfen und weiß daher genau, dass es *tatsächlich* fünf Minuten waren) und danach haben alle die ganze Zeit so gespielt, als ob ihnen gar nicht klar wäre, dass es eine Komödie ist. Als beispielsweise Mr Smith die Zeile spricht: »Ein gewissenhafter Arzt muss mit dem Kranken *sterben,* wenn sie nicht zusammen gesund werden können«, hört sich das so banal an, dass es geradezu soziopathisch herüberkommt – als ob Figur und Stückeschreiber es tatsächlich so gemeint hätten.

Nach dem Durchlauf kommt Ollie auf uns zu. Er ist groß und muskulös und trägt immer noch sein Feuerwehrkostüm. Darin müsste er eigentlich eine eindrucksvolle Figur machen, aber es ist schwer, beeindruckt zu sein, wenn man gerade ziemlich katastrophales Theater gesehen hat. Vor lauter Mitgefühl krampft sich alles in mir zusammen, weil ich ihm natürlich seiner Erwartung entsprechend versichern werde, dass alles prima ist. Und warum? Weil ich genau weiß, wie zermürbend brachiale Ehrlichkeit sein kann, selbst wenn sie von Freunden kommt. So kurz vor seiner Prüfung ist es besonders wichtig, dass die Mitwirkenden ihren Enthusiasmus behalten. Da wäre es vollkommen kontraproduktiv, auf die vielen Schwachpunkte hinzuweisen, oder? Außerdem gehöre ich ja gar nicht mehr in diese Welt – ist meine Meinung da überhaupt noch von Bedeutung?

»Und, was denkt ihr?«, will Olli von uns wissen und streicht sich mit der Hand über den Kopf, den er sich schon seit ungefähr fünf Jahren kahl rasiert, weil er hofft, dass die Leute in ihm nicht mehr den »Kleinen Jack« sehen, wenn er dessen Lockenpracht abgelegt hat.

Da ich nicht imstande bin zu antworten, ergreift Jason das Wort, klopft Ollie auf die Schulter und sagt, dass es ihn beeindruckt, wie engagiert alle ihre Rollen spielen. Ollie nickt, als ob genau das ihr Ziel gewesen sei.

Dann sieht er mich erwartungsvoll an, und einen Moment lang sehe ich nicht den ambitionierten einundzwanzigjährigen Studenten vor mir, sondern den zehnjährigen Jungen, der schon etwas mehr Kameraerfahrung besaß als ich und mir deshalb bereitwillig beim Textlernen half und mir beibrachte, wie man ohne hinzusehen die Markierungen auf dem Boden fand. Damals konnte ich seine Hilfe gut gebrauchen und nun hat er meine nötig.

Natürlich ist meine Meinung für ihn von Bedeutung. Und einfach nur *Erwartungen* zu erfüllen, würde niemandem weiterhelfen.

»Warum spielt ihr das Ganze denn als reines Sprechtheater?«, will ich von ihm wissen.

Ollie nickt, als ob er genau diese Frage erwartet hätte. »Wir haben einen ganz neuen Ansatz gewählt.«

»Indem ihr den Humor aus einer Komödie nehmt?« Aus dem Augenwinkel sehe ich, wie Jason die Hände in die Taschen steckt und den Kopf einzieht. Es ist ihm unangenehm, und genauso geht es den anderen Schauspielern, die ebenfalls noch im Raum sind. Keinem von ihnen ist bewusst, dass Ollie und ich unsere Rollen als Judy und Jack nie so richtig hinter uns lassen konnten. Wie richtige Geschwister streiten wir uns andauernd.

»Wir versuchen, einige wichtige Lebensthemen auszuloten«, verkündet Olli leicht gestelzt und in steifer Haltung. Wie einstudiert beantwortet er die Frage und gibt sich dabei große Mühe, nicht zu emotional zu wirken.

»Okay, aber was hatte es mit dem Anfang auf sich?«, frage ich. »Mit dem endlosen Stricken?«

»Wir erkunden den Ennui.«
»Niemand will den Ennui *erkunden,* Ollie!« Und erst recht nicht volle fünf Minuten lang!
Jason weicht einen Schritt zurück; die Situation ist ihm sichtlich unangenehm.
»Theater soll doch kein Geduldsspiel sein ...«
»Es ist halt ein ernstes Stück.«
»Ja, das ist schon richtig. Aber trotzdem kann man es auf satirische Weise spielen.«
Ich sehe, wie er seine herabhängenden Hände zu Fäusten ballt. »Das Leben ist keine ›Satire‹, Cass.« Er spricht schnell, und seine Stimme hallt im Raum so lautstark wieder, dass sich die darauffolgende Stille bleischwer auf meine Ohren legt. Ich schaue zu Jason hinüber und frage ihn mit Blicken, ob er sich einschalten, mir vielleicht sogar beipflichten will? Doch er steht immer noch mit hochgezogenen Schultern und gesenktem Kopf von uns abgewandt und signalisiert, dass er sich keinesfalls an dieser unangenehmen Szene beteiligen will. Der Junge, mit dem ich die letzten beiden Tage verbracht und in dieser Zeit öfter gelacht habe als in drei Monaten Studium an der Keele University, befindet sich in der für ihn ungewohnten Lage, dass er eine Situation nicht entschärfen kann. Dabei wären eine kleine Cockney-Einlage oder eine Wiederbelebung seines originellen Plebejers jetzt durchaus angebracht.
Ich sehe wieder zu Ollie. »Aber manchmal macht Satire es einfach besser.«
Unbemerkt haben sich die Schauspieler um mich versammelt, und wir gehen die Anfangsszene noch einmal im

Detail durch – angefangen bei der Strickerei, die wir von fünf Minuten auf etwa fünf Sekunden verkürzen.

Jason übernimmt sogar gelegentlich die Rolle des Mr Smith und lässt ihn lupenreines britisches Englisch sprechen, legt die Figur jedoch nicht nihilistisch-gelangweilt an wie der eigentliche Darsteller, sondern spielt sie mit einem überspannten Lächeln, das erahnen lässt, dass er sich permanent am Rand eines Nervenzusammenbruchs befindet. Sobald er einen Einsatz hat, beobachten ihn die Schauspieler entweder aufmerksam und sind in der jeweiligen Szene deutlich präsenter als zuvor oder sie können sich vor Lachen kaum noch halten. Jasons Mr Smith hat genau so viel Witz, wie er haben soll. Und die Zeile mit dem »gewissenhaften Arzt« erntet diesmal tatsächlich etliche Lacher – selbst von Ollie, wenn auch etwas zögerlich.

Mittwoch
14:41 Uhr

Nachdem wir eine Stunde lang mit den Schauspielern den Text durchgegangen waren und ihm alles an Humor abgerungen hatten, was er hergab, wünschten wir Ollie und den anderen gutes Gelingen und verabschiedeten uns. An der Tür umarmte mich Ollie.

»Tut mir leid, dass ich vorhin so stur war«, sagte er. »Deine Meinung war wirklich wichtig für mich.«

»Sorry, wenn ich vielleicht ein bisschen zu streng war«, antwortete ich.

Er löste sich aus der Umarmung und umfasste meine

Schultern, damit er mir direkt in die Augen sehen konnte. »Du musst dich nicht entschuldigen. Ein guter Freund schont einen, ein richtig guter Freund zeigt einem, wie man es besser machen kann.«

Ich umarmte ihn noch mal, damit er nicht sah, wie dabei meine Augen ein wenig feucht wurden – ich wusste selbst nicht so genau, warum eigentlich.

Als Jason und ich anschließend in einem fahrerlosen Regionalzug stehen, der uns zurück ins Stadtzentrum bringt, überlege ich, ob es vielleicht daran lag, weil ich einerseits Ollie gern geholfen habe und andererseits ein bisschen frustriert darüber war, wie leicht mir all diese Theaterdinge fallen. Vielleicht ist es ja völlig umsonst, dass ich so viel Kraft investiere, um vor der einzigen Sache wegzulaufen, die ich richtig gut kann …

Vielleicht hat Mum ja von Anfang an recht gehabt.

Ich schüttle mich und versuche, all diese Gedanken aus meinem Kopf zu verbannen, damit er frei wird für den nächsten Punkt auf unserer Agenda: die Signierstunde mit Lorna Lane im National Theatre. Jason grinst, und ich kann nicht deuten, ob es an seiner Aufregung über die Fahrt in einem Zug ohne Fahrer oder an der Arbeit mit den Schauspielern liegt.

»Also, ich muss ja sagen, dass ich am Anfang nicht gerade begeistert war, aber ich denke, jetzt wird es gut.« Er dreht sich zu mir um und stößt mich freundschaftlich an. »Dank deiner Unterstützung.«

Ich muss mir ein breites Grinsen verkneifen – kann aber nicht viel gegen die Röte ausrichten, die mir ins Gesicht steigt. »Stand ja alles drin im Text. Ich hab ihnen nur geholfen, es zu finden.« Ich zeige auf sein Gesicht, in dem immer noch ein Lächeln strahlt. »Du siehst ganz schön euphorisch aus.«

»Bin ich auch«, gibt er zu. »Ist zwar nur Hochschultheater, aber … ich weiß auch nicht, dort auf der Studiobühne, zusammen mit den ganzen Schauspielern, der Ideenaustausch, das Improvisieren, voll und ganz auf den Moment konzentriert. Das macht schon ein bisschen high, findest du nicht?«

Verlegen sehe ich zu Boden. »Kann sein.«

Er beugt sich etwas herunter und sucht meinen Blick. »Ach komm, ich hab dich doch gesehen. Es hat dir auch Spaß gemacht.«

Ich nicke verhalten. »War ganz okay. Es ist nur so, dass … die Schauspielerei in mir einfach nicht diesen Kick auslöst wie ganz offensichtlich bei dir.«

Wieder stößt er mich an. »Weißt du, was ich glaube? Ich glaube, du gehörst zu den Menschen, die zu viele Sachen gut können. Deshalb hältst du das gar nicht für was Besonderes. Aber wenn du das Feuer in deinen Augen gesehen hättest, als du den Schauspielern Anweisungen gegeben hast … Da warst du total in deinem Element.«

Ich beuge mich ein Stück nach hinten, damit ich ihn richtig ansehen kann. »Willst du damit sagen, dass ich autoritär bin?«

»Ich will damit sagen, du bist ein Naturtalent. Das ist deine Berufung.«

Wieder wende ich den Blick ab. Es ist nicht gerade sexy,

wenn der süße Amerikaner, für den man doch anfängt mehr zu empfinden als anfangs gedacht, plötzlich redet wie die eigene Mutter – die rein gar nichts kapiert, nie zuhört … und einfach nicht akzeptieren kann, dass man manchmal *selbst* nicht weiß, was man will.

Schweigend stehen wir im Zug, als dieser in den Tunnel zur Cutty Sark Station in Greenwich einfährt.

»Wie ist das eigentlich bei dir und Ollie?«, fragt Jason betont beiläufig, obwohl ich heraushöre, dass er wissen will, ob zwischen uns irgendwas läuft. »Ihr scheint ja ziemlich viel Zoff miteinander zu haben.«

»Wahrscheinlich haben wir die Geschwisterrollen nie richtig hinter uns gelassen«, erkläre ich. »Wir sind beide Einzelkinder, von daher …« Ich zucke die Schultern. »Manchmal bringt er mich schrecklich auf die Palme, wenn er immer alles so ernst nimmt, aber es ist schön, sich mit jemandem austauschen zu können, wenn man jedes Jahr wieder mit *Christmas Nuts* konfrontiert wird.«

Jason lächelt. Ich versuche zu erkennen, ob er angesichts der Information, dass Ollie und mich nichts Amouröses verbindet, erleichtert wirkt. Das Ergebnis ist uneindeutig.

Jason

Mittwoch
15:19 Uhr

Echt jetzt, diese Stadt treibt mich noch in eine Zwangsneurose. Schau dir das an ...« Ich zeige auf das Globe Theatre, das mit seinem Reetdach und der Fachwerkkonstruktion stur elisabethanisch aussieht und einen solchen Stolz ausstrahlt, als ob es genau wüsste, dass es keinerlei Anstrengungen unternehmen muss, um sich den modernen Gebäuden auf der anderen Seite der Themse anzupassen.

»... und dann das dort.« Hinter Shakespeare's Globe liegt die Tate Modern, die allerdings mehr an ein heruntergekommenes Kraftwerk erinnert als an eine Galerie. »Hier passt einfach nichts richtig zusammen, weißt du? Alles ist ein einziger Kontrast.«

»Das hat aber nichts mit einer Zwangsneurose zu tun, sondern ist einfach nur bizarr. Also, willst du jetzt ein Foto machen oder nicht?« Cassie wirkt ungeduldig. Ich weiß nicht, ob es daran liegt, dass ich ihre Stadt kritisiere, oder weil ihr einfach kalt ist.

»Sorry.« Ich hole mein Handy hervor und mache ein paar Schnappschüsse, denn so schräg der Anblick auch wirkt, immerhin ist es London im Advent und somit auf jeden Fall Instagram-tauglich. In einem kurzen Anflug von Verwegenheit hätte ich Cassie beinahe gefragt, ob wir zusammen ein Selfie machen wollen, lasse es dann aber doch bleiben. Obwohl wir erst seit zwei Tagen befreundet sind, ahne ich, dass sie von Selfies nicht viel hält.

Außerdem steht noch das Thema Taylor im Raum und was sie darüber wohl denken würde. Denn offenbar habe ich keine Zeit, sie anzurufen, aber andererseits ja wohl Zeit genug für Fotos mit irgendeiner Engländerin, mit der ich pausenlos unterwegs bin.

»Ist aber schon merkwürdig«, sage ich, als wir weiter am Fluss entlanggehen. »Diese beiden Gebäude so dicht nebeneinander. Eigentlich würde man doch denken, dass die Behörden Wert auf eine einheitliche Optik legen.«

Als wir die Tate Gallery passiert haben und auf das National Theatre zugehen, wo die Signierstunde von Lorna Lane stattfinden soll, drehe ich mich um und laufe ein Stück rückwärts, damit ich alles noch mal ausgiebig betrachten kann. Selbst meinen Eltern würde dieses Panorama gefallen, obwohl sie wahrscheinlich über den vertikal am Globe angebrachten neonfarbenen Schriftzug L-O-V-E die Augen verdrehen würden.

»Das ist das Motto dieser Spielzeit«, hatte mir Cassie zuvor erklärt, als wir an der Theaterkasse Karten für *Romeo und Julia* erstanden hatten – ein spontaner Entschluss für heute Abend. Ich war ein wenig unsicher, im Winter eine

Freiluftvorstellung zu besuchen, doch Cassie beruhigte mich, dass das nebenan im Sam Wanamaker Playhouse aufgeführt wird. Allerdings bin ich *äußerst* skeptisch in Bezug auf diese Produktion, da darin – nach den zugehörigen Werbeflyern zu urteilen – eine Horde von tätowierten Typen in Overalls vorkommt, die sich gegenseitig abschätzig taxieren, während rings um sie herum Herzen explodieren. »Spielt das wirklich ... im *Gefängnis?*«

»Es ist eine Neuinterpretation«, antwortet sie.

»Sieht eher nach einer Halluzination aus.«

»Tja, andere Pläne für heute Abend haben wir nicht.«

Das ist unbestreitbar. Schweigend gehen wir weiter, laufen Slalom um Touristengruppen, die gemeinsame Selfies machen, und weichen gestressten Eltern mit Kinderwagen aus. Als in der Ferne das London Eye auftaucht, bitte ich Cassie um einen erneuten Zwischenstopp, damit ich noch ein Foto machen kann. Sie hat kein Problem damit, und ich trete ans Geländer und brauche eine Ewigkeit, um das Riesenrad richtig einzufangen, das ins rote Licht der untergehenden Sonne getaucht ist.

Nachdem ich mehrere Bilder aufgenommen habe, bemerke ich, dass sie mich anlächelt. »Was ist denn?«

Sie schüttelt den Kopf. »Nichts. Es gefällt mir nur, wie du dastehst und ganz verzaubert aussiehst.«

Ich stecke mein Handy wieder in die Tasche, schaue über den Fluss und lasse meinen Blick über die Gebäude am anderen Ufer schweifen. Es kommt mir vor, als ob London sich extra für mich präsentiert.

»Kannst du dir vorstellen, hier zu leben?«, will sie von mir wissen.

Bei dieser Frage bekomme ich förmlich Herzrasen, denn ich kann es mir sogar *extrem* gut vorstellen. Ich denke schon eine ganze Weile darüber nach, was mich an dieser Stadt so fasziniert, und jetzt, bei diesem Spaziergang am südlichen Themseufer, ist es mir klar geworden. London ist nicht nur ein Ort zum Wohnen, sondern auch eine Stadt voller Kunst und Kultur. In New York kann man sehr gut leben, aber London kommt mir vor, als ob man hier wirklich … *sein* kann. Dann kommt mir jedoch mein Vorsprechen in den Sinn und die Mienen der RADA-Verantwortlichen, und ein Anflug von texanischem Pragmatismus sagt mir (mit der Stimme meines alten Herrn), dass es sinnlos ist, sich etwas zu wünschen, das schon längst abgehakt ist.

Als ich wieder zu ihr hinüberschaue, merke ich, dass sie immer noch auf eine Antwort von mir wartet. Ich habe das Gefühl, dass ich ihr all das sagen kann, und mir wird bewusst, dass es mir überhaupt nicht mehr peinlich ist, so … versponnen zu sein. Auch wenn mir diese Gedanken natürlich seit Langem vertraut sind, bin ich es nicht gewohnt, sie tatsächlich *auszusprechen*. Und obwohl ich mir sicher bin, dass Cassie mich verstehen würde, behalte ich sie trotzdem für mich. »Ich weiß es nicht so genau«, erwidere ich. »Vielleicht.«

Zügig und mit gesenktem Kopf läuft sie am Fluss entlang, wie es nur Leute tun, die in einer Stadt wie London geboren und aufgewachsen sind. Anfangs musste ich mich regelrecht dazu zwingen, nicht andauernd einzugreifen und sie vor Kollisionen mit anderen Passanten zu bewahren. Doch das ist völlig überflüssig – traumwandlerisch bahnt sie sich ihren Weg, auf dem es gelegentlich zu Beinahe-Zusammenstößen kommt, aber immer nur fast. Ich begebe mich in ihren Windschatten und verlasse mich so sehr auf ihre Navigationskünste, dass ich etwas zu spät reagiere, als sie unvermittelt stehen bleibt. Dabei landet ihr Pferdeschwanz genau zwischen meinen Augen.

»Oh, sorry!«, sage ich, während sie sich ihrerseits bei einer Frau mit Kinderwagen entschuldigt. Darin liegen bezaubernde Zwillinge, die tief und fest schlafen und nichts mitbekommen vom heulenden Wind oder den knisternden Tüten mit Weihnachtseinkäufen, die an den Schiebegriffen hängen.

»O Mann«, sage ich, als die Frau uns passiert hat und wir weitergehen. »Da fällt mir ein, *wie viele* Weihnachtsgeschenke ich noch besorgen muss, wenn ich nach Hause komme.«

»Wir haben ja noch ein bisschen Zeit.« Cassie zeigt nach vorn. Unter den steinernen Bögen einer Brücke befindet sich eine Art Markt. »Vielleicht findest du ja dort ein paar coole Geschenke. Sachen, die man nicht an jeder Ecke kriegt, weißt du? Außerdem ...« Sie verzieht das Gesicht. »Mit meinen Weihnachtseinkäufen hab ich noch nicht mal angefangen, und weil ich das normalerweise nie so spät mache, fühl ich mich jetzt plötzlich auch ganz gestresst.«

»Wie kommt's denn?«, erkundige ich mich. »Warum hast du es dieses Jahr so lange rausgeschoben?«

Sie zieht die Schultern ein wenig hoch. »Ich war

eigentlich davon ausgegangen, dass ich zu Weihnachten gar nicht in London bin.«

»Wieso denn?«

»Na ja, eigentlich war geplant, dass ich mit meinem Freund nach Ghana fliege, aber … wir haben uns getrennt.«

Cassie hat eindeutig kein Interesse, darüber zu reden, selbst als ich sie frage, was passiert sei. Aber während wir über den Markt schlendern, herrscht eine gewisse Befangenheit zwischen uns. Hat es einen Grund, warum sie ihn erst erwähnt hat, als es sich nicht mehr vermeiden ließ? Ob sie dachte, es wäre besser, wenn ich nichts davon weiß? Ich schüttle leicht den Kopf und versuche, diesen Gedanken zu verdrängen. Sie hat sich einfach nur von ihrem Freund getrennt und ich habe mein Problem mit Taylor am Hals.

Keine guten Voraussetzungen.

»Darf ich nachfragen?« An einem Stand mit gebrauchten Büchern geselle ich mich zu ihr. Sie steht dort schon ein paar Minuten, aber ich habe den Eindruck, dass sie gar nicht richtig mitbekommt, was sie sich da ansieht.

Sie mustert mich skeptisch und fragt sich vermutlich, ob mich das Angebot wirklich interessiert, und ich tue mein Bestes, sie nicht allzu unverhohlen anzustarren. Schließlich wendet sie sich ab und verlässt den Markt. Ich folge ihr zu einer niedrigen Mauer, wo wir stehen bleiben und hinaus aufs Wasser schauen. »An der Uni hatte ich so was wie eine Beziehung.«

»Ja, das hattest du angedeutet«, antworte ich und versuche, dabei so heiter und unbeschwert wie möglich zu klingen –

auf keinen Fall neugierig oder gespannt. Als sie nicht antwortet, füge ich hinzu: »Seit wann ist es denn vorbei?«

»Seit Montag«, sagt sie. »Aber eigentlich schon viel länger.«

Ich nicke. »Und er hat es nicht so ganz gemerkt, nehm ich mal an?«

Sie betrachtet das Flussufer. Es herrscht gerade Ebbe und unter dem zurückgewichenen Wasser kommen Schlamm und Unrat zum Vorschein. »Ja, unter anderem ...« Ihr Mund bewegt sich noch kurz weiter, aber es kommt kein Wort mehr über ihre Lippen.

»Du hast es nicht hingekriegt, dich von ihm zu trennen?«

Sie stößt sich von der Mauer ab und will davonstürmen. »Mann, so einfach ist das nicht!«

»Hey, ich wollte doch nicht ...«

Ich will ihr nachgehen, bleibe jedoch stehen, als sie wieder zu mir herumfährt. »*Was* wolltest du nicht? Urteilen?«

Wir stehen nur wenige Schritte von einem Keramikstand entfernt, und einige Kunden können nur sehr schlecht verbergen, dass sie uns belauschen. Aber das ist nicht der Grund, warum ich mich so unbehaglich fühle. Cassie funkelt mich mit ihren riesigen Augen – die in *Christmas Nuts* so bezaubernd aussahen – bedrohlich an. Einerseits wünsche ich mir, ich hätte den Mund gehalten, aber andererseits frage ich mich, ob sie eigentlich vielleicht *doch* darüber reden will. Ich weiche einen halben Schritt zurück, um ihr etwas Raum zu geben. »Definitiv nicht. Es ist nur so, also, ich ... finde schon, dass wir befreundet sind, und es ist mir nicht egal, wenn meine Freunde etwas belastet – denn diesen Eindruck hab ich bei dir gerade.«

Sie überlegt einen Moment, nickt dann und hebt die Hand, was ich als eine Art Entschuldigung für ihren Ausbruch werte. »Kennst du das Gefühl, wenn du genau weißt, dass irgendwas nicht stimmt?«, fragt sie. »An deiner Beziehung, meine ich? Also, obwohl du gar nichts für den Anderen empfindest oder so, redest du dir trotzdem ein, dass es schon seine Richtigkeit hat, weil es theoretisch so sein sollte?«

Klarer Fall. »Ja, ich denke schon.«

»Tja, dann rechne mal noch dazu, dass gerade dein gesamtes Leben in Schutt und Asche zerfällt, und dann verstehst du vielleicht, wieso ich es ›nicht hingekriegt hab‹, das Ganze zu beenden. Ich bin durch sämtliche Kurse durchgefallen, bekam gesagt, dass ich nach Weihnachten nicht mehr wiederkommen soll, und wusste überhaupt nicht mehr, wohin, außer nach Hause zu fahren, wo mir dann meine Mutter die Leviten liest. Da war es trotz allem ziemlich hilfreich, jemanden an der Seite zu haben, der sich nicht aus der Ruhe bringen lässt und perfekt organisiert ist. Er hat mir wirklich geholfen, die letzten vier Wochen zu überstehen …«

»Und du hast gedacht, dass du ihn deswegen auch *lieben* musst?«

Sie schließt die Augen und nickt. Ihre Schultern scheinen ein wenig nach unten zu sacken – allerdings nicht aus Traurigkeit oder Reue, sondern vor Erleichterung. Ich sehe ihr deutlich an, wie ihr ein Stein vom Herzen fällt.

»Als Schauspieler ist man es ja gewohnt, die Pläne von

anderen Leuten umzusetzen. Du nickst halt alles ab, vor allem, wenn's so im Text steht. Und Bens Textbuch sah halt vor, dass wir zusammen nach Ghana gehen und dort bei einer Hilfsorganisation arbeiten.«

»Das ist doch eine gute Sache.«

»Er macht lauter gute Sachen«, antwortet sie und betrachtet die Londoner, die an uns vorbeilaufen. »Ich meine, er entscheidet sich ganz *bewusst,* Weihnachten so zu verbringen. Wer würde mit so einem Menschen nicht zusammen sein wollen?«

Betroffen verzieht sie das Gesicht, und ich habe das Bedürfnis, auf sie zuzugehen und sie vielleicht in den Arm zu nehmen, weil sie den Eindruck macht, dass sie es gebrauchen kann. Allerdings ist mir mehr als bewusst, dass es unsere allererste Umarmung wäre. Deshalb bleibe ich vorsichtshalber, wo ich bin, und entgegne: »Ganz offensichtlich du. Und dagegen ist überhaupt nichts einzuwenden. Wenn ein Partner nicht zu einem passt, dann ist das halt so. Dass du ihn nicht liebst, macht dich nicht zu einem schlechten Menschen, genauso wenig, wie es seine guten Taten schmälert.«

Sie wirkt nicht so recht überzeugt. »Ich hab schon vor Wochen gemerkt, dass mein Herz nicht für ihn schlägt und es auch nie tun wird. Und ich hab's einfach nicht geschafft, ihm das zu sagen – erst im allerletzten Moment. Was natürlich ziemlich scheiße von mir ist, sag ich mal.«

Als sie diese Selbstvorwürfe äußert, bebt ihre Stimme leicht, weshalb ich ihr einen Moment Zeit gebe, um sich wieder zu sammeln. So sanft wie möglich antworte ich:

»Das glaube ich nicht. Ich meine, du hast es ›Bens Textbuch‹ genannt, stimmt's? Es war sein Plan. Hat er dich je *gefragt,* ob du mitkommen willst?«

Sie kaut auf der Unterlippe und überlegt. »Ich kann mich nicht dran *erinnern.*«

»Okay. Dann klingt es danach, als ob er dich weniger als seine Freundin gesehen hat, sondern eher als eine Art Nebendarstellerin. Er macht sicher tolle Sachen, aber er hat sie nie mit dir besprochen und offenbar auch nicht mitbekommen, dass es dir nicht so gut ging, als *er* diese Entscheidung getroffen hat. Du musst in Bezug auf ihn kein schlechtes Gewissen haben. Glaub mir, ich hab reichlich Erfahrung, wenn's darum geht, mit jemandem zusammen zu bleiben, weil man das Gefühl hat, einer vorgegebenen Rolle gerecht werden zu müssen.«

Ihr Gesicht hellt sich ein wenig auf; sie wirkt dankbar für diesen Rückhalt und dass jemand Partei für sie ergreift. Ihre Augen füllen sich mit Tränen, und ich muss die Zähne zusammenbeißen, damit »Henry« keinen Spruch zu »Barb« loslässt – ganz schlechter Zeitpunkt dafür.

Sie atmet durch, wischt sich mit dem Daumen die Tränen ab und zuckt leicht zusammen, als das Handy in ihrer Tasche vibriert. Sie ignoriert es.

»Willst du gar nicht rangehen?«, fragt sie.

Sie schüttelt den Kopf. »Ich weiß genau, dass es meine Mutter ist. Wenn ich jetzt mit ihr telefoniere, muss ich sofort nach Hause fahren und ihr erklären, warum ich immer noch hier bin. Also, falls du unseren weihnachtlichen Theatermarathon an dieser Stelle nicht beenden willst …« Das will ich nicht.»… stehe ich voll und ganz zu deiner Verfügung.«

Sie errötet leicht.

Wir biegen vom Fluss ab und laufen direkt nebeneinander den Fußweg in Richtung National Theatre entlang. Dabei kommen wir an einem Stand mit hübschen Accessoires vorbei. Ich trete heran und rufe Cassie über die Schulter zu: »Warte mal kurz, ich will hier mal schauen. Ich glaube, Taylor würde sich freuen über …« Ohne den Satz zu beenden, hole ich meine Geldbörse aus der Jackentasche und greife nach einer hellblauen Lederhandtasche. Ich bezahle 20 Pfund dafür, klemme sie mir unter den Arm und gehe zurück zu Cassie.

»Taylor liebt diesen Blauton«, erkläre ich ihr. »Sie mag alles, was zu ihrer Augenfarbe passt.«

Cassie sagt nichts.

»Was ist denn?«

Mit zusammengekniffenen Augen mustert sie die Tasche. »Hältst du das für eine gute Idee?«

»Wie meinst du das?«

»Ein so sentimentales Geschenk für jemanden zu kaufen, mit dem du eigentlich gar nicht mehr zusammen sein willst? Meinst du nicht, dass Taylor das irgendwie falsch versteht?«

Ich betrachte die Tasche. »Ich dachte nur, das wäre ein hübsches Weihnachtsgeschenk«, entgegne ich verlegen, vielleicht sogar ein wenig beschämt.

Ich spüre, wie Cassie mich mit eindringlichem Blick ansieht, der keinen Zweifel daran lässt, dass meine Antwort ihr nicht genügt.

»Wahrscheinlich habe ich genau solche Angst wie du, vom vorgegebenen Text abzuweichen«, sage ich. »Taylor ist … also, sie ist schon ziemlich toll. Klug, bezaubernd und total hilfsbereit allen Leuten gegenüber. Irgendwann hab ich sie auch wirklich geliebt, aber …« O mein Gott, gleich werde ich es Cassie gestehen. »Als ich in New York war, hab ich sie die ganze Zeit nie wirklich vermisst. Weißt du, mein ganzes Zuhause hat mir überhaupt nicht gefehlt. Ich war auf dem Sprung, auf Entdeckungsreise zu mir selbst – da kam mir alles zu Hause irgendwie rückwärtsgewandt vor, verstehst du? Mann, ich hasse es wirklich, das zu sagen, aber … wieder zu Taylor zu gehen, kommt mir vor wie ein Rückschritt. Eine Niederlage …«

Sie sieht mich aufmerksam an. »Wieso eine Niederlage?«

»Weil es bestätigen würde, dass mein Versuch auszubrechen und es in New York als Schauspieler zu schaffen, gescheitert ist. Ein Flop. Und dass ich von meiner vorgegebenen Rolle nie hätte abweichen dürfen.«

»Tja, und jetzt?«, fragt sie. »Jetzt fliegst du einfach nach Hause und gehst zur Tagesordnung über?«

Wieder betrachte ich die eben gekaufte Tasche in Taylors Lieblingsblau – genau das Geschenk, das sich für sie gekauft hätte, wenn in unserer Beziehung alles *normal* wäre. »Vielleicht kommen die Gefühle ja zurück, wenn ich über Weihnachten zu Hause bin.« Ein Teil von mir denkt, dass dies für alle Beteiligten am besten wäre, vor allem für meine Eltern – denn plötzlich habe ich vor Augen, welchen Stress es für meine Mom bedeuten würde, sich einen neuen

Tennisclub zu suchen, um Taylors Mutter nicht mehr zu begegnen.

Cassie sagt nichts, sondern hüstelt nur spöttisch und läuft wieder los in Richtung National Theatre.

»Warte!«, rufe ich ihr nach. Da sie nicht stehen bleibt, renne ich ihr hinterher.

»Du schwingst ganz schön große Reden für jemanden, der seinen eigenen Rat nicht befolgt«, erklärt sie und verlangsamt ihr Tempo, damit ich zu ihr aufschließen kann. Dabei sieht sie mich so genervt, ungläubig und vielleicht auch enttäuscht an, dass sich mein Herz zusammenballt wie eine Faust.

»Bei Taylor und mir ist das was ganz anderes als bei dir und Ben. Erstens sind wir schon seit *Jahren* zusammen und nicht erst seit ein paar Monaten. Das will ich nicht einfach so wegwerfen, wenn ich mir noch nicht ganz sicher bin.« Ich merke, wie meine Wangen heiß werden – das sind schon wieder so »große Reden«, die sie mir eben erst vorgeworfen hat.

»Wenn du dir nicht ganz sicher bist, dann kannst du eigentlich sicher sein«, verkündet sie. Und während ich noch darüber nachdenke, was das genau heißen soll, fährt sie fort: »Du kannst dir ein Mädchen nicht ewig warmhalten, nur weil es irgendwie so vorgesehen ist. Haben wir das nicht eben beide gelernt?«

Ich sage nichts dazu, weil sie vermutlich keine meiner Antworten gelten lassen würde.

Eine Handtasche aus London kann nicht darüber hinwegtäuschen, dass ich Taylor das Herz brechen werde.

Cassie

Mittwoch
16:30 Uhr

»Wenn mich meine Mutter jetzt sehen könnte«, raune ich zu Jason hinüber. »Auf der Bühne des Olivier Theatre.«

Ihrem Lächeln nach zu urteilen, ist sie froh darüber, dass sich die Spannungen nach unserem kleinen Konflikt über Taylors Handtasche wieder gelegt haben. Es gefällt mir, wie sehr es ihn offenbar beschäftigt, wenn jemand seinetwegen wütend oder verärgert ist. Das war bei Ben eindeutig nicht der Fall.

»Träumt sie davon, dass du es hierher schaffst?«, fragt er mich.

»Ach, ich hab schon vor etlichen Jahren auf dieser Bühne gestanden.« Das klingt natürlich kein bisschen eingebildet. »Sieh mich nicht so ehrfürchtig an – ich hab die Dorothy in einer Inszenierung des *Zauberers von Oz* gespielt, die kaum über die Voraufführungen hinausgekommen ist.«

Er verzieht das Gesicht und betrachtet dann aufmerksam die Bühne, die als Wohnung aus den Dreißigerjahren hergerichtet ist – bereit für das Stück *Die Glasmenagerie* heute Abend, in dem Lorna Lane während dieser Spielzeit auftritt. Lorna selbst sitzt an einem Schreibtisch und signiert ein Exemplar nach dem anderen vom neuesten Band ihrer Memoiren. Mit ihrem grauen Hosenanzug und der leuchtend roten Mähne sieht sie so glamourös aus, dass ich mir kaum vorstellen kann, wie lange sie wohl in der Maske sitzen muss, um sich in eine so welke und farblose Figur wie Amanda Wingfield zu verwandeln. Ich habe sie bisher noch nie auf der Bühne, sondern nur auf der Leinwand gesehen und bin deshalb ziemlich aufgeregt, ihr diesmal so nahe zu kommen. Auf und vor der Bühne hat sich eine Warteschlange gebildet, die durch den Gang zwischen den Sitzreihen bis hinaus ins Foyer reicht. Sie besteht hauptsächlich aus älteren und alten Leuten – wir sind eindeutig die jüngsten, mit mindestens fünfundzwanzig Jahren Abstand.

»Schon eine seltsame Wahl für eine Signierstunde, oder?«, merkt er an.

»Ist für sie wahrscheinlich ganz praktisch, da sie ja momentan sowieso die meiste Zeit hier verbringt.« Ich betrachte mein Exemplar von *Lane of Dreams, Band 3: 1975-1982*. Wir haben es beide in der Theaterbuchhandlung am Eingang gekauft. »Dieser Band ist wahrscheinlich der pikanteste«, lasse ich Jason wissen. »Es geht genau um die Zeit, als Lorna und Portia Demarche direkte Rivalinnen waren. Wusstest du zum Beispiel, dass sie in einem Sommer bei unterschiedlichen Inszenierungen von Noël Cowards Stück *Private Lives* auf der Bühne standen? Portia am Broadway und Lorna hier. Viele Theaterkritiker sind extra deswegen angereist, um beide Produktionen besprechen zu können.«

Wieder frage ich mich, was Mum wohl sagen würde, wenn sie mich gerade sehen könnte, wie sehr es mich begeistert, wenn zwei Schauspielerinnen über einen Ozean hinweg miteinander konkurrieren!

Doch Jason scheint gar nicht zuzuhören. »Hmm.« Er lässt den Blick durch den Raum schweifen, der wie eine Art geschlossenes Amphitheater gestaltet ist – intim und riesig *zugleich*. Auch die Akustik ist ausgezeichnet, denn in diesem Moment hören wir glasklar Lornas Stimme:

»Ah, ich wusste doch, dass jemand *dieses* Thema anspricht.«

Die beiden älteren Damen am Tisch kichern wie kleine Mädchen, während Lorna kurz den Blick abwendet und ein empörtes Schmunzeln aufsetzt, als ob sie sagen wollte: *Dazu sollte ich mich keinesfalls äußern, aber ich werde es trotzdem tun.*

»Also ...«, beginnt Lorna. Ich wende mich von Jason ab und höre ihr aufmerksam zu, denn aus der Signierstunde wird plötzlich ein Einpersonenstück. »Dazu gibt es verschiedene Lehrmeinungen, möchte ich sagen. Manche interpretieren »Schauspiel« so, dass man in eine Rolle schlüpft und eine andere Person verkörpert. Und dann gibt es eine Strömung, dass man eine Rolle nicht nur auf der Bühne darstellt, sondern tagtäglich mit Haut und Haar durchlebt und nicht nur spielt. Pah!« Lornas Ansichten über die Technik des »Method-Acting« sind in Band eins und zwei ausführlich dokumentiert.

Ich stoße Jason an. »Damit hast du wahrscheinlich nicht gerechnet, eine Schauspiellegende so leibhaftig und skandalträchtig zu erleben, oder?«

Er sieht zu Boden, als ob er gar nicht zuhören würde. Ich sehe, wie seine Kiefermuskeln zucken und frage mich, ob er selbst ein Verfechter des Method-Acting ist. Was ich ziemlich ärgerlich fände …

Als wir an der Reihe sind, tut mir vom vielen Lächeln schon das Gesicht weh, und ich hoffe inständig, dass ich damit überspielen kann, wie seltsam ernst mein Begleiter wirkt.

»Die ersten beiden Bände fand ich großartig«, sage ich mit viel zu piepsiger Stimme zu ihr und reiche ihr mein Exemplar.

Lorna schenkt mir ein mildes, aber durchaus dankbares Lächeln. Während ich sie aus der Nähe betrachte, denke ich nur: Hoffentlich sieht meine Haut auch noch so toll aus, wenn ich über sechzig bin. Außerdem wäre ich dann gern noch genauso schlank wie sie, die immer noch die gleiche drahtige und geschmeidige Statur hat, für die sie in den Siebziger- und Achtzigerjahren so bewundert wurde. Doch dann fällt mir ein, wie viele Mahlzeiten sie dafür wahrscheinlich auslassen musste und wie eingeschränkt ihr Speiseplan vermutlich war. Garantiert hat sie viele Stunden ihrer Lebenszeit im Fitnessstudio und mit Sporttrainern verbracht.

Nein danke.

»Dann wird Ihnen dieser Band noch viel mehr gefallen«, antwortet sie und kitzelt ihren Namen hinein.

Verwegen kontere ich: »Hauptsache, der Skandalfaktor passt.«
Einer ihrer Mundwinkel zuckt. »Das war eine Grundvoraussetzung für den Verlagsvertrag, meine Liebe. Einige Passagen in diesem Buch mussten dreifach von Anwälten geprüft werden, ehe wir in Druck gehen konnten.«
Ich nehme das Buch wieder entgegen. »Ich kann's wirklich kaum erwarten!«
Lorna streckt ihre Hand nach Jasons Exemplar aus. »Ich wage zu behaupten, dass eine *gewisse* Person mit rechtlichen Schritten drohen dürfte, aber ich schreibe ja nur Fakten auf, die ohnehin jeder kennt. Es ist kinderleicht, Traumrollen zu bekommen, wenn man Regisseure und Produzenten … sagen wir, für sich *einzunehmen* weiß.«
Ein entzücktes Raunen geht durch die Menge. Es ist mir zwar ein wenig peinlich, es zuzugeben, aber ich bin genauso aufgeregt wie alle anderen.
Lorna wartet immer noch darauf, dass Jason ihr sein Buch überreicht, aber es klemmt nach wie vor unter seinem Arm. »Möchten Sie mir Ihr Buch geben, damit ich es signieren kann, mein Lieber?«
»Ach … passt schon.« Jasons Kiefer zuckt wieder. Er wendet sich zum Gehen, dreht sich dann jedoch noch mal zu ihr um. »Ach so, was ich Sie noch fragen wollte: Wie kann es sein, dass eine so anerkannte Schauspielerin *derart* verbittert wird?«
Vor lauter Schreck bekomme ich einen Schweißausbruch. Er macht allen Ernstes *Lorna Lane* Vorwürfe? O nein! Was ist denn in *ihn* gefahren?

Lornas Lippen umspielt immer noch ihr berühmtes Lächeln, doch ihre Augen zucken, als ob man sie ins Gesicht geschlagen hätte.

Unerbittlich fährt Jason fort: »Ich bin mir sicher, dass Portia Demarche Ihnen nie etwas getan hat, deshalb kann ich nicht nachvollziehen, was es Ihnen bringt, sie fertig zu machen. Haben Sie es eigentlich je mit Freundlichkeit versucht?«

Lorna starrt Jason einen Moment lang an und bricht dann in schallendes Gelächter aus, das sich anhört, als ob im Zuschauerraum Glas splittern würde. »Mit ›Freundlichkeit‹ kommt man in diesem Geschäft nicht weiter, Darling. Kein Mensch erinnert sich an jemanden, der ›freundlich‹ ist – *interessant* muss man sein, darauf kommt es an.«

Jason mustert sie nun seinerseits ausgiebig. Dann macht er eine abfällige Bemerkung, wirft sein Buch kopfschüttelnd auf einen leeren Platz in der ersten Reihe und stürmt hinaus.

Ich sehe ihm nach, wie er an der Schlange vorbeigeht, während die Wartenden ihn mit wütenden Blicken förmlich durchbohren. Lorna starrt mich ebenfalls empört an, aber die Situation ist mir so peinlich, dass ich es nicht wage, mich noch einmal zu ihr umzudrehen und zu entschuldigen. Deshalb ziehe ich lediglich den Kopf ein und folge ihm nach draußen.

O mein Gott!

»Was sollte *das* denn jetzt?«

Jason bleibt direkt vor dem Eingang zum National Theatre stehen und schüttelt den Kopf. »Ich hab's da drin einfach nicht mehr ausgehalten«, erklärt er. »Die Verbitterung dieser Frau macht mich echt fertig. Portia verhält sich *immer* respektvoll gegenüber Lorna.«

Ich verstaue Lornas Memoiren in meiner Tasche. »Was geht dich denn der Kleinkrieg zwischen zwei alten Schauspielerinnen an?«

Er reagiert auf diese Frage mit einem fast verwunderten Gesicht. Dann schüttelt er den Kopf, als ob er sagen wollte: *Vergiss es.* »Es macht mich einfach nur fertig, wenn ich Schauspieler so verbittert erlebe. Aber das war wohl reichlich deplatziert – tut mir leid, wenn ich dich blamiert habe.«

Er macht auf dem Absatz kehrt, und an seinem entschlossenen Gang erkenne ich, dass er es ernst meint. Ich sehe ihm einen Augenblick lang nach und frage mich, ob es ihm schlichtweg darum geht, den Optimismus in Bezug auf seinen Wunschberuf nicht zu verlieren und weiterhin an seinem Traum festzuhalten, obwohl er fest davon überzeugt ist, neulich sein RADA-Vorsprechen vermasselt zu haben. Der Arme ist wahrscheinlich verunsichert, was er von einer solchen Laufbahn zu erwarten hat und was nicht.

Trotzdem glaube ich, dass dies keine Entschuldigung für derart unhöfliches Verhalten gegenüber Bühnenikonen ist!

Mittwoch
22:03 Uhr

»Wie kann es sein, dass dir *so was* gefällt?«

Ich weiß nicht, ob es an seinem amerikanischen Akzent oder an der Tatsache liegt, dass er weit und breit der Einzige ist, der das Globe Theatre ohne jegliche Begeisterung verlässt. Jedenfalls ist es mir reichlich unangenehm, als Jason mir seine Blitzrezension von *Romeo und Julia* präsentiert, die zahlreiche neugierige Mithörer findet.

»Jede Inszenierung, die einen neuen Blick auf Shakespeare riskiert, finde ich grundsätzlich begrüßenswert«, argumentiere ich, als wir aus dem Theater kommen und links am Fluss entlang zur Waterloo Station laufen. Dabei gehen wir in Richtung National Theatre, und einen Moment lang befällt mich die irrationale Angst, dass wir zufällig Lorna Lane begegnen könnten, wenn sie nach der Vorstellung nach Hause geht.

Ich schaue zu Jason und will ihn gerade fragen, ob er vorhat, wieder mit bei Gemma zu übernachten, doch in diesem Moment kneift er sich in die Nasenwurzel, als ob ihm jemand einen Schlag versetzt hätte.

»Sie waren so sehr darauf bedacht, etwas ganz Neues zu machen«, sagt er, »dass sie die Aussage des Stücks völlig aus dem Blick verloren haben.«

»Ähm, die Banden im Knast als Verkörperung der verfeindeten Familien?«, wende ich ein. »Darum geht es doch – die Familie als eine Art Gefängnis, das Kindern ihr Leben verbaut.« Ich hätte gedacht, dass er diese Deutung durchaus nachvollziehen kann.

Aber er schüttelt den Kopf. »Das halte ich für totalen Schwachsinn. Das Stück in einem Gefängnis anzusiedeln, kommt mir vor wie der krampfhafte Versuch eines Schülertheaters, ›Tiefgang‹ zu vermitteln. Ich finde es beinah obszön, dass jemand für solchen Schrott Geld gekriegt hat.«

»Ah ja, und alle Leute, denen das gefallen hat, sind demnach unreif? Willst du das damit sagen?«

»Unreif vielleicht nicht, aber wahrscheinlich prätentiös.«

Wir laufen nebeneinander her, während ich die künstlerischen Mittel verteidige und er darauf beharrt, dass Shakespeare derartigen Schnickschnack nicht nötig hat.

»Wenn du der Meinung bist, dass eine moderne Adaption überhaupt nichts am Inhalt ändert, wozu denn überhaupt der ganze Aufwand?«

»Weil die Zuschauer nicht ständig das Gleiche sehen wollen«, entgegne ich. »Veränderungen sind nicht zwangsläufig schlecht.« Ich will diesen Punkt gerade noch ein wenig ergänzen, doch dann wird mir bewusst, dass ich das Wort »Veränderung« möglicherweise so sehr betont habe, dass ein bestimmter Subtext allzu deutlich zum Vorschein kommt. Deshalb entschließe ich mich, das Thema nicht weiter zu vertiefen, damit ich nicht wieder in einen Vortrag über Taylor verfalle. Sein Schweigen sagt mir, dass er schon verstanden hat, worauf ich hinauswollte, und ich bin auch ein wenig erleichtert, dass er nicht weiter nachhakt.

Ben hätte mich in diesem Fall förmlich mit Fragen bombardiert und wahrscheinlich längst zur Schnecke gemacht. Er hätte darauf verwiesen, dass ich mein Psychologiestudium nicht einmal bis Weihnachten durchgehalten habe und daher meine Meinung in Bezug auf die Beweggründe anderer Leute ohnehin nicht relevant sei.

In aufgeräumtem »Barb«-Ton füge ich hinzu: »Potzblitz, dann sieht es ganz danach aus, als ob wir uns darauf einigen müssen, dass wir bei Shakespeare ausnahmsweise mal nicht einer Meinung sind, was?«

Verhalten lächelt er mich an und lacht kurz auf, was jedoch das anschließende Schweigen noch merkwürdiger macht, da ich dem ansonsten immer so temperamentvollen und witzigen Amerikaner deutlich anmerke, wie viel Anstrengung ihn dieses Lächeln kostet. Vielleicht brauchen wir einfach eine Nacht Abstand voneinander und diese »energische Diskussion« über Shakespeare bedeutet schlichtweg: *Du fängst an, mir auf die Nerven zu gehen.* Vielleicht ist es gut, dass es jetzt passiert, ehe ich ernsthaft auf die Idee komme, dass zwischen uns mehr sein könnte. Wahrscheinlich war ich nach der ganzen Sache mit Ben einfach ein bisschen durch den Wind und habe in das Zusammensein mit diesem äußerst annehmbaren Typen zu viel hineininterpretiert.

Außerdem war es ohnehin von Anfang an aussichtslos. Jason wohnt einen ganzen Ozean entfernt und reist obendrein am Wochenende ab. Dann wird er zurück zu Taylor gehen, jenem Mädchen, das theoretisch – und auch praktisch – nach wie vor seine Freundin ist. Er hat selbst gesagt, dass er nicht genau weiß, was zwischen ihnen Sache ist und ob seine Gefühle für sie vielleicht doch wieder zurückkommen. Ich kenne ihn ja noch nicht einmal seit drei Tagen, von daher habe ich kein Recht, ihn und sein Leben durcheinanderzubringen. Wenn er wieder zu Hause ist, werde ich ihn vermutlich nie wiedersehen oder sprechen und somit auch nicht herausfinden, was passiert ist. Wenn er also in die für ihn vorgegebenen Bahnen zurückkehren möchte, dann muss ich das so akzeptieren.

Außerdem ist es wahrscheinlich besser, wenn ich vorerst mit niemandem etwas anfange, sondern meine Lektion aus dem Desaster mit Ben lerne und das Thema Liebe einstweilen hinten anstelle.

Ich bin erstaunt, dass ich mir angesichts des angespannten Schweigens zwischen uns im Moment überhaupt solche Gedanken mache. Ohne uns anzusehen, laufen wir nebeneinander her und versuchen uns gegen die kalte Nachtluft abzuschirmen, die ich im Gesicht jetzt umso stärker spüre, da meine Wangen von unserer Auseinandersetzung erhitzt sind.

Als Jasons Telefon vibriert, nimmt er den Anruf umgehend an, ohne vorher nachzusehen, von wem er stammt. Offenbar ist er dankbar für die Ablenkung.

»Hallo …? Oh …« Er bleibt stehen, was ich erst nach ein paar Schritten merke. »Hi Taylor …«

Er starrt mich mit weit aufgerissenen, panischen Augen an. Wenn sein Gesicht von der kalten Winterluft nicht gerötet wäre, würde er jetzt wahrscheinlich kreidebleich aussehen. Ich mache ein mitfühlendes Gesicht und signalisiere, dass ich mich ein Stück abseits halte, damit er genügend Ruhe hat. Er geht zur Mauer hinüber, und ich höre gerade noch, wie er sagt: » ... tut mir leid, dass ich nicht angerufen habe. Ich hatte es die ganze Zeit vor ... « – was natürlich nicht ganz der Wahrheit entspricht.

Ich drehe mich um und gehe ein Stück zur nächsten Bank. Dort setze ich mich hin, schaue zum Nordufer der Themse und bemühe mich, ihn nicht zu belauschen. Aber etwas in mir fühlt sich seltsam schwer an, und es kommt mir so vor, als ob eine unsichtbare Hand meinen Kopf in seine Richtung drehen würde. An seiner Körpersprache versuche ich abzulesen, worüber sie sprechen. Er stützt die Ellbogen auf die Mauer und lehnt die Stirn gegen seine freie Hand – vermutlich entschuldigt er sich nochmals, weil er sie hat warten lassen, und versichert ihr, dass er sie vermisst hat, obwohl das überhaupt nicht stimmt. Die üblichen Floskeln wahrscheinlich, die von ihm erwartet werden.

Dann sagt er lange Zeit gar nichts, was mir allmählich seltsam vorkommt. Ich hatte eine gewisse Verlegenheit in seiner Haltung erwartet, und dass er hilflos gestikuliert, während er all das äußert, was in einer solchen Situation »eben so üblich ist«. Doch nichts dergleichen ...

Denn augenscheinlich ist nicht er derjenige, der das Gespräch dominiert.

Ich weiß nicht, wie lange er telefoniert, doch irgendwann beginnt er zu nicken, schüttelt den Kopf und tätschelt die Luft, als ob er Taylor beschwichtigen wollte. Ich habe nicht die *leiseste* Vorstellung, was bei diesem Telefonat eigentlich Sache ist. Schließlich legt er auf, steckt sein Telefon zurück in die Jackentasche und stützt sich dann erneut mit beiden Ellbogen auf die Mauer, als ob er ihren Halt nötig hätte.

Ich springe von der Bank auf und eile zu ihm hinüber.
»Alles in Ordnung?«
Jason atmet tief durch und hält noch immer den Kopf gesenkt. »Ja, ja ... mir geht's gut.«
»Ich nehme mal an, du hast dich nicht von ihr getrennt?« So deute ich jedenfalls seine Haltung – dass er frustriert ist, weil er es nicht geschafft hat, ihr die Wahrheit zu sagen.
»Nein, habe ich nicht.« Jetzt sieht er mich an.
»Und wieso lächelst du dann?«
»Weil ...« Er stößt sich von der Mauer ab, steht ganz aufrecht und sieht hinauf in den Nachthimmel. Dabei beugt er den Kopf ganz weit nach hinten, als ob er gerade einen Marathon gelaufen wäre. »... *sie* sich *von mir* getrennt hat.« Dann schüttelt er den Kopf – genauso wie beim Verlassen des Globe Theatre; als ob er nicht ganz fassen könnte, was gerade passiert ist. »Sie hat die ganze Woche versucht, mich zu erreichen – aber nicht, weil sie mich nerven wollte, sondern um mich vor meiner Rückkehr vorzuwarnen. Sie ist nämlich frisch verliebt, und zwar in meinen besten Schulfreund.«

Er fährt sich durch die Haare, und ich sehe, wie seine Hand leicht zittert. Die Erleichterung ist ihm deutlich anzusehen.

»Kyle ... Kyle und Taylor ... puh.« Er starrt zu Boden und nickt nach einer Weile zufrieden. »Er kennt sie schon genauso lange wie ich. Sie hat mir jedenfalls gesagt, dass sie sich oft gesehen haben, während ich in New York war. Und dabei sind sie sich dann halt ›näher gekommen‹.«

Ich ziehe eine Grimasse. »Soll das jetzt 'ne höfliche Umschreibung sein?«

»Ich hab nicht nachgefragt...« Er lehnt sich wieder gegen die Mauer und zusammen beobachten wir die Passanten am Südufer des Flusses. Mir fällt eine Familie ins Auge, die in Richtung Waterloo Station läuft – der Vater schwer mit Einkaufstaschen beladen und die Mutter mit ihrer schlafenden Tochter auf dem Arm. Das Mädchen ist schätzungsweise sechs Jahre alt, aber da es schon spät ist, wundert es mich nicht, dass sie nicht mehr kann. Obwohl es eisig kalt ist und der Vater wirklich schwer zu schleppen hat, wirkt keiner von ihnen genervt oder abgespannt. Ganz im Gegenteil, beide haben ein Lächeln im Gesicht, das so hell strahlt wie die Laternen entlang der Flusspromenade. Sie sind gemeinsam in der Weihnachtszeit unterwegs und alle drei sind glücklich und zufrieden darüber.

»Ist mir ehrlich gesagt auch egal«, fügt Jason hinzu. »Kyle ist in Austin und wird auch nach dem College dort bleiben.«

Ich hake nicht nach, was das für weitere Folgen hat, denn angesichts der Einstellung seiner Familie zur Schauspielerei hat er vermutlich noch keine Entscheidung darüber getroffen, wo er nach dem College leben will. Ich möchte ihn nicht unnötig verunsichern; er soll sich in Ruhe über alles Gedanken machen. Ich muss allerdings zugeben, dass Taylor recht gut zu wissen scheint, was Jason will und braucht. Das macht sie mir durchaus sympathisch.

»Und ich hatte die ganze Zeit«, stellt er fest, »ein schlechtes Gewissen und Angst davor, Taylor das Herz zu brechen. Dabei war sie längst mit mir fertig.« Lachend ergänzt er: »Bin ich jetzt der egoistischste Arschclown aller Zeiten?«

Ich muss lachen. Als wir weitergehen, muss ich mich dazu zwingen, mich nicht bei ihm unterzuhaken. Stattdessen stoße ich ihn leicht mit dem Ellbogen an. »Ungefähr Nummer fünf in der Rangliste.«

Er seufzt erneut. »Mann, bin ich erleichtert. Jetzt hab ich nicht mal mehr Panik davor, nach Hause zu kommen.«

»Was ist mit deiner Überlegung von vorhin?«, frage ich.

»Dass die früheren Gefühle vielleicht zurückkommen, wenn ihr euch räumlich wieder näher seid?«

Gedankenverloren sieht er zu Boden. »Wahrscheinlich war ich einfach nur stur und bequem und bin davon ausgegangen, dass wir zurück in gewohnte Muster verfallen, einfach weil sie uns vertraut sind. Selbst wenn Taylor nicht aus Austin weggehen will, heißt das noch lange nicht, dass bei ihr in Sachen Liebe Stillstand herrschen muss. Verstehst du? Mir war das vorher nicht so ganz klar, aber wir mussten beide zu der Erkenntnis kommen, dass wir neu anfangen müssen. Und das können wir jetzt.«

Bei diesem letzten Satz sieht er mir in die Augen, und ich halte seinem Blick nur wenige Sekunden stand, ehe ich ihm ausweiche und mir sage: Nur weil eine potenzielle Hürde beseitigt wurde, ist das noch lange kein Grund, den restlichen Text komplett umzuschreiben. Ich darf nicht vergessen, dass mein Ex mich jetzt wahrscheinlich hasst, obwohl er ansonsten ein wahrer Ausbund an Humanität ist. Gut möglich, dass ich im Moment nicht ganz klar denken kann; außerdem geht Jason in ein paar Tagen zurück nach New York (mit Umweg über Texas).

Als die Lichter eines Lokals in Sicht kommen, muss ich trotzdem lächeln. Es heißt *The Understudy* und befindet sich direkt neben dem National Theatre. Ich sage zu Jason, dass er sich einen Drink verdient hat!

Jason

Mittwoch
22:41 Uhr

»Und jetzt?«
Wir sitzen auf einem Ledersofa in der Kneipe *The Understudy*. Cassie wendet sich mir zu und zieht die Beine an. Sie trägt die Haare offen, und mit den ungezähmten Locken, die ihr ins Gesicht fallen, sieht sie sehr lässig und entspannt aus, was ich ziemlich hinreißend finde. So hinreißend, dass ich in diesem überfüllten Lokal mit reichlich Weihnachtsglitzer in Rot, Gold und Grün trotzdem fast das Gefühl habe, allein mit ihr zu sein. Ich habe seltsames Herzklopfen, was aber sicher nur daran liegt, dass ich vor lauter Erleichterung ganz aus dem Häuschen bin. Nach all den Sorgen und aufgeschobenen Anrufen bei Taylor, weil ich ihr nicht wehtun wollte, muss ich erkennen, dass sie sich genauso mit der anstehenden Trennung gequält hat wie ich. Unversehens hat diese Reise einen ganz anderen, viel offeneren Charakter bekommen, und ich fühle mich plötzlich frei, London im Advent – mit einer ziemlich tollen Engländerin – in vollen Zügen zu genießen.

Meine Ausgelassenheit kann allerdings auch damit

zusammenhängen, dass wir inzwischen unser zweites Glas Glühwein fast geleert haben. Als Cassie ihn bestellte, war ich etwas skeptisch – heißer Rotwein aus einem stählernen Bottich, abgefüllt mit der Kelle? Aber ich muss zugeben: »An so einem kalten Abend ist es schon ganz angenehm etwas zu trinken, dass sich anfühlt wie ein kleiner Heizkessel in Herznähe. Sehr weihnachtlich!«

»Nicht zu fassen, dass ihr das in den Staaten gar nicht so richtig kennt«, hatte sie konstatiert. »Das muss ich mir unbedingt merken, falls ich je in Erwägung ziehe, mich dort anzusiedeln.«

Das hat sich aus irgendeinem Grund in mein Gedächtnis eingebrannt.

Sie sieht mich immer noch an und wartet darauf, dass ich ihre Frage beantworte. Und jetzt? Ich blicke in mein leeres Glas. »Weiß nicht. Am liebsten würde ich noch eins davon trinken. Aber wahrscheinlich sollte ich es lieber lassen, weil ich sonst vielleicht anfange, texanische Football-Fangesänge anzustimmen. Das würde hier sicher nicht so gut ankommen.«

Sie schwingt ein Bein vom Sofa und tritt spielerisch gegen mein Schienbein. Dann beugt sie sich nach vorn und nimmt ihr eigenes Weinglas von dem niedrigen Tisch vor uns. »Ich meinte das eigentlich eher in Bezug auf dein Leben. Wirst du deinen Eltern die Wahrheit sagen, wenn du nach Hause kommst? Und ihnen gestehen, warum du hier warst und was du wirklich machen willst?«

»Tja, weiß ich noch nicht so genau … Im Hause Malone haben wir's nicht so damit, offen über Probleme zu diskutieren. In unserer Familie loben wir vor allem das Pflichtbewusstsein der Leute.«

Sie nickt und schwenkt den Wein in ihrem Glas. »Leute, die nicht viele Worte verlieren, sondern einfach machen?«

»Genau. Im Gegensatz zu Willy Loman fände es mein Vater wohl ganz in Ordnung, wenn ich so was wie 'ne Drei-Groschen-Existenz wäre – solange sie abgesichert ist. Und ich nehm ihm das nicht mal so schrecklich übel. Es ist nur so … er hat halt eine ganz andere Agenda als ich: Studienabschluss, Berufseinstieg, ein Leben lang arbeiten und ›was erreichen‹, heiraten, Haus kaufen, Familie gründen, das *eigene* Lebenskonzept an die Kinder weitergeben, Ende.« Ich muss beinahe darüber lachen, wie ich mich um Offenheit bemühe und diese sehr lautstark artikulieren muss, damit Cassie mich über die Beschallung im *Understudy* hinweg verstehen kann. Zum Glück habe ich morgen kein Vorsprechen, denn nach diesem Abend ist meine Stimme wahrscheinlich erst mal ruiniert.

»Da hast du dir ja genau das richtige Stück für dein Vorsprechen ausgesucht. ›Warum versuche ich etwas zu werden, was ich nicht sein will‹ und so weiter?«

Ich weiß nicht, was ich attraktiver finde – dass sie Arthur Miller zitieren kann oder mich offenbar wirklich *versteht*, obwohl wir uns erst seit drei Tagen kennen.

Dann läuft in meinem Kopf wieder der RADA-Fehlschlag ab und ich verziehe das Gesicht. »Ja, mein Biff Loman war ganz okay, glaube ich. Mit dem Impro-Teil hab ich's dann ruiniert.«

Nachdenklich schüttelt sie den Kopf und macht ein

empörtes Gesicht. »Ist aber auch total unfair von denen, dich bei der Impro so ins kalte Wasser zu werfen. Zumindest ein Szenario hätten sie doch vorgeben können.«

»Aber selbst das ist *vermutlich* keine Entschuldigung dafür, dass ich den Mann für sein Aussehen gedisst habe.«

Lachend sieht sie in ihr Glas und stellt es dann zurück auf den Tisch. Sie schlingt die Arme um ihre Knie und rückt wieder ein Stück von mir ab. Ich bemühe mich, mir meine Enttäuschung darüber nicht anmerken zu lassen. »Also, wenn du meinen Rat hören willst, sag es auf jeden Fall deinen Eltern.«

»Davon steht nichts in unserem Plan.«

»Ich meine das ernst. Wenn du es *wirklich* willst, dann musst du es ihnen sagen, bevor es zu spät ist. Du hattest Angst, dich von Taylor zu trennen, aber als es so weit war, bist du damit klargekommen, oder?«

Ich betrachte den Tisch und schäme mich ein bisschen, dass Cassie mir etwas zugutehält, das eigentlich auf *Taylors* Konto geht. Aber sie hat schon recht. Mittlerweile fürchte ich mich schon viel weniger davor, mit meinen Eltern über meine eigentlichen Pläne zu reden. »Es wäre deutlich einfacher«, entgegne ich und schaue ihr dabei wieder in die Augen, »wenn ich eine Zulassung für den RADA-Kurs bekommen hätte. Aber das ist ja nicht die *einzige* Möglichkeit, den Sommer zu verbringen.«

»Stimmt. Es gibt überall in England Unmengen von Programmen und Kursen. Wenn du willst, helf ich dir bei der Auswahl.«

Was nun folgt, ist keine peinliche *Stille,* da dies in einer

Kneipe mit Dauerbeschallung kaum möglich ist. Trotzdem breitet sich eine gewisse Verlegenheit in mir aus, als Cassie bewusst wird, was sie da gerade gesagt hat – denn unversehens war sie davon ausgegangen, dass ich mir hier einen Kurs suchen will und nicht zu Hause. Es ist jedoch definitiv ein schönes Gefühl, dass sie sich offenbar wünscht, mich wiederzusehen.

Sie sieht wieder geradeaus und greift nach ihrem Glas – vielleicht, um etwas Zeit zu gewinnen. »Wie dem auch sei ... das ist alles blanke Theorie, solange du nicht *endlich* mit deinen Eltern geredet hast.«

»Sagt eine, die den Besuch bei *ihren* Eltern seit drei Tagen vor sich herschiebt.«

Prustend spuckt sie ihren Wein wieder aus. So etwas habe ich live noch nie erlebt. »Eins zu null für dich«, antwortet sie und holt ein Taschentuch hervor. »Bei mir ist die Lage allerdings ein bisschen anders. Du hast Angst, deine Eltern zu enttäuschen. Wenn ich nach Hause komme und meiner Mutter sage, dass ich aus der Uni geflogen bin, dann wird sie sich vor Begeisterung gar nicht wieder einkriegen. Denn damit spiele ich ihr direkt in die Hände, weil es für sie der Beweis ist, dass sie von Anfang an recht hatte.«

Sie starrt ins Leere, ihr Gesicht verfinstert sich und ihre Finger schließen sich fester um das Glas. Ich hatte schon geahnt, dass sie Angst davor hat, nach Hause zu fahren, wenn sie so viel Energie investiert, um es zu vermeiden. Aber als ich jetzt sehe, wie groß ihre Sorge tatsächlich ist, bekomme ich ein schlechtes Gewissen, weil ich sie so gedrängt habe.

Ich rücke wieder ein Stück näher an sie heran, beuge mich zu ihr hinüber und suche ihren Blick. »Wir können ... natürlich ewig vor unseren Problemen weglaufen. Ich weiß zwar nicht, ob es realistisch ist, sich ein ganzes Leben lang jeden Tag ein Theaterstück anzusehen, aber es klingt ziemlich verlockend.«

Sie versucht mich anzulächeln. Daraufhin bekomme ich wieder dieses seltsame Herzklopfen. »Jo ... wir kapern einfach Tante Gemmas Wohnung, stehen jeden Morgen ganz früh auf und sind dann die ersten in der Restkarten-Schlange.«

»Eine ganz neue Form der Realitätsflucht, jeden Abend wieder.«

»Wir werden zu Legenden des West Ends – die beiden Verrückten, die sämtliche Inszenierungen gesehen haben.«

»Und über jede in Streit ausgebrochen sind.«

»Na ja, permanenter Konsens wär ganz schön langweilig, oder?«

»Ich glaube, du könntest mich nie langweilen.«

Irgendwann griff einer von uns – ich bin mir nicht sicher, wer – nach den Händen des anderen. Unsere Gesichter kommen sich ganz nahe und sie sieht mir direkt in die Augen. Ihr Blick bewirkt, dass ich mich vorübergehend wie gelähmt fühle, als ob sie mich hypnotisiert hätte. Ein Kribbeln durchströmt meinen ganzen Körper, denn dieser Moment ist eindeutig etwas ganz *Besonderes*. Das ist vermutlich der Grund, warum ich etwas tue, das sonst gar nicht so meine Stärke ist – und zwar den ersten Schritt. Ich lege meine Hand an ihre Schläfe und streiche sacht eine

Locke beiseite, um ein wenig Zeit zu gewinnen – damit sie eventuell zurückweichen oder ich einen Rückzieher machen kann. Da nichts dergleichen geschieht, lasse ich meine Fingerspitzen über ihr Gesicht gleiten, beuge mich dann nach vorn und küsse sie.

Sie erwidert meinen Kuss – ganz sanft und trotzdem innig und absolut umwerfend …

Dann legt sie plötzlich die Hand auf meine Brust. Und schiebt mich weg.

»Nein, nein …« Sie wendet sich ab und rutscht dabei fast vom Sofa, ehe sie mit den Füßen wieder auf dem Boden steht. »Das ist nicht … Ich kann nicht … Nein.« Sie steht auf und fängt an, ihre Jacke anzuziehen. »Wir sollten jetzt lieber gehen.«

Ich sehe, wie sie sich einen Weg zwischen den Kneipengästen hindurch bahnt, während sich der angenehme kleine Heizkessel in Herznähe schlagartig anfühlt wie ein Feuerball der Demütigung, von dem ich beinahe hoffe, dass er mich von innen verbrennt. Wie dämlich von mir anzunehmen, dass ich ein Gespür für jemanden habe, den ich erst seit zwei Tagen kenne, obwohl ich bei meiner eigentlichen Freundin nicht mal mitbekommen habe, dass sie sich von mir trennen will. Ich bin wirklich ein Totalversager!

Ich nehme meine Jacke und folge ihr, ohne auf die mitfühlenden (und zugleich leicht amüsierten) Blicke der Umstehenden zu achten, die diese Abfuhr natürlich mitbekommen haben. Allerdings hat ihr Mitgefühl seine Grenzen, denn unser soeben freigewordenes Sofa nehmen sie ohne zu zögern in Beschlag.

Ich treffe Cassie vor der Tür. Sie steht mit dem Rücken zum Lokal – und mir – und knöpft ihre Jacke zu. Die Stimmung zwischen uns ist genauso grau wie die Gebäude entlang des südlichen Themseufers. Vermutlich gibt es nirgends auf der Welt eine Stadt, die so toll ist, dass ihr bloßer Anblick davon ablenken kann, wie beschissen man sich fühlt, wenn man gerade einen Korb bekommen hat.

»Soll ich lieber zu Charlotte fahren?«, schlage ich vor. »Das wär kein Problem ... wenn dir das lieber ist. Ich meine, ich bin ja nur noch bis Samstag hier, deshalb sollten wir uns vielleicht eine Weile nicht sehen ...«

Sie sieht mich unsicher an und überlegt. Dann schüttelt sie den Kopf und antwortet: »Nein, nein, das wäre Unsinn. Es ist schon viel zu spät, um noch mit der U-Bahn nach Hampstead zu fahren. Außerdem ist Gemmas Wohnung ganz in der Nähe vom Golden Palace Theatre, denn dafür will ich *unbedingt* morgen Karten kriegen.«

Wir gehen los in Richtung Waterloo Bridge und laufen schweigend nebeneinander her. Ich bin erleichtert, dass sie offenbar nicht wütend auf mich ist, mir ist jedoch auch bewusst, dass wir einen solchen *Moment* wie gestern Abend nicht wieder erleben werden – in dem wir einfach zu zweit aufs Wasser hinausschauen, den Anblick der Stadt bewundern und die weihnachtliche Stimmung genießen. Was mich extrem deprimiert.

Donnerstag, 20. Dezember
6:00 Uhr

Als mein Handyalarm losgeht, bin ich schon seit rund einer Stunde wach. Ich schalte ihn so schnell wie möglich aus, damit er Cassie nicht weckt, falls sie noch länger schlafen will. Schnell räume ich das an mein Zimmer angeschlossene Bad auf und steige kurz unter die Dusche, um die leichten Kopfschmerzen zu vertreiben, die der Glühwein hinterlassen hat. Dann ziehe ich mich an und gehe ins Wohnzimmer. Aus Cassies Zimmer ist noch nichts zu hören, vermutlich ist sie noch nicht aufgestanden. Ich will klopfen, weiß aber nicht genau, auf welche Zeit sie ihren Wecker gestellt hat. Mir ist klar, dass ich mich nach diesem Kuss auf sehr dünnem Eis bewege; als wir gestern Abend hier in der Wohnung ankamen, ist sie sofort in ihrem Zimmer verschwunden. Deshalb will ich lieber nichts riskieren.

Als ich ihrer Tür den Rücken kehre, fällt mein Blick auf Cassies Jacke, die über die Sofalehne geworfen ist. Ihr Handy ist aus der Tasche gerutscht. Wenn sie es sich nicht geholt hat, heißt das möglicherweise, dass sie sich für heute Morgen *gar keinen* Wecker stellen wollte. Oder die Vorstellung, mir zu begegnen, war ihr so unangenehm, dass sie lieber nicht noch mal herausgekommen ist.

Was für ein Schwachsinn. Sie hat selbst vorgeschlagen, dass ich noch mal mitkomme, weil sie sich morgens an der Theaterkasse anstellen wollte. Wahrscheinlich war sie einfach nur zu müde und ist so schnell eingeschlafen, dass sie ihr fehlendes Handy gar nicht bemerkt hat. Vermutlich ist sie dankbar, wenn ich kurz klopfe und sie wecke.

Es sei denn ...

Noch ehe ich einen Schritt zu ihrer Tür hin gemacht habe, taucht in meinem Kopf plötzlich die Frage auf, ob sie das fehlende Handy vielleicht *doch* bemerkt hat, es aber nicht holen wollte, weil sie nach gründlichem Nachdenken immer noch wütend über den Kuss war und deshalb zu dem Schluss kam, dass sie mir am besten aus dem Weg gehen kann, wenn sie kurzerhand die Öffnungszeit der Theaterkasse verpasst.

Ich schicke ihr eine Nachricht, die sie lesen kann, nachdem sie aufgestanden und aus ihrem Zimmer gekommen ist. Ich teile ihr mit, dass ich meinen Fehler wieder gutmachen will, indem ich mich um unsere Tickets kümmere, und dass wir uns in der Warteschlange treffen können.

Dann gehe ich los und hoffe nur, dass sie es sich mit den Restkarten nicht anders überlegt hat. Es könnte auch durchaus sein, dass sie mir nur deshalb vorgeschlagen hat, noch mal in Gemmas Wohnung zu übernachten, weil sie höflich sein und mich nicht in aller Öffentlichkeit abservieren wollte.

Als ich auf die Straße trete und durch Bloomsbury laufe, habe ich ein schweres, brennendes Gefühl in der Brust, als ob ich gerade wieder reichlich Glühwein getrunken hätte. Die Vorstellung, Cassie nie wiederzusehen, rückt plötzlich in greifbare Nähe und fühlt sich zugleich ganz entsetzlich *falsch* an.

Cassie

Donnerstag
08:23 Uhr

THEATERMARATHON
Donnerstag
Morgens: Restkarten für Die Glasmenagerie Follies besorgen
Nachmittags: Follies-Matinee (Plan B: Der Nussknacker)
Abends: ~~Die Glasmenagerie~~ Follies Abendvorstellung (wenn keine Karten für Matinee)

Es sind doch nur ein paar Croissants, Cass!
Ich habe Jason etwas zum Frühstück mitgebracht: Schinkencroissants, dazu noch einen Kaffee für ihn und Tee für mich – das ist meine Art, ihm zu zeigen, dass ich wegen gestern Abend nicht böse bin. Aber nach allem, was passiert ist, bin ich mir nicht ganz sicher, ob das wirklich eine gute Idee ist. Was, wenn er zu viel hineininterpretiert? Dann zerbricht er sich wahrscheinlich den Kopf, warum ich heute so freundlich zu ihm bin, wohingegen ich mich gestern Abend in Gemmas Wohnung förmlich vor ihm versteckt habe. Der Arme denkt

wahrscheinlich, dass mir sein Kuss unangenehm war, was überhaupt nicht stimmt. Ich fand ihn in diesem Moment eigentlich sogar ziemlich nett, und *richtig* nett fand ich es, dass es ganz spontan passiert ist – weil mich jemand eben einfach nur küssen wollte (und mich nicht daran erinnern, dass ich einen Freund habe – wie in letzter Zeit üblich).

Ein bisschen schade ist es ja schon, dass er einen ganzen Ozean entfernt wohnt.

Ich sehe ihn jetzt gegenüber auf dem Fußweg vor dem Golden Palace Theatre sitzen. Er hat den Kopf gegen die Mauer gelehnt und sieht müde aus. Als ich die Straße überquere, erkenne ich, wer drei Plätze vor ihm in der Schlange steht.

Auch das noch!

Harry und Bets sind wieder da, etwa an zehnter Stelle in der Kassenschlange.

»Cassie!«

Als ich die andere Straßenseite erreiche, winkt Jason mir erfreut zu, und sein Lächeln bringt mich auf den Gedanken, unser Kuss könnte doch etwas mehr als nur »nett« gewesen sein. Schlagartig ärgere ich mich darüber, dass ich meine Haare heute Morgen nur zusammengebunden habe, statt sie zu waschen. (Allerdings bin ich auch erst um halb sieben aufgewacht!) Ich gehe auf ihn zu, setze mich neben ihn und reiche ihm Kaffee und Croissant. »Ich dachte, du könntest ein bisschen Verpflegung gebrauchen.«

O Mann, das klang ziemlich daneben. Ich verziehe das Gesicht und versuche es hinter einem großen Schluck Tee zu verbergen, doch dabei verbrenne ich mir den Mund, weil er noch ziemlich heiß ist. Vielleicht hätte ich doch lieber im Bett bleiben sollen.

»Aber so was von«, sagt Jason und lässt es sich schmecken, während ich darauf warte, dass das Brennen in meinem Mund nachlässt. »Danke.«

So direkt neben ihm weiß ich plötzlich gar nicht mehr, was ich sagen soll – oder vielmehr, was ich ihm sagen *will*. Denn was auch immer es ist, ich möchte es keinesfalls vor Harry und Bets äußern, die unverhohlen in unsere Richtung starren und uns so strahlend anlächeln, dass es schon fast bedrohlich wirkt.

»Also, jetzt bin ich aber erleichtert«, verkündet Harry, während Bets den Kopf an seine Schulter legt. »Als ich den Henry so ganz allein hier sah, dachte ich schon, dass es bei euch beiden vielleicht aus ist.«

Bets seufzt. »So wie ihr zwei gestern im Café aneinandergeraten seid, du liebe Güte! Ich bin ja so froh, dass ihr euch wieder versöhnt habt.«

Jason und ich sehen die beiden lächelnd an, wechseln dann einen Blick. Über meinen Becher hinweg raune ich ihm zu: »Du hast ihnen gesagt, dass du Henry heißt?«

»Kam mir gerade passend vor«, raunt er zurück und beißt wieder in sein Croissant.

Allmählich normalisiert sich unser Verhältnis wieder. Allerdings traue ich mich noch nicht so ganz, mich an ihn zu schmiegen, um mich zu wärmen, obwohl der eisige Wind aufgefrischt hat und allen Wartenden ziemlich zu schaffen macht.

»Was meinst du?«, fragt Jason. »Haben wir beim dritten Versuch Glück?«

»Heute ist Donnerstag«, antworte ich. »Es gibt eine Matinee und eine Abendvorstellung – wenn wir diesmal keine Karten kriegen, raste ich möglicherweise aus.«

Mitten im Lachen muss er gähnen. Entschuldigend hebt er die Hand. »Das ist nicht als Bewertung deiner Gesellschaft zu verstehen, das versichere ich dir.«

Ich stoße ihn mit dem Knie an. »Das will ich ja wohl hoffen. Ach übrigens, danke, dass ich heute Morgen ausschlafen konnte.«

»Das war ja das Mindeste, was ich tun konnte.« Sein Tonfall und die leichte Betonung auf »das Mindeste« führen dazu, dass ich mich frage, ob er sich darüber vielleicht die ganze Nacht den Kopf zerbrochen hat? »Aber ich verspreche dir, dass so was wie … *gestern* nicht wieder vorkommt. Es tut mir wirklich leid.«

Er sieht mir ein paar Sekunden lang in die Augen und wendet dann leicht beschämt den Blick ab. Das finde ich so bezaubernd, dass ich am liebsten sofort nach seiner Hand greifen würde. Aber da dies zu neuen Missverständnissen führen könnte, beruhige ich ihn lediglich, dass es keinen Grund gibt, sich zu entschuldigen. »So schlimm ist es nun auch wieder nicht, wenn man von einem gut aussehenden Amerikaner geküsst wird.«

Ich mache das wirklich ganz hervorragend, keine neuen Missverständnisse zu provozieren.

Donnerstag
09:56 Uhr

Kurz vor zehn kommt hinter der Eingangstür plötzlich Bewegung auf. Da es ein wenig früher ist als in den letzten Tagen, entsteht unter den Wartenden Unruhe, als alle eilig aufstehen. Doch diesmal werden nicht wie sonst alle Türen geöffnet, sondern nur eine einzige, und heraus tritt eine junge Frau – nicht viel älter als Jason und ich. Sie trägt ein goldgelbes Poloshirt mit dem Logo des Golden Palace Theatre.

»Darf ich kurz um Ihre Aufmerksamkeit bitten«, ruft sie, dabei ist diese ihr längst sicher. »Wir möchten Ihnen mitteilen, dass wir normalerweise ein kleines Kontingent von Plätzen für die Angehörigen der Darsteller zurückhalten, die oftmals nicht benötigt werden. Heute haben jedoch einige Schauspieler Bedarf angemeldet und deshalb wird es leider keine Restkarten für die Matinee geben.«

Jason macht ein genauso betroffenes Gesicht wie ich, zuckt aber die Schultern, als wäre es nicht weiter dramatisch. »Es gibt ja immer noch die Abendvorstellung.«

»Und was die Abendvorstellung betrifft«, ergänzt die Kassiererin und muss beinahe schreien, um sich Gehör zu verschaffen. »Wir haben heute Abend einige Pressevertreter zu Gast, sodass es auch hier zu Einschränkungen kommt.« Sie lässt den Blick durch die Warteschlange schweifen und zählt wahrscheinlich kurz durch. Ihrer Miene nach zu urteilen, sieht es gar nicht gut aus. Eindringlich mustert sie Harry und Bets. »Ich wollte sie nur rechtzeitig vorwarnen … falls jemand von Ihnen deshalb das Risiko heute nicht eingehen will.« Nun *starrt* sie Harry und Bets geradezu an. Mein Blick ruht ebenfalls auf ihnen.

Harry und Bets sehen sich an, und einen Moment lang habe ich die naive Vorstellung, dass sie das Richtige tun und verzichten werden, aber nein … Sie legen nur wie zum Gebet die Hände aneinander, und Bets flötet, dass sich dieses Risiko auf jeden Fall lohnen würde – »Glauben Sie mir, wir sprechen aus Erfahrung!«

Nun starre ich die beiden mit unverhohlenem Groll an.

Als sich um zehn die Türen endlich öffnen, rückt die Schlange langsam voran – Harry und Bets bekommen natürlich ihre Karten – und wir beide schaffen es tatsächlich *durch die Tür*. Ohne Rücksicht auf etwaige Missverständnisse drücke ich vor Aufregung viel zu fest Jasons Hand, als wir direkt vor dem Kassenschalter stehen. Die Frau, die uns draußen informiert hatte, sieht uns an …

… macht ein bedauerndes Gesicht und teilt uns mit, dass sämtliche Plätze in Rang und Parkett für die Abendvorstellung leider ausverkauft sind. Was sie uns noch anbieten könne, seien zwei zurückgegebene Logenplätze. Die allerdings 250 Pfund kosten … pro Stück!

Würde ich mich nicht an Jasons Hand festhalten, läge ich jetzt wahrscheinlich verzweifelt am Boden. Schwach kann ich noch hören, wie er *Nein, vielen Dank* sagt, ehe wir aus dem Foyer zurück auf die Straße taumeln … und dort beinahe mit Harry und Bets zusammenstoßen.

Ich weiß nicht, ob es daran liegt, dass sie nun schon zum *dritten* Mal Karten bekommen haben oder weil sie mit ihren Tickets in der Hand verzückte Selfies vor dem Theater schießen … auf jeden Fall bin ich von den beiden inzwischen so genervt, dass ich etwas total Unbritisches tun und sie direkt darauf ansprechen will.

Allerdings habe ich keine Gelegenheit, weil Jason mir zuvorkommt. »Ihr seht wirklich fröhlich aus«, sagt er mit bitterem Unterton.

Für solche Feinheiten haben sie allerdings überhaupt kein Gespür. Stattdessen nicken sie nur und strahlen ihn an, weil sie ihr Glück »… gar nicht fassen können!«

»Wär es da nicht eine Idee, von diesem Glück ein bisschen was abzugeben? Ich meine, ihr habt das Stück doch schon *gesehen*.«

»Zweimal sogar«, murmle ich.

Falls sie es überhaupt gehört haben, macht es ihnen offenbar nichts aus. Durchaus möglich, dass die beiden sich generell von gar nichts beeindrucken lassen. Ob sie überhaupt begreifen, wie traurig *Follies* eigentlich ist?

»Das ist so ein tolles Stück«, schwärmt Bets und hält ihre Karten mit beiden Händen fest. »Und diese Inszenierung ist, also ich würde sagen, geradezu lebensverändernd. Wenn sie ausläuft, kommt sie nie wieder. Heute spielt Portia Demarche zum *allerletzten* Mal die Sally. Wir müssen sie unbedingt noch einmal sehen.«

Jason will darauf noch etwas erwidern, aber ich fasse ihn am Arm und ziehe ihn beiseite. »Gib dir keine Mühe, da könntest du genauso gut gegen die Wand reden.« Und obwohl es mir unendlich schwerfällt, rufe ich Harry und Bets noch »Viel Spaß heute Abend« zu, während ich insgeheim hoffe, dass sie auf dem Weg ins Theater mit ihrem Taxi im Stau stecken bleiben.

Donnerstag
10:33 Uhr

Jason will an seinem Kaffee nippen, lässt den Becher dann jedoch wieder sinken. Das tut er nun schon zum vierten Mal, seit wir in einem Café gleich um die Ecke vom Golden Palace sitzen. Er sieht wirklich wütend aus, aber da im Moment – ausgerechnet – *Santa Baby* aus den Lautsprechern dröhnt, bekomme ich fast einen Lachanfall.

»Hast du unseren Plan?«, erkundige ich mich, weil ich denke, dass wir aus unserem Tief wahrscheinlich am besten wieder herauskommen, wenn wir uns auf das konzentrieren, was wir *stattdessen* ansehen können.

Er holt sein Notizbuch aus der Jackentasche und reicht es mir. Ich schlage die Liste für Donnerstag auf, streiche traurig alle Termine für *Follies* und notiere das Stück nochmals für Freitag – buchstäblich unsere letzte Hoffnung. Also zumindest für Jason, weil er am Samstag abreist. Da ich ja hierbleibe, kann ich es noch einmal versuchen. Aber am liebsten würde ich es gemeinsam mit ihm sehen. Nachdem wir zusammen so viel durchgestanden haben, um dafür Karten zu organisieren!

»Oh, Mist«, stöhne ich, bis mir in diesem Moment etwas auffällt. »*Der Nussknacker!*« Ich war so deprimiert wegen *Follies,* dass ich gar nicht nachgesehen habe, ob es noch Karten gibt für die als Plan B notierte Matinee – eine meiner jährlichen Lieblingstraditionen in London, die sogar Mum und ich dramafrei überstehen. Ähnlich wie das im Moment unerreichbare Stück *Follies* wäre das eventuell eine Möglichkeit, meine Laune zu retten.

Ich hole mein Telefon hervor, sehe auf die Website und bekomme ein mehrfaches »AUSVERKAUFT« angezeigt – sowohl für die Matinee als auch für den Abend. »Verdammt!«

Ehe ich mein Handy wütend wegschleudern kann, nimmt Jason es mir sanft aus der Hand. »Ist schon okay«, sagt er und legt es neben meine Teetasse, die genauso vernachlässigt dasteht wie sein Kaffee. »Mach dir keinen Kopf.«

»Ich hasse es, dass ständig alles schiefgeht«, schimpfe ich. »Als Einheimische fühle ich mich da total verantwortlich und denke, dass ich dir deine ganze Reise ruiniere.«

Er beugt sich nach vorn und will nach meiner Hand greifen, überlegt es sich dann jedoch anders und legt mir eine Hand auf die Schulter. »Hey, weißt du was? Was hältst du davon, wenn *ich* mich drum kümmere, den Plan für heute neu aufzustellen? Du hast schon genug gemacht – und mir noch dazu eine Bleibe organisiert. Da ist es nur fair, wenn ich auch mal ein bisschen Energie investiere, findest du nicht?«

Diese Idee gefällt mir eigentlich ganz gut. Immerhin ist Jason hier zu Besuch, von daher ist es nur fair, dass wir uns auch etwas ansehen, das er ausgesucht hat.

Außerdem bin ich gespannt, welche Stücke seine Neugier wecken.

»Okay, dann schauen wir doch mal.« Er nimmt sein Handy und tippt ein paar Mal aufs Display, wobei er sich etwas abwendet, damit ich ihn nicht beobachten kann. »Yes!« Triumphierend reißt er die Faust in die Höhe und tippt dann wieder auf sein Handy. Wahrscheinlich bucht er gerade Tickets.

»Was ist das denn?« Ich recke den Hals, um etwas zu erkennen, aber er packt sein Telefon schon wieder weg.

»Das wirst du dann schon sehen«, wiegelt er ab. Dabei glänzen seine Augen auffallend, als ob er sehr zufrieden mit sich wäre. Ein Gedanke schießt mir kurz durch den Kopf: Er wird doch nicht etwa die Logenplätze genommen haben?

Nein ... garantiert nicht. Er hat zwar gesagt, dass sein Vater Anwalt ist, aber er selbst studiert ja noch – und Collegestudenten haben in der Regel keine fünfhundert Pfund übrig, um sie mal eben für Theaterkarten auszugeben – egal, wie fantastisch das wäre.

Er greift nach seinem Kaffee und trinkt endlich doch einen Schluck. »So, der Abend wäre organisiert – jetzt brauchen wir nur noch einen Programmpunkt für den Rest des Tages.«

Ich lehne mich zurück. »Ich dachte, du bist diesmal dran.«

»Na ja ...« Seine Augen glänzen immer noch, aber jetzt senkt er den Blick und wirkt ein wenig verlegen. »Ich hätte da schon eine Idee ... Aber das ist ein bisschen kitschig und touristisch ...«

Morgens: ~~Restkarten für Die Glasmenagerie Follies besorgen~~
~~Nachmittag: Ballett – Der Nussknacker?~~
~~Abends: Die Glasmenagerie Follies – endlich!~~

16

Jason

Donnerstag
12:19 Uhr

»Ich kann gar nicht glauben, dass ich wirklich am London Eye bin.«

Cassie sieht sich um und betrachtet die anderen Wartenden in der Schlange mit dem gleichen Gesichtsausdruck wie New Yorker, die mit ihren Gästen das Empire State Building besuchen – gequält und angewidert, in der eigenen Stadt einen solchen Touristen-Hotspot ansteuern zu müssen. Wir warten nun schon seit einer halben Stunde, und ich vermute, dass es locker noch mal so lange dauern wird, bis wir endlich in einer Gondel sitzen. Deshalb sollte ich Cassie lieber etwas aufmuntern, damit sie nachher auch wirklich mit mir Riesenrad fährt.

»Glaub mir, Spatzi«, schalte ich wieder auf Henry-Modus um, obwohl ich kaum noch genügend Energie für das zugehörige Dauergrinsen habe. »Zeige ich dir nicht immer die fantastischsten Orte, wo wir grandiose Sachen erleben?«

Ohne in die entsprechende Rolle zu schlüpfen, sieht mich Cassie stirnrunzelnd an, als ob meine extrem amerikanische Aussprache sie komplett durcheinanderbringen würde. Doch dann findet eine – ungelogen – geradezu körperliche Transformation statt. Ihre Augen werden noch größer, obwohl das eigentlich unmöglich schien. Sie leuchten vor ungebremster »Barb«-Begeisterung und erzeugen einen leicht irren Eindruck – als ob sie imstande wäre, Henry umzubringen, weil sie es nicht ertragen kann, wie sehr sie ihn liebt.

»Das stimmt, mein Honigbärchen. Also, ich bin mir sicher, dass eine Fahrt mit diesem riesigen Rad eine Erinnerung sein wird, die wir unser ganzes Leben lang nie wieder vergessen.«

»Zumindest solange keiner von uns im Alter die Peilung verliert.«

»Ach, denkt mein Spatzistar, dass er zuerst den Verstand einbüßen wird? Ich schätze eigentlich, dass ich das sein werde, denn wenn ich beim nächsten Mal in einer vermaledeiten Theaterkassenschlange kein Glück habe, dann … ja, dann komme ich vielleicht wieder her zu diesem riesigen Rad und springe einfach raus, wenn wir ganz oben sind.«

Weder »Henry« noch mir fällt dazu eine passende Bemerkung ein. Deshalb sage ich nichts weiter und lasse diesen etwas merkwürdigen Moment erst einmal vorbeigehen, während ich überlege, ob eben eigentlich »Barb« gesprochen hat oder doch Cassie selbst. Benutzt sie unsere spaßigen Rollen, um Dinge auszusprechen, die ansonsten undenkbar wären?

Ich räuspere mich, um zu signalisieren, dass ich den

»Henry-und-Barb«-Modus beende, muss aber trotzdem weiter darüber nachdenken, ob es vielleicht eine Art Ausblick in eine bizarre Welt ist, in der wir ein Paar wären. Ob wir darin ernsthaft Mordgedanken entwickeln könnten?

»Bist du auch zum ersten Mal hier?«, will ich von ihr wissen.

»Nein«, antwortet sie, nun ebenfalls wieder in ihrem normalen Ton. »Ich war schon mal da. Vor ungefähr drei Jahren muss das gewesen sein.« Dem Paar hinter uns ist deutlich anzusehen, dass es uns für komplett durchgeknallt hält. »Allerdings zusammen mit meiner Mutter, deshalb kann ich mich an nicht allzu viel erinnern. Ich musste mir nämlich die ganze Zeit anhören, warum ich lieber zu einem Vorsprechen für eine Tourneeproduktion von *Anatevka* gehen sollte, statt zur Geburtstagsfeier meiner besten Freundin.«

»Du wärst bestimmt eine tolle Chava gewesen«, versichere ich ihr.

Sie beäugt mich skeptisch. »Woher willst du das denn wissen? Du hast mich doch noch nie singen hören.«

»Hm, also, das stimmt natürlich, aber ...« Ich werde so rot, dass ich befürchte, meine Wangen könnten jeden Moment Feuer fangen. Gleichzeitig ärgere ich mich entsetzlich über meine Verlegenheit. Deshalb beschließe ich, mir einfach keinen Kopf mehr zu machen – und ehrlich zu sein. Ich bin ja nur noch zwei Tage hier und schon mit einem Kuss bei ihr angeeckt. Was kann also schon passieren, wenn ich jetzt einfach offen zu ihr bin. »Ich hab halt einfach das *Gefühl*, dass du gut singen kannst.«

Was auch immer sie darauf antworten wollte, wird unterbrochen durch das Geheul einer Luftschutzsirene, die ich als Klingelton für meine Eltern festgelegt habe. Alle Umstehenden im Umkreis von drei Metern bekommen einen Riesenschreck – insbesondere aber ich, denn in Austin ist es noch nicht einmal halb sieben; warum rufen mich meine Eltern aus dem Ausland wohl derart früh am Morgen an? Gut, ich habe mich von hier aus noch nicht allzu oft (also: gar nicht) bei ihnen gemeldet, aber so zeitig würden sie mich nur anrufen, wenn irgendetwas Schwerwiegendes, ein Notfall, passiert wäre.

»Tut mir leid«, entschuldige ich mich bei allen Leuten um uns herum und signalisiere Cassie, dass ich kurz telefonieren muss. Sie nickt. Ich gehe ein Stück beiseite und setze mich auf eine Bank. Ich höre das Zittern in meiner Stimme, als ich mich melde, denn meine Eltern sind keine großen Telefonierer, und Dad erreicht man auf diesem Weg praktisch nie. Mir ist entsetzlich bang vor dem, was ich wohl gleich erfahren werde.

»Liebling, wie geht es dir denn?« Ich höre Moms Stimme, die überhaupt nicht panisch oder verzweifelt klingt, sodass ich erst mal aufatme, da offenbar Dad oder meiner Schwester nichts passiert ist. Doch nachdem sich dieser Gedanke gesetzt hat, bin ich immer noch verwirrt. Wenn sie mir keine schlimmen Nachrichten zu überbringen hat, warum ruft sie mich *dann* an?

»Mir ... mir geht's gut, Mom. Ich genieße London, spaziere durch die Stadt und sehe mir alles an.« Ganz kurz schaue ich hinüber zur Warteschlange, wo Cassie immer noch steht. Sie beobachtet mich und macht dabei ein besorgtes Gesicht. »Es ist … ziemlich genial hier. Ist zu Hause alles okay?«

»Hör mal, mein Sohn …« Das ist mein Vater – wahrscheinlich hat er das Telefon laut gestellt – und seine leicht kratzige Stimme lässt bei mir nun *vollends* die Alarmglocken schrillen. Nicht nur wegen seiner Abneigung gegenüber Telefonaten, sondern weil es bei ihnen schon nach sechs ist und er sich noch nicht auf den Weg ins Büro gemacht hat. »… wir wollten nur mal anrufen und hören, ob bei dir alles paletti ist. Weißt du, gestern Abend haben wir Stu und Mary getroffen.«

Stu und Mary sind Taylors Eltern – offenbar hat sich die Neuigkeit schon herumgesprochen. Ich halte mein Handy kurz auf Abstand, damit sie meinen erleichterten – oder genervten – Seufzer nicht hören, und sehe wieder hinüber zur Schlange vor dem London Eye. Seit ich beiseite gegangen bin, ist sie kein Stück vorgerückt, trotzdem habe ich das Gefühl, dass ich mich *dringend* wieder einreihen muss.

»Ach so, ja«, sage ich und stehe von der Bank auf. »Ja … es ist richtig, dass Taylor und ich uns getrennt haben. Ist aber kein großes Drama. Ich meine, irgendwie schon – aber ich komm damit klar. Ich krieg deswegen jetzt keine Depressionen oder so. Ihr müsst euch keine Sorgen machen.«

Mom holt tief Luft. Ich verdrehe die Augen und bekomme einen Anflug von Kopfschmerzen, wenn ich an die kommenden Sekunden meines Lebens denke: Sie wird in Tränen ausbrechen, mir erzählen, was für ein tolles

Mädchen Taylor ist (was natürlich stimmt) und dann fragen, ob es wirklich unwiderruflich vorbei ist. Und was denn überhaupt aus meiner Zukunft werden soll?

»Ich bin ja so …« Jetzt kommt's. »… so froh, dass es dir gut geht, mein Lieber.«

Okay, das hatte ich jetzt nicht erwartet. Noch viel unerwarteter kommt Dads anschließende Bemerkung: »Du bist ja in ein paar Tagen wieder zu Hause, aber wenn du uns brauchst, ruf bitte an. Hörst du?«

Ich sehe sie ganz deutlich vor mir, wie sie am Küchentisch sitzen und ihre Köpfe aneinander lehnen, zwischen sich das Telefon. Bei dieser Vorstellung werde ich ein wenig sentimental.

»Danke, Dad«, sage ich. »Du bist … und ihr seid wirklich nicht sauer oder so?«

Sie lachen, als ob ich etwas total Albernes gesagt hätte. Das habe ich von ihnen in meinem ganzen Leben noch nicht gehört. »Ach weißt du, wenn's nicht passt, dann passt es eben nicht«, erklärt Mom. »Besser, du erkennst es jetzt, als dass du es viel später bereust.«

»Deine Mutter hat recht, mein Sohn.« Etwas an seinem Ton verrät mir, dass er sie dabei bewundernd ansieht.

Ich lehne mich auf der Bank zurück und wende mich leicht von Cassie ab, falls sich das flaue Gefühl im Magen zu einem handfesten Kloß im Hals auswachsen sollte. Oder mich meine Gefühle *richtig* überwältigen. (Das soll sie dann lieber doch nicht sehen).

War ich bisher zu hart mit meinen Eltern? Auch wenn wir nicht die gesprächigste Familie sind, heißt das noch lange nicht, dass wir uns nicht eng verbunden sind. Sie rufen mich extra direkt nach dem Aufstehen aus dem Ausland an, um nachzufragen, ob es mir gutgeht, weil sie mich lieben. Und meine Sorge von vorhin, dass ihnen etwas Schlimmes zugestoßen sein könnte, sagt mir, dass sie mir ebenfalls am Herzen liegen.

Vielleicht hatte Cassie ja gestern Abend in der Kneipe recht – ich sollte *ehrlich* zu ihnen sein.

»Wisst ihr«, sage ich, »wenn ich euch gerade am Telefon habe, da ist noch eine Sache, die ... ich euch sagen wollte. Ich hab viel darüber nachgedacht und ... mir ist klargeworden, was ich aus meinem Leben machen will. Ich werde das Hauptfach wechseln und Schauspiel studieren.«

Die einzige Reaktion ist ein hörbares Einatmen (Mom) und das Scharren von Stuhlbeinen über den Küchenboden (Dad). Dann flüstert Mom: »Daniel ... *Daniel.*«

Mein Vater flieht buchstäblich vor dem Telefonat. Ich höre, wie eine Tür – die von Dads Arbeitszimmer – heftig zugeschlagen wird, dann meldet sich meine Mutter wieder. »Das war ja wohl der denkbar ungünstigste Moment, uns das mitzuteilen, Jason.«

»Es tut mir leid. Ich wollte einfach nur ... ehrlich sein. Ich glaube, es ist das Richtige für mich.«

»So so, das ›glaubst‹ du also.« Wenn Mom verärgert ist, hört sich ihre Stimme seltsamerweise ähnlich kratzig an wie die meines Vaters. Ich habe mich immer gefragt, ob das eine Nebenwirkung ihrer zweiundzwanzigjährigen Beziehung ist, die zur Folge hat, dass man mehr oder weniger miteinander ... verschmilzt.

»Und was ist mit ›Wenn's nicht passt, dann passt es eben nicht‹?«

»Du weißt doch, warum dein Vater …« Mom unterbricht sich und verzichtet darauf, *diesen* Satz zu beenden. »Du weißt, wie er darüber denkt«, fügt sie stattdessen hinzu.

Mir fällt eine andere Zeile von Biff Loman ein. *In diesem Haus haben wir nie auch nur zehn Minuten die Wahrheit gesagt.* Tja, ich habe soeben damit begonnen, meinen Eltern die Wahrheit zu sagen. Es gibt keinen Grund, damit gleich wieder aufzuhören.

»Mom, Anwalt zu werden wie Dad, damit werde ich nicht glücklich. Zu ihm passt das hervorragend, aber zu mir überhaupt nicht. Sollte ich nicht wenigstens mal versuchen, ob Schauspiel etwas ist, das ich kann und wo ich eine Perspektive habe …«

»Jason …« Ich bin neunzehn Jahre alt und mehrere tausend Meilen von ihnen entfernt, aber trotzdem beeindruckt es mich, wenn Mom ein ernstes Wörtchen mit mir spricht. »Wir reden darüber, wenn du nach Hause kommst. Herrgott noch mal, und ich hatte schon angefangen, auf ein schönes, friedliches Weihnachtsfest zu hoffen. Ich werde jetzt mal nach deinem Vater sehen.«

Es gelingt mir mit Mühe und Not, mich nicht dafür zu entschuldigen, ihnen solche Umstände zu bereiten. Ich sage Mom, dass ich sie gernhabe und wir uns am Wochenende sehen – worauf ich mich trotz allem wirklich freue. Dann legen wir auf, und ich warte noch einen Moment, bis mein aufwallendes schlechtes Gewissen darüber, meine

Familie zu enttäuschen, sich etwas legt, um es nicht mit hinüber zu Cassie zu bringen.

Doch dann merke ich, dass die Schuldgefühle gar nicht so dramatisch sind. Ich bekomme keine Bauchschmerzen, wenn ich an die Konfrontation denke, die mir zu Hause in Austin bevorsteht. Ich fühle mich leicht und unbeschwert und recht klar im Kopf. Als ich zu Cassie zurückgehe, bin ich beinahe ... erleichtert.

»Das ist nicht so toll gelaufen ...«, berichte ich ihr. »Aber jetzt ist es wenigstens ausgesprochen.«

Ich habe den Eindruck, dass sie gar nicht richtig zuhört, obwohl sie mir das Gesicht zugewandt hat. Nervös wandert ihr Blick umher und ihr Kopf ist leicht nach rechts gewandt ... Sie sieht mich zwar an, doch ihre Aufmerksamkeit ist auf etwas weiter vorn gerichtet. Ich kann nicht erkennen worauf, denn vor uns stehen noch etliche Leute – eine Familie in identisch aussehenden Parkas, ein ziemlich großer Typ etwa in unserem Alter in einer olivgrünen Safarijacke und ein älteres Paar, Arm in Arm. So weit alles ganz normal. Warum ist sie so verunsichert?

»Ist alles in Ordnung?«, erkundige ich mich. Sie nickt zwar, doch ich erkenne auf den ersten Blick, dass sie lügt. Schweigend warten wir, bis die Schlange weiterrückt und wir endlich über den Metallsteg gehen, der zum Einstieg in die langsam vorbeischwebenden Gondeln führt. Ohne Halt steigen die Fahrgäste ein und aus. Als wir an der Reihe sind, lotst uns der Einweiser zu einer Gondel, die schon beinahe voll ist. Doch Cassie geht daran vorbei und steuert die nächste an.

»Nein, nein …« Der Einweiser versperrt uns den Weg. »*Diese* hier.«

Cassie steht da wie angewurzelt. Vielleicht hat sie gesehen, wie viele Leute schon in der Gondel sind, und bekommt so was wie Platzangst? Nein, das kann nicht sein – am Dienstag in der U-Bahn war das Gedränge viel dichter und Cassie hat sich davon kein bisschen beeindrucken lassen.

Ich nehme sie am Arm und geleite sie zur Gondel. »Alles wird gut, meine Hummel.«

Das hätte mit »Henrys« Stimme sicher ganz süß gewirkt, aber mit meiner eigenen klingt es einfach nur absurd.

Nachdem wir die Gondel bestiegen haben, bleibt Cassie dicht bei der Tür, kehrt den anderen Fahrgästen den Rücken zu und tut so, als ob sie sich unbändig für eins der am Geländer angebrachten Tablets interessieren würde. Das wäre eigentlich nicht weiter seltsam, aber man erkennt darauf lediglich die Warteschlange, die Metallstege und die Gebäude, deren Anblick uns schon in der Wartezeit fast eine Stunde lang gelangweilt hat. Alle anderen drängen hinüber zur Nordseite, wo man tatsächlich etwas sehen kann.

Und was man von dort für einen Ausblick hat! Je mehr wir an Höhe gewinnen, desto besser wird er. Zuerst sehen wir die mittelalterlich-gotische Architektur von Westminster Abbey und Houses of Parliament, dann eine Vielzahl von modernen Büro- und Geschäftsgebäuden, die allerdings mit der historischen Bebauung nicht konkurrieren, sondern eine friedliche Koexistenz eingehen, als ob die Geschichte Londons uns behutsam nahegebracht wird. In vielerlei Hinsicht ähnelt der Anblick dem, was ich aus New York kenne – eng, urban, die Bebauung so grau wie der Dezemberhimmel. Und doch ist der Eindruck in ebenso vielfacher Hinsicht anders. New York kommt mir manchmal vor wie eine rein funktionale Stadt, die mit ihren rasterförmig angelegten Straßen- und Häuserzügen ganz zweckbetont daherkommt. Außerdem gibt es hier auch deutlich weniger Hochhäuser. Wo New York in die Höhe gebaut wird, wächst London in die *Breite,* und der Geist seiner Vergangenheit ist in der Gegenwart immer noch präsent. In ganz weite Ferne kann ich sogar grüne Hügel erkennen, was wahrscheinlich der beste und zugleich ungewöhnlichste Teil der gesamten Aussicht ist. London ist eine dicht bebaute, turbulente Stadt, doch wenn man die Nase voll davon hat, gibt es immerhin Fluchtpunkte.

Doch von all dem sieht Cassie *überhaupt* nichts, weil sie immer noch mit hochgezogenen Schultern an der Gondeltür steht und sich ganz klein zu machen versucht. Als sie sich kurz umdreht, folge ich ihrem Blick quer durch die Gondel. Er gilt ganz offensichtlich dem schlaksigen Typen in der Safarijacke neben mir. Ich weiß nicht so recht, was ich davon halten soll und bin einerseits neugierig und andererseits ein wenig eifersüchtig, dass sie möglicherweise ein Auge auf ihn geworfen hat. Anderseits kann ich mir das nicht so recht vorstellen, denn er strahlt reichlich Hochmut aus (und es will wirklich etwas heißen, dass mir dieses Wort in den Sinn kommt, denn ich habe es noch nie bewusst verwendet). Ich löse mich aus der Gruppe und gehe zu ihr hinüber.

»Alles okay?«, flüstere ich ihr zu, woraufhin Cassie jedoch so erschrocken zusammenzuckt, als ob in unmittelbarer Nähe ein Schuss gefallen wäre. Sie braucht einen Moment, um sich wieder zu beruhigen, und ist ein wenig außer Atem.

»Der Typ da drüben, der große ...«, murmelt sie.

O mein Gott, wenn das ein Fall von Liebe auf den ersten Blick wird, dann reiße ich wahrscheinlich die Tür auf und springe kopfüber in den Fluss. »Von dem hab ich mich am Montag getrennt.« Sie greift nach meinen Handgelenken und zischt: »Nicht *hinsehen!*«

»Sorry.« Ich gehe ein Stück nach links und versuche, sie bestmöglich abzuschirmen. »Wollte er nicht eigentlich in Ghana sein?«

»Dachte ich auch ... O Scheiße, er kommt auf uns zu.«

So verstohlen wie möglich schaue ich über die Schulter. Ben ist ein Stück näher gekommen und schießt ein paar Handyfotos von der Aussicht gen Westen. Als Nächstes wird er zu uns auf die Südseite kommen. Ich tue das Erstbeste, was mir gerade einfällt, und hole die orangefarbene Fanmütze der Texas Longhorns (die ich mich bisher in Europa noch nicht getraut hatte zu tragen) und reiche sie Cassie. Sie macht ein skeptisches Gesicht, setzt sie dann jedoch trotzdem auf und stopft ihre Haare in den Kragen. Ihr Gesicht ist jetzt komplett verdeckt – die beste Tarnmaßnahme, die auf die Schnelle möglich war.

»Ich weiß doch, dass du Höhenangst hast, mein Herzblatt …« Ich staune selbst, wie leicht und flüssig mir »Henrys« Tonfall inzwischen über die Lippen geht. »Aber dieses Erlebnis musste ich einfach unbedingt mit dir teilen.«

»Ich fürchte mich so sehr …« Cassie/»Barb« schlingt ihre Arme um mich und drückt das Gesicht gegen meine Brust. Es wäre mir lieber, wenn mein Herz dabei nicht so hysterisch klopfen würde. Denn das hört – oder vielmehr spürt – sie garantiert. »Nur Adler fühlen sich in solchen Höhen zu Hause, mein Goldstück …«

Als Ben an uns vorbeikommt und wahrscheinlich weiter zur Ostseite gehen will, klammert sich Cassie noch fester an mich. Unglücklicherweise ist zwischen der Glasscheibe und der oval geformten Bank in der Mitte der Gondel so wenig Platz, dass er nicht durchkommt und deshalb kehrtmachen muss …

Dabei entdeckt er Cassie.

Sein Blick wandert von ihr zu mir und wieder zurück. Dabei klappt ihm der Kiefer herunter, und seine Lippen bewegen sich, als wäre die Verbindung zwischen Gehirn und Mund gekappt. Das kann ich auch durchaus nachvollziehen, denn es dürfte schon ein ziemlich krasses Erlebnis sein, seine frisch getrennte Ex unerwartet bei einer Touristenattraktion zu treffen …

Im Arm eines anderen.

»O Mann, verdammt …« Cassie löst sich von mir und stellt sich vor ihn. Sie nimmt mein Basecap ab und ihre Haare fallen üppig darunter hervor. Ganz offensichtlich hat sie beschlossen, sich nicht weiter zu verstecken. Respekt. »Wolltest du nicht in Ghana sein?«

Ben findet seine Sprache wieder. »Es gab einen Unfall … mit einem Baum.« Seine Stimme klingt genauso hochmütig, wie er aussieht. Er ist mir sofort unsympathisch, wobei ich da wohl nicht ganz unvoreingenommen bin.

»Was?«

Ich würde die beiden jetzt am liebsten allein lassen, aber in einer Gondel hoch über dem Fluss kann ich nirgendwohin ausweichen. Deshalb wende ich mich einfach ab und tue so, als ob ich nicht zuhören würde. Natürlich ist das Gegenteil der Fall – genau wie bei mindestens der Hälfte der Gondelbesatzung. Cassie war schließlich auch vorher schon nicht gerade unauffällig.

»Ein Baum ist auf die Unterkünfte der Freiwilligen gestürzt«, erklärt Ben und wirkt immer noch reichlich verunsichert. »Die Reparatur wird noch ein paar Tage dauern, deshalb musste ich den Abflug verschieben. Aber das passt schon. Ich frage mich allerdings, was es damit auf sich hat?« Ohne mich umzudrehen, weiß ich, dass er in meine Richtung zeigt und damit Cassie und mich meint. »Wolltet ihr euch über mich lustig machen?«

Höhnisch entgegnet Cassie: »Ja klar, weil's ja immer nur um dich geht, stimmt's?«

»Du hast dir ziemlich viel Mühe gegeben, dich vor mir zu verstecken«, sagt Ben vorwurfsvoll, und seine Stimme klingt dabei so schneidend wie der gläserne Wolkenkratzer namens The Shard im Süden der Stadt, den ich gerade hochkonzentriert betrachte. »Verkleidest dich komisch, redest total albern …«

Das allerdings kann ich nicht auf mir sitzen lassen. »Na

na na, mein lieber Freund …« Ich spiele immer noch meine Rolle als »Henry« – da sie uns im Laufe der Woche über manche Verlegenheit hinweggeholfen hat, hoffe ich darauf, dass sie auch ein Ausweg aus diesem Dilemma sein kann, zumal sich inzwischen keiner von den anderen Fahrgästen mehr bemüht, seine Neugier zu verbergen. »Ich muss doch sehr darum bitten, auf Kommentare über meine Stimme zu verzichten.«

Ben starrt mich nur fassungslos an und dreht sich dann wieder zu Cassie um, weil er möglicherweise daran zweifelt, ob ich überhaupt zurechnungsfähig bin. »Das ist also deine Vorstellung davon«, sagt er vorwurfsvoll, »den Kopf frei zu kriegen? Du schmeißt dich irgend 'nem Kerl in die Arme und spielst komische Rollen? Mein Gott, nimmst du überhaupt *irgendwas* ernst?«

»Und wo bleibt der Spaß?«, frage ich ihn mit meiner eigenen Stimme. Bei Streitigkeiten zwischen anderen Leuten habe ich immer den Drang, die Wogen wieder zu glätten. Ich kann einfach nicht anders. Dad meint, das hätte ich von Mom.

»Mit dir hab ich überhaupt nicht geredet«, fährt Ben mich an. Ich will ihm gerade Paroli bieten, doch Cassie kommt mir zuvor.

»*Mit* jemandem redest du ja sowieso nie«, faucht sie und knetet dabei mein Basecap. »Du hältst immer nur *Monologe*. Das ist ein gewaltiger Unterschied. Genau das hab ich dir schon am Montag erklärt. Es ist vorbei, wir ziehen einen Schlussstrich unter dieses Kapitel. Ich kann nichts dafür, wenn du zu *blöd* bist, um …«

Unsere Gondel fängt an zu ruckeln und zu schlingern, sodass alle Insassen leicht ins Straucheln kommen. Ich falle gegen Ben, der – so viel muss ich ihm zugutehalten – seine Hand ausstreckt, damit ich nicht stürze. Hinterher macht er allerdings ein Gesicht, als ob es bereuen würde, und ich muss mir heftig auf die Zunge beißen, um nicht loszulachen. Manchmal ist das Leben schon herrlich absurd.

Eine blecherne britische Stimme ertönt aus den Tablets und informiert uns, dass es ein geringfügiges technisches Problem gebe und wir in Kürze weiterfahren, sobald irgendetwas – ich bekomme nicht mit, was – neu gestartet wurde. Das scheint allerdings nur Cassie und Ben etwas auszumachen – die übrigen Fahrgäste wirken durchaus erfreut über diese verlängerte Fahrt.

Ben macht auf dem Absatz kehrt, marschiert zur Bank und setzt sich mit dem Rücken zu uns hin. Ich wende mich ab und unterdrücke einen Lachanfall – bis ich Cassies Miene sehe, mit der sie ihn mustert: Sie sieht nicht nur verärgert aus, dass er aus heiterem Himmel hier aufgetaucht ist, sondern auch ein wenig traurig. Als ob all der Spaß, den wir miteinander hatten, durch diese Begegnung entwertet wird.

Als das Riesenrad wieder anfährt, möchte ich am liebsten zu ihr hingehen, den Arm um ihre Schulter legen und sie trösten. Ich würde ihr gern sagen, dass wir den restlichen Tag trotzdem so verbringen sollten wie geplant und sie dieses Treffen mit ihrem bescheuerten Ex schon bald vergessen haben wird.

Doch in der gesamten Gondel herrscht inzwischen gespanntes Schweigen, sodass alle – der bescheuerte Ex eingeschlossen – jedes Wort mithören würden. Deshalb sage ich nichts, sondern warte, bis die Fahrt vorüber ist.

Es sind die längsten fünf Minuten meines Lebens.

Cassie

Donnerstag
16:58 Uhr

*A*ber es war *deine* Idee.«

Ich kann mich vor Lachen kaum noch auf den Beinen halten, als Jason schon zum dritten Mal hingefallen ist und sich mühsam wieder aufrappelt. Wir sind auf der Eisbahn im Innenhof von Somerset House, und er bewegt sich herrlich ungeschickt auf Schlittschuhen vor diesem altehrwürdigen Gebäude, das im Kontrast zu dem hell beleuchteten Weihnachtsbaum in einer Ecke der Eisfläche besonders grau und trist wirkt. Man kann sich geradezu vorstellen, wie die Tanne den Kopf schüttelt, weil sich niemand für sie interessiert – weder die Eisläufer, noch die Zuschauer am Rand, die sich an ihrer heißen Schokolade wärmen. Hier und da sieht man Pärchen in unterschiedlichem Alter, die Hand in Hand auf die Eisfläche gleiten und vielleicht vor lauter Weihnachtsromantik ein wenig schüchtern sind.

»Ich hatte mir das echt leichter vorgestellt«, konstatiert er, ehe er zum vierten Mal stürzt.

Ich helfe ihm hoch und muss über sein verlegen-genervtes Gesicht lachen. »Dann machen wir mal lieber Schluss«, schlage ich vor.

»Auf keinen Fall!« Er zeigt auf die Postkartenidylle direkt vor unseren Augen – mit Weihnachtsbaum und von blinkenden Lichtern regelrecht hypnotisierten Kindern in dicken Jacken, Schals und Beanies, die beseelt umhergleiten oder im Kreis herumwirbeln, sich gegenseitig verfolgen, hinfallen und wieder aufstehen. »Wenn die das können, dann krieg ich es auch hin.«

Ich verdrehe die Augen. »Du hast doch bestimmt schon überall blaue Flecken.«

»Hab ich nicht.«

»Ach nein? Und wie fühlt sich das an?«

Ich hole aus, ziele und klopfe ihm … direkt auf den Hintern! Er schreit auf, weicht mir aus und jammert: »Nein, tu mir nicht weh!«

»Los, komm!«, rufe ich und fahre davon, weg von diesem peinlichen Moment. »Ich spendier 'ne Runde heiße Schokolade.«

Wir steuern eine kleine Holzhütte am Rand der Eisfläche an. Hinter der Theke steht ein gut gebauter, durchtrainierter Typ, dem es offenbar kein bisschen peinlich ist, vor ein paar hundert Leuten mit Weihnachtsmannmütze zu Musik von Mariah Carey zu tanzen. Seine Weihnachtslaune möchte ich haben! Ich bestelle zweimal heiße Schokolade. Jason will zahlen, aber ich wehre ab.

»Ich mach das schon«, sage ich. »Als« – *Entschuldigung, weil ich dich auf den Hintern geschlagen habe* – »Dankeschön, dass du diesen Programmpunkt mit auf den Plan gesetzt hast. Das hat wirklich Spaß gemacht, und den hatte ich auch wirklich nötig, nachdem ...« Ich unterbreche mich und überlege, ob ich Bens Namen jetzt wirklich erwähnen sollte. »Na ja, du weißt schon.«

Er nickt. Ja, schon klar. Deshalb bin ich auch dauernd mit Absicht hingefallen – nur zu deiner Aufmunterung. Eigentlich bin ich ein total begnadeter Eisläufer.«

»Ah, dann können wir ja nachher noch mal um die Wette fahren.«

»Ähmm ...«

Wir lachen wieder, und ich schaue vorsichtshalber zur Eisfläche, falls ich gar zu verzückt aussehe, weil es einfach so toll ist, mit jemandem zusammen zu sein, der über sich selbst lachen kann. Jemand, der alles ganz entspannt auf sich zukommen lässt. Selbst im London Eye, als wir vorübergehend mit meinem Ex in der Gondel festsaßen, ließ sich Jason nicht aus der Ruhe bringen. Stattdessen hat er sich darauf konzentriert, wie absurd und witzig diese Situation war. Und obwohl es bei mir eine Weile dauerte, habe ich es dann genauso gemacht. Die unerwartete Begegnung mit Ben hätte mich ebenso gut völlig aus der Fassung bringen können, weil alle Sorgen der vergangenen Tage, Wochen, Monate wieder hochgekommen wären.

Doch Jason hat nicht zugelassen, dass mich all das überwältigt. Indem er darüber gelacht hat, gab er mir die Kraft zu erkennen, dass ich es ebenfalls mit Humor nehmen kann.

Je länger ich über all das nachdenke, desto mehr frage ich mich, ob ich den Kuss gestern Abend wirklich einfach nur »nett« fand.

Ich bezahle unsere heiße Schokolade und wir gleiten – also, ich gleite und Jason stolpert – weg von der Hütte in die Nähe des riesigen Weihnachtsbaums am Eingang zur Eisfläche. Schweigend nippen wir an unseren Tassen und lauschen dem Lachen der anderen Eisläufer. Somerset House befindet sich mitten in einem der geschäftigsten Viertel von London, doch auf diese Idee würde man im Moment keinesfalls kommen. Ich genieße die Ruhe und lasse mich von diesem Augenblick und diesem Abend einhüllen. Es ist so zauberhaft friedlich …

Bis das Handy in meiner Jackentasche summt. Als ich nicht reagiere, sieht mich Jason an und scheint mit seinem Blick zu fragen, ob ich allen Ernstes immer noch meiner Mutter ausweiche. Immerhin hat *er* es ja inzwischen geschafft, seinen Eltern zu gestehen, dass er Schauspieler werden will.

Während das Telefon noch immer vibriert, sagt er: »Irgendwann musst du sowieso mit ihr reden.«

»Ich warte lieber noch, bis ich weiß, was ich ihr sagen will.«

»Dass du aufhören willst mit der Schauspielerei?«, fragt er.

»Ich denke schon. Aber das wird nicht einfach, denn vorher muss sie mir sicher noch mal haarklein erläutern, wie katastrophal es ausgegangen ist, als ich zum ersten Mal meine eigenen Pläne verfolgt habe. Außerdem vermutet sie sicher, dass ich mir diese Woche deshalb so viele Stücke angesehen habe, weil es insgeheim halt doch meine Leidenschaft ist. Und weißt du was? Ich kann nicht mal abstreiten, dass ich es toll finde.« Ich sehe, wie seine Mundwinkel zucken, als ob ihn diese Bemerkung freuen würde. »Das bringt mich ganz durcheinander. Wie kann mich das Theater denn derart anziehen, wenn ich mir so sicher bin, dass Schauspiel nichts für mich ist?«

Mühsam fährt er auf seinen Schlittschuhen um mich herum und steht dann etwas wackelig vor mir. »Ich find's ja echt verblüffend, dass jemand so Schlaues wie du was derart Offensichtliches nicht checkt. Du stehst zwar vielleicht nicht mehr gern auf der Bühne, aber das Theater liebst du trotzdem noch, richtig? Denk nur mal dran, wie du dich bei Ollie reingehängt und ihm geholfen hast. Seine Inszenierung wird fantastisch, dank deiner Unterstützung!«

»Ja, aber das hat doch nichts mit Schauspielerei zu tun, oder?«

Er verdreht die Augen und anschließend skurril übertrieben den ganzen Kopf – was angesichts seiner unsicheren Balance ein reichlich gewagtes Manöver ist. »Nein, das ist richtig, aber am Theater arbeiten ja bekanntlich noch mehr Leute als nur die Schauspieler. Wer leitet doch gleich eine Inszenierung?«

»Wie jetzt ... meinst du ... den Regisseur? Denkst du, ich sollte mich mit *Regie* beschäftigen?«

Er nickt aufgeregt. Dann beruhigt er sich und wirkt ein wenig verlegen. »Also, ich will ja nicht anfangen, wie deine Mutter zu reden, aber ... ich weiß genau, dass du das wunderbar kannst und echt talentiert bist. Es wär verdammt schade, wenn du keine Möglichkeit finden würdest, das auszunutzen, wofür du brennst und was dich glücklich macht ...«

Er verstummt und ich komme ins Grübeln: Hat er vielleicht recht? War ich so darauf konzentriert, *keine Schauspielerin* mehr sein zu wollen, dass ich fest davon überzeugt war, dass Theater und kreative Aktivitäten aller Art nichts für mich sind? Auf einen Schlag schießt mir so vieles durch den Kopf, dass ich kaum noch hinterherkomme – und außerdem fange ich an zu frieren, weil ich zu lange still auf der Eisfläche gestanden habe. Deshalb erwidere ich schlicht: »Eine Überlegung ist das wahrscheinlich wert.«

Er beugt sich ein wenig zu mir herunter, sucht meinen Blick und legt sacht die Hand auf meine Schulter. »Ja, überleg dir das bitte noch mal.« Sein Tonfall klingt überhaupt nicht fordernd. Er sagt mir einfach nur, was er denkt, und gibt mir einen Rat, *verlangt* aber nicht von mir, dass ich ihn befolge. Obwohl sich in mir gerade die Gedanken in Bezug auf meine Zukunft förmlich überschlagen, empfinde ich keinerlei Druck dabei. Und das alles findet statt, nachdem ich noch vor ein paar Minuten herzhaft mit ihm gelacht habe und das Zusammensein wirklich genieße. Jason ist aufmerksam und kann sich gut anpassen – je nachdem, was die Situation erfordert.

Zu schade, dass er in ein paar Tagen schon zurück nach Amerika fliegt und höchstwahrscheinlich nicht so bald wiederkommt. Wenn er mich jetzt noch mal küssen würde, hätte ich definitiv nichts dagegen.

Doch Jason reißt mich aus meinen Gedanken und merkt an, dass wir am besten noch etwas essen gehen sollten, bevor wir uns auf den Weg zur heutigen Abendvorstellung machen, für die er Karten reserviert hat.

Ich bleibe hinter ihm, während er den Ausgang der Eisfläche ansteuert, und habe nicht die leiseste Ahnung, was er für den Abend ausgesucht hat. Wenn es so kurzfristig noch Karten gab, kann es eigentlich die ganze Heimlichkeit kaum wert sein. »Willst du mir wirklich nicht verraten, was wir uns ansehen?«
»Das wäre das genaue Gegenteil einer Überraschung.«

Donnerstag
17:15 Uhr

Wir laufen durch Covent Garden ... glaube ich zumindest. Ganz genau kann ich es nicht sagen, weil Jason nach Verlassen des Lokals, in dem wir zu Abend gegessen hatten, ein preiswertes Tuch kaufte und darauf bestand, dass ich mir damit die Augen verbinde. Wie auch immer seine Überraschung ausfallen mag, ich bin wirklich gespannt darauf. *Follies* wird es sicher nicht sein, aber mir fällt partout nichts ein, was es sein könnte. Sein Vater ist Anwalt – ob die Logenplätze für 250 Pfund für ihn doch machbar waren?

Nein, auf keinen Fall. Das ist völlig ausgeschlossen. Jetzt geht meine freudige Aufregung mit mir durch – über unsere romantische Begegnung, die Weihnachtsstimmung – und lässt mich an das Unmögliche denken. Ich weiß genau, dass ich keine zu hohen Erwartungen haben sollte, trotzdem bekomme ich schon beim Gedanken *daran* vor Aufregung ganz feuchte Hände.

Er fasst mich am Arm und seine Stimme klingt ähnlich

aufgeregt. »Einfach mit mir geradeaus laufen ... okay, jetzt links abbiegen ... ich halte dich fest, ich halte dich ...« Seine Begeisterung reißt mich mit. Irgendwann nach dem besonderen Moment auf der Eisfläche, während unseres gemeinsamen Abendessens, tauchte bei mir die Frage auf, ob ich mir vielleicht zu streng alle Überlegungen über das, was eventuell zwischen uns sein könnte, verbiete. Es ist ja schon recht deutlich, dass die Chemie zwischen uns mehr als stimmt.

Ist es nicht einigermaßen idiotisch, jemanden abblitzen zu lassen, der einen so offensichtlich *mag*?

»Okay, jetzt kommen drei Stufen.« Jason hält mich immer noch am Arm und führt mich in ein Gebäude hinein. Das merke ich an der veränderten Temperatur und am Gemurmel ringsum. Ich bin mir einigermaßen sicher, dass wir uns im Foyer eines Theaters befinden – angesichts der Geräuschkulisse ist es eher klein. Dafür spricht auch die freundliche Frauenstimme, die nun zu hören ist: »Herzlich willkommen, Sir. Haben Sie Eintrittskarten?«

Jason reagiert auf ihren skeptischen Tonfall: »Keine Angst, ich habe sie nicht entführt.« Ich höre, wie Tickets abgerissen werden. »Es ist nur eine Überraschung.«

Er führt mich – meine Augen sind immer noch verbunden – durchs Foyer. Ich höre, wie er ein Programm kauft, ehe er mich vorsichtig eine leicht abschüssige Stelle entlanglotst, mich dann ein Stück dreht und in eine Sitzreihe dirigiert. Ich streife einige Leute, die aufstehen und uns vorbeilassen. Ich entschuldige mich und versichere ihnen: »Glauben Sie mir, meine Idee war das nicht«, woraufhin Jason lachen muss.

»So, halt«, verkündet er, und ich spüre seine Hände an meiner Jacke, während er sie mir auszieht. Seine Haut fühlt sich eiskalt an, aber trotzdem bin ich durch die Berührung wie elektrisiert. Nachdem meine Jacke abgelegt ist, taste ich nach den Armlehnen und setze mich.

»Kann ich das Ding jetzt abnehmen?«, raune ich und zeige auf das Tuch.

»Noch nicht«, entgegnet er. »Erst wenn die Vorstellung beginnt.«

»Na, dann will ich aber hoffen, dass sie wirklich gut ist.«

»Ist sie. Das kannst du mir glauben.«

Und das tue ich. Ich vertraue ihm ...

... bis aus blechern klingenden Lautsprechern eine grausam vertraute, schwungvolle Melodie erklingt (eine Melodie, bei der ich vor Schreck die Schultern bis zu den Ohren hochziehe). Er nimmt mir das Tuch ab, und ich sehe, dass ich mich in einem kleinen Studiotheater befinde, auf dessen Bühne ein altersschwaches Holzhaus steht, an der ein verblichenes Schild mit der Aufschrift *Bäckerei Peyton* hängt.

... bis ich auf seinem Schoß das Programmheft sehe, auf dem ein rot-grünes Logo prangt: *Christmas Nuts! – Das neue Musical.*

Jason

Donnerstag
19:39 Uhr

Das war die wahrscheinlich dämlichste Idee, die ich je hatte. Ich, der Kerl, der in der sechsten Klasse mit seinem Cousin Theo um einen Dollar gewettet hatte, dass er ein Dutzend Twinkies-Cremetörtchen essen kann, ohne sich zu übergeben. (Hat leider nicht geklappt).

Als ich heute Morgen im Netz die Ankündigung las und dazu eine Rezension, die das Stück als »liebevoller Tribut an einen legendären Klassiker« pries, hielt ich es für geradezu ideal, um Cassie zu helfen, ihren Frieden mit der Kleinen Judy zu machen, wenn sie noch mal sieht, wie viel sie den Menschen bedeutet. Doch als das Stück beginnt, ist ihre Miene der reinste Albtraum. Mir war auf Anhieb klar, dass Cassie es selbst dann hassen würden wenn der Text von Shakespeare wäre, vertont von Sondheim. Die ersten zehn Minuten saß sie wutentbrannt neben mir, wippte nervös mit dem Fuß und rutschte auf ihrem Platz hin und her, als der Darsteller des Mr Peyton – mit seiner typischen roten Schürze und einem mehlweiß geschminkten Gesicht auf die Bühne gestolpert kommt und das Eröffnungslied singt. Darin geht es um ein ganz besonderes Kuchenrezept, bei dem er überzeugt ist, dass es sein Geschäft aus der Krise führen wird. Während er singt, betont er jede Zeile, indem er die Arme um seinen Körper schlingt. Damit spielt er völlig übertrieben auf eine Geste an, die Nigel Winston im Film ein paarmal eingesetzt hatte, wenn er besonders in Sorge war, dass der neue Supermarkt ihn in den Ruin treibt. Das Publikum reagiert mit schallendem Gelächter, nur Cassie und ich bleiben ernst. Meine Güte, das war wirklich ein Fehlgriff. Dieses Stück hat nichts mit einem »liebevollen Tribut« an *Chrismas Nuts* zu tun, sondern macht sich nur darüber lustig. Was für eine Gemeinheit.

Ich hatte gehofft, dass die Parodie auf Nigel der negative Höhepunkt war, aber weit gefehlt. Es gibt eine zusätzliche Szene, in der die Leiter der Supermarktkette die Straße entlangmarschieren, vorbei an der *Bäckerei Peyton,* und überall Angst und Schrecken verbreiten, Mr Peytons Laden verwüsten und zudem eine Reihe von unaussprechlichen Dingen mit seinen Torten und Kuchen veranstalten, sodass ich mich am liebsten vergewissern würde, ob auch keine Kinder im Publikum sitzen. Nach diesem Exzess bleibt Mr. Peyton allein auf der Bühne zurück, schlingt wieder die Arme um sich, wippt verzweifelt vor und zurück und beginnt dann zu singen:

»Der bösen Gangster schlimmes Tun
lässt mich des Nachts fast nicht mehr ruh'n
Die einz'ge Rettung wär partout die
liebe Kleine …

Aus dem Augenwinkel sehe ich, wie Cassie sich in ihrem Sitz verkriecht – genau wie ich hat sie diesen grausamen Reim natürlich sofort durchschaut.

»… *Judy!*«

Auftritt von links: die »Kleine Judy« – gespielt allerdings von einer Frau um die zwanzig, die mit einer albernen Lockenperücke über die Bühne wuselt und einen kreischend-schrillen Ton an den Tag legt. Sie hat noch keine vier Zeilen von sich gegeben, als Cassie aufspringt, an mir vorbeisteigt und in Richtung Ausgang stürmt, begleitet von empörten Reaktionen derjenigen, denen sie zeitweilig die Sicht versperrt, sodass ich mich kaum traue, ihr zu folgen. Ich tue es trotzdem, hebe entschuldigend die Hand in Richtung Zuschauerraum und hoffe inständig, dass ich die Schauspieler nicht aus dem Konzept gebracht habe – so gemein ihr Stück auch sein mag.

Ich erreiche das Foyer und rechne damit, dass Cassie dort auf mich wartet, um mir die Hölle heiß zu machen. Doch stattdessen stürmt sie auf direktem Weg aus dem Theater.

»Cassie!« Ich beschleunige meine Schritte, um sie einzuholen, und werde dabei beinahe von den Menschenmassen im Innenhof mitgerissen. Ich rufe sie noch mal, woraufhin sie tatsächlich ihr Tempo verlangsamt. Es könnte aber auch daran liegen, dass sie von der Menge ausgebremst wird und kurz warten muss, um eine Gruppe Schlipsträger vorbeizulassen.

Als ich mich bis auf knapp zwei Meter an sie annähern konnte, setzt sie sich jedoch schon wieder in Bewegung.

Ich laufe im Slalom um etliche Leute mit Weihnachtseinkäufen herum, strecke die Hand aus und fasse nach ihrem Jackenärmel. Doch ich kann nicht mal die Hälfte meiner Entschuldigung vorbringen, als sie mich ihrerseits an der Jacke packt und buchstäblich schüttelt.

»Sag mal, was sollte das denn?«, schreit sie und drückt ihre Fingerknöchel gegen meine Brust. »Findest du das witzig, oder was?«

»Ich … es tut mir leid … ich …«, stammle ich mit brüchiger Stimme. Es würde mich nicht wundern, wenn sie mich über den Lärm in Covent Garden hinweg gar nicht verstehen könnte. Etwa fünf Meter hinter ihr bildet sich eine Menschentraube um ein Hipsterpärchen, das gerade eine Coverversion von *Fairytale in New York* anstimmt. Sie spielen gar nicht schlecht Gitarre, nur ihr irischer Akzent ist ausbaufähig.

»Es tut dir ›leid‹?« Sie schiebt mich von sich weg. Dann schlägt sie gegen meine Brust. »Bist du total bescheuert, oder was? Hast du dich kein einziges Mal gefragt, ob ich allen Ernstes mit lauter Leuten in einem Raum sitzen will, die sich über mich lustig machen? Bist du nicht auf die Idee gekommen, dass ich nicht zum x-ten Mal an diesen Film erinnert werden will, der mein ganzes Leben ruiniert hat?«

»Was redest du denn …«

»Oh. Mein. Gott!«

Ein paar Teeniemädchen – beladen mit Einkaufstüten von Bekleidungsläden, deren Namen ich noch nie gehört habe – lösen sich aus der Zuschauermenge rund um die

Straßenmusiker, kommen auf uns zu und starren Cassie ungläubig an. »Du siehst aus wie ... bist du Judy? Die Kleine Judy?«

Der Blick, den Cassie mir daraufhin zuwirft, ist noch schmerzlicher als der Schlag gegen die Brust. Genervt, wütend, enttäuscht – verletzt. Sie wendet sich ab und verschwindet im Meer der Passanten, die aus Covent Garden hinausströmen.

Eins der Mädchen stellt sich neben mich auf Zehenspitzen und ruft Cassie hinterher: »Papa, Weihnachten geh ...«

»Bitte nicht«, fordere ich sie auf und sehe sie so streng an wie möglich. »Lasst ... sie einfach in Ruhe, okay?«

Natürlich halte ich mich selbst nicht daran. Sobald die Mädchen weg sind, stürze ich los, bahne mir einen Weg durch das Gedränge und renne ihr hinterher, wobei ich einen Moment lang befürchte, sie aus den Augen verloren zu haben. Doch dann sehe ich sie links in eine schmale Pflasterstraße einbiegen, wo sie sich auf die Eingangsstufen einer Maßschneiderei setzt.

Es dauert gefühlt eine kleine Ewigkeit, ehe ich den Mut habe, zu ihr hinzugehen. Obwohl sie zu Boden starrt und unendlich verzweifelt aussieht, bin ich mir sicher, dass sie meine Anwesenheit bemerkt.

»Du kannst mich wieder schlagen, wenn du willst«, spreche ich sie an, ohne damit zu rechnen, dass sie lacht. Das tut sie auch tatsächlich nicht, aber da ich sie diese Woche schon so oft zum Lachen gebracht habe, trifft mich ihr wütender Blick besonders schmerzhaft.

Vielleicht liegt es auch daran, dass ihr Blick geradezu *vernichtend* ist. Am liebsten würde ich ihr sagen, dass ihr Gesicht unglaublich ausdrucksvoll ist und sie deswegen vielleicht doch auf die Bühne gehört – aber falls es überhaupt einen passenden Zeitpunkt gibt, dies gegenüber Cassie auszusprechen, ist er definitiv nicht jetzt.

»Wenn ich gewusst hätte, dass dich das derart mitnimmt«, erkläre ich, »wäre ich niemals auf diese Idee gekommen. Ich kann es nur wiederholen: Es tut mir unglaublich leid. Aber auch wenn das Stück ziemlich fragwürdig war, glaube ich nicht, dass das Publikum gekommen ist, um dich zu verspotten. Ich glaube, Karten für so ein Stück kauft man vor allem, um den Film noch einmal aufleben zu lassen.« Sie sieht mich an, als ob sie kaum fassen könnte, was ich für ein Idiot bin, deshalb rede ich weiter: »Die ganzen Leute, die heute Abend in die Vorstellung gekommen sind, waren deshalb da, weil sie die Geschichte lieben. Auch wenn sie kitschig ist, macht sie die Leute froh – und sie bezahlen Geld, um sie zu sehen, obwohl sie sie genauso gut auch auf Netflix oder sonst wo anschauen könnten. Warum sie das tun? Weil der Film den Leuten Freude gemacht hat. *Du* hast das bewirkt und das ist schon eine ziemlich tolle Leistung, Cass.«

Kopfschüttelnd wendet sie den Kopf ab, und ich spüre einen Stich im Herzen, weil mir natürlich klar ist, wie traurig ich sie gemacht habe, obwohl ich keine Ahnung habe, warum – und das verunsichert mich wirklich enorm.

»Selbst wenn du recht hast«, entgegnet sie, »ist mir das völlig egal. Nicht egal ist mir allerdings, wenn ich dauernd überall erkannt werde. Es ist mir nicht egal, wie dünnhäutig es macht, wenn fremde Leute denken, dass sie dich kennen, obwohl man sie noch nie gesehen hat. Kann schon sein, dass *du* Wert darauf legst, als Schauspieler in der Öffentlichkeit zu stehen, Jason, *ich* jedenfalls nicht – und genau darum geht die ganze Zeit. Niemanden *interessiert,* was ich will ...«

Sie bewegt den Mund weiter, doch sie bringt kein Wort mehr heraus. Wieder starrt sie auf den Boden zwischen ihren Füßen. Als ich sie schniefen höre, weiß ich, dass sie weint, und mein schlechtes Gewissen wächst ins Unermessliche. Völlig ratlos stehe ich vor ihr und frage mich, wie ich sie jemals trösten will, wenn ich doch der Grund für ihren Kummer bin.

»Ich weiß nicht, was ich sagen soll«, gestehe ich, »außer, dass es mir unendlich leidtut. Mir ist klar, dass du das wahrscheinlich nicht mehr hören kannst, aber es stimmt.«

Sie steht auf und wischt sich über das Gesicht. Dabei würdigt sie mich keines Blickes. »Ist schon okay.« Sie sieht an mir vorbei in Richtung Covent Garden. Wahrscheinlich will sie jetzt einfach nur nach Hause oder zumindest zu ihrer Tante. Das bedeutet ...

»Ich werd mich dann wohl auf den Weg zu Charlotte machen.« Sie sagt nichts, sondern sieht mich nur mit einer Miene an, die ich nicht deuten kann. Möchte sie, dass ich sie allein lasse oder nicht? »Ich meine, ich hab sie die ganze Woche noch gar nicht getroffen, deshalb sollte ich vor meiner Abreise endlich mal bei ihr vorbeischauen.« Allerdings gibt's da noch ein Problem, denn ... »Ich muss ... noch meine Sachen holen.«

❄ ❄

Cassie starrt wieder auf das Straßenpflaster und sieht dabei weder traurig noch wütend aus, sondern einfach nur todmüde und erschöpft. Diesen Anblick kann ich nur schwer ertragen, weil es nichts gibt, was ich dagegen tun kann.

»Das geht schon klar«, antwortet sie. »Du kannst jetzt gleich mitkommen.«

Also gehen wir los in Richtung Bedford Square und zwischen uns herrscht angespanntes Schweigen. Den ganzen Weg über versuche ich mir einzureden, dass es völlig idiotisch ist, derart mitgenommen zu sein von einem Mädchen, das man erst seit *ein paar Tagen* kennt! Es ist völlig ausgeschlossen, in dieser kurzen Zeit schon echte Gefühle zu empfinden; mit Taylor war ich vier Jahre zusammen und selbst dann noch nicht ganz sicher, ob wir zueinander passen.

Aber du weißt selbst, dass es diesmal anders ist, Jason.

Natürlich ist das so. In den letzten Tagen habe ich mehr gelacht und auch mehr gelernt als je zuvor in meinem Leben. Als ich hier ankam, wusste ich nicht genau, was ich will und welchen Weg ich gehen soll, aber das ist jetzt anders – dank Cassie. Sie hat so viel für mich getan, und ich habe für sie nichts weiter hinbekommen, als sie zu beschämen und zum Weinen zu bringen.

Ich bin *so* ein Idiot, dass ich das vermasselt habe.

Als wir in Gemmas Wohnung ankommen, öffnet Cassie die Tür und will mir gerade sagen, dass ich hineingehen und meine Sachen holen soll, als jemand ruft: »Wer ist da?«

Es ist eine Frauenstimme, und da es keine Anzeichen für einen Einbruch gibt, nehme ich an, dass es Cassies Tante ist, die früher als geplant aus Australien zurückgekommen ist.

Doch wenn es ihre Tante wäre, würde Cassie wahrscheinlich kein so erschrockenes Gesicht machen. Als ich ihr ins Wohnzimmer folge, sehe ich auf dem Sofa eine Frau um die vierzig sitzen, die einen eleganten violetten Kaschmir-Cardigan trägt. Mit ihren großen Augen und dem herzförmigen Gesicht sieht sie dem Mädchen, mit dem ich die ganze Woche verbracht habe, verblüffend ähnlich, und ich weiß sofort, wen ich vor mir habe.

Cassies Mutter.

19

Cassie

Donnerstag
20:53 Uhr

Obwohl Mum auf Gemmas Sofa sitzt, haben ihre Haltung und ihr Blick etwas an sich, das mich schlagartig extrem nervös macht, sobald ich das Wohnzimmer betrete. Beim Anblick des Rotweinglases auf dem Couchtisch frage ich mich, ob sie schon länger hier auf mich wartet.

»Was ist denn aus Gambia geworden?«, will sie von mir wissen und sieht kurz zu Jason, der unschlüssig in der Wohnzimmertür steht.

Ich entschließe mich zu einer kurzen Vorstellung, obwohl das eigentlich überflüssig ist, da Jason ja ohnehin nicht lange bleibt. Aber zumindest kann ich damit ein wenig Zeit schinden. »Mum, das ist Jason. Jason, das ist meine Mutter Zoe. Oder Mrs Winter, was auch immer ... Ghana war es übrigens«, sage ich zu Mum, ziehe meine Jacke aus und hänge sie über die Armlehne des Sofas. »Wie ich neulich schon sagte, hab ich es mir anders überlegt.«

»Ja, aber du hast mir weder verraten warum, noch wann du nach Hause kommst.«

»Willst du mich kontrollieren?«

»Nein, will ich nicht. Ich habe Gemma nur versprochen, mich um ihre Pflanzen zu kümmern, während sie in Australien ist.«

»Das hätte ich auch machen können.« Meine Stimme klingt furchtbar kindisch, und ich weiß natürlich genau, dass ich keine Ahnung hätte, was ich mit den Pflanzen anstellen sollte, selbst wenn ich dafür zuständig wäre.

»Ja klar, natürlich.« Mum steht vom Sofa auf, zupft den Saum ihres Cardigans zurecht und verschränkt dann die Arme. Sie ist ungefähr fünf Zentimeter kleiner als ich, aber trotzdem problemlos imstande, bei Bedarf einen ganzen Kopf größer zu erscheinen. »Dir ist ja nicht mal aufgefallen, dass ich sie diese Woche täglich versorgt habe.«

Ich gebe mir Mühe, kein allzu überraschtes Gesicht zu machen, scheitere jedoch kläglich.

»Allerdings ...« Sie kommt einen Schritt auf mich zu, und ich merke, wie ich immer kleiner werde. »Du bist ja nicht allzu oft hier gewesen, oder? Willst du mir vielleicht mal erklären, was hier los ist?«

Um ein Haar hätte ich mich hilfesuchend zu Jason umgedreht, dann fällt mir jedoch ein, dass ich durch Mums unerwarteten Auftritt fast vergessen hätte, wie sauer ich auf ihn bin, weil er mich in ein bescheuertes *Chrismas-Nuts-Musical* geschleppt hat!

Deshalb kann ich nur stammeln: »Also, mein Psychologiestudium ... das, äh, lief nicht so toll. Also, ich ... ich hab meine Kurse nicht bestanden. Aus diesem Grund werde ich dort nicht weitermachen. Das ist natürlich großer Mist, denn wenn ich dorthin nicht zurück darf, kann ich ja nirgendwo anders hin als nach Hause, aber diese Vorstellung ist nicht gerade schön. Deshalb ...« O verdammt, der nächste Teil wird echt hart.» ... deshalb habe ich einem wohlmeinenden, aber ziemlich anmaßenden Jungen gegenüber so getan, als ob ich etwas von ihm will, was eigentlich gar nicht stimmte. Und nach ein paar Wochen wohnten wir plötzlich zusammen, und ich hatte zu allem Überfluss zugestimmt, Weihnachten mit ihm in Ghana zu verbringen. Und wahrscheinlich wäre ich jetzt auch dort, wenn ich nicht 'nen totalen Koller gekriegt hätte. Ich hab mich dann dazu gezwungen, kein Ticket zu buchen, damit ich nicht anders kann, als ihn zu verlassen ... und selbst das hab ich erst hingekriegt, als wir wieder in London waren. Falls du dich also wunderst, warum ich vorübergehend in Gemmas Wohnung abgetaucht bin, dann liegt das offensichtlich daran, dass ich diese Woche nicht so ganz klar denken konnte.«

Ich senke den Blick, meine Wangen brennen, und ich ärgere mich über mich selbst, dass ich mich wie ein kleines Kind benehme und zugebe, dass meine Mutter von Anfang an recht hatte – allen Auseinandersetzungen zum Trotz, die wir vor ein paar Wochen hatten, als ich ihnen am Telefon mitteilte, dass ich nach Ghana gehen werde. Mum war fest davon überzeugt, dass dieses Vorhaben überhaupt nicht zu mir passt, woraufhin ich natürlich widersprechen und betonen musste, dass Mum mich überhaupt nicht so gut kennt, wie sie immer behauptet.

Jetzt hat Mum also recht behalten, und es wird nicht ganz einfach sein, sie davon abzuhalten, sämtliche Entscheidungen über meine Zukunft in die Hand zu nehmen – denn wir haben ja alle gesehen, was passiert, wenn ich versuche, meinen eigenen Weg zu gehen.

Doch Mum erwidert nur: »Oh, ich bin sehr erleichtert, dass es dir gut geht.«

Ich hebe den Kopf und forsche in ihrem Gesicht nach Anzeichen von Sarkasmus, finde jedoch keine. »Wirklich?«

»Natürlich, mein Schatz. Du denkst vielleicht, dass ich dich gar nicht richtig kenne, aber glaub mir, ich kenne dich zumindest so gut, dass ich ahne, wie schwer es dir gefallen sein muss, jemandem seine Pläne zu verderben. Ich weiß, dass es für dich sicher leichter gewesen wäre, dich einfach anzupassen, um niemanden vor den Kopf zu stoßen. Das ist eine von deinen großen Stärken. Manchmal bringt sie dich allerdings auch in Schwierigkeiten, was diesmal offenbar fast passiert wäre.«

Ich gehe zum Sofa, setze mich an die gleiche Stelle, wo zuvor Mum gesessen hatte, und vergrabe das Gesicht in den Händen, während alle Anspannung von mir abfällt. Ich merke, wie Mum sich neben mich setzt, mir ihre Hand auf die Schulter legt und sie sanft drückt.

»Du hast dir ganz umsonst Sorgen gemacht, mein Schatz.«

Es ist eine der seltenen Gelegenheiten, zu denen Mum versucht, mich in den Arm zu nehmen. Noch seltener kommt es vor, dass ich das zulasse, und ich bin selbst überrascht, wie angenehm es ist, ihren Kopf ganz nahe an meinem zu spüren und zu fühlen, wie sie mir mit den Fingerspitzen über die Haare streicht. Dabei murmelt sie, dass ich manchmal ziemlichen Unsinn rede. Eltern zu haben, hat durchaus auch angenehme Seiten: Man wird beschützt und behütet – und daran erinnert, dass man nicht an allem selbst schuld ist ...

»Alles wird gut«, versichert mir Mum so ruhig und überzeugt, dass mir die Tränen kommen, weil ich tatsächlich vergessen hatte, dass sie mich liebt und ich mehr für sie bin als nur eine Schauspielerin. »Du schaffst das schon. Wir dürfen nur nicht zulassen, dass du den Kopf hängen lässt. Und ich weiß auch schon, was dir wieder eine Perspektive geben wird.«

Ich weiche zurück und das Herz rutscht mir in die Hosentasche. *Wie konnte ich nur so naiv sein und annehmen, dass sie nicht noch irgendwo ein Ass im Ärmel hat?* »Das ist jetzt nicht dein Ernst ... Mum!«

Sie umfasst meine Handgelenke und hindert mich daran, aufzustehen. »Beste Sendezeit, Sonntagabend – ein *Quotenhit,* Cass.«

Schon klar. Ich versuche, meine Arme aus ihrem Griff zu befreien. Aber sie ist hin und weg vor Begeisterung. »Mum, ich hab seit Jahren nicht mehr vor der Kamera gestanden – kein Mensch wird mich fürs Fernsehen besetzen.«

»Doch, das werden sie, nach deinem Auftritt in *Rings and Ribbons.*«

Hinter mir atmet Jason pfeifend ein, offenbar haben es Ausschnitte aus der Sendung via Internet bis in die Vereinigten Staaten geschafft, was mich auch nicht wundert. *Rings and Ribbons* ist eine Reality-Show, in der abgehalfterte Promis um die Wette trainieren, was in der Regel peinlich bis unerträglich anzusehen ist. Mum hat vollkommen recht in Bezug auf die Quote, denn wer lacht nicht gern über einstige Stars, die an Turnringen Schwindelabfälle bekommen? Ich kann mir allerdings beim besten Willen nicht vorstellen, dass dieses Projekt für meine Schauspielkarriere förderlich sein soll.

Ich entreiße meine Arme aus Mums Umklammerung. »Du bist also ernsthaft der Ansicht, dass ich in dieser Sendung auftreten soll? Dabei werd ich mir garantiert die Ohren brechen!«

»Das schaffst du schon«, beschwichtigt mich Mum. »Du bist ja schon immer sportlich gewesen. Vorher musst du nur noch ein bisschen trainieren, um dich kameratauglich zu machen, aber ...«

»›Kameratauglich‹ ...!?« Unmerklich hat Mum das Register gewechselt – von tröstlichem Zuspruch hin zum Vorwurf, ich sei übergewichtig. Wenn sich in mir vor Abscheu nicht alles zusammenkrampfen würde, fände ich das wirklich eindrucksvoll. »Hast du mir überhaupt zugehört? Ich will nicht ...«

»Das liegt nur daran, weil du nie richtig engagiert bei der Sache warst. Jetzt, wo du dich nicht mehr um die Uni kümmern musst, kannst du Vollzeit ins Showgeschäft einsteigen. Du wirst schon sehen, dafür bist du geboren ...«

»*Stopp, Stopp, Stopp jetzt mal!*«, schreie ich in Richtung Zimmerdecke, die so hoch ist, dass das Echo meiner Stimme in der Wohnung widerhallt, als ob es an den Wänden Pingpong spielen würde. Dann lasse ich mich erschöpft gegen die Sofalehne sinken und hoffe, dass Mum wutentbrannt aus der Wohnung stürmt und das Thema damit erledigt ist – zumindest solange, bis ich irgendwann doch nach Hause komme und von Neuem mit ihrem Drängen in Bezug auf *Rings and Ribbons* konfrontiert werde.

Doch sie rührt sich nicht von der Stelle. Das Schweigen zieht sich so sehr in die Länge, dass ich in Erwägung ziehe, einfach einzuschlafen, damit Mum dies als dezente Aufforderung versteht, die Wohnung zu verlassen.

Jason räuspert sich. »Wahrscheinlich sollte ich ... mich jetzt mal lieber auf den Weg machen. Ich hole nur noch meine Sachen.« Er fühlt sich unbehaglich – das merke ich deutlich an seiner nun ausgesprochen amerikanisch und fremd klingenden Aussprache – und ich kann es ihm nicht einmal verdenken. Familiendramen standen nur ganz bestimmt nicht auf unserem Plan und trotzdem müssen wir uns beide damit herumschlagen.

Mum steht auf und geht auf ihn zu. »Es tut mir leid, Jason. Auf solche Szenen hätten Sie bestimmt verzichten können. Trotzdem schön, Sie kennenzulernen.« Sie streckt ihm ihre Hand hin, und er sieht kurz zu mir rüber, als ob er sich versichern wollte, dass ich nichts dagegen habe.

»Ja natürlich. Freut mich ebenfalls, Ma'am.« Trotz allem muss ich ein wenig schmunzeln, wie förmlich sich das anhört.

»Kennen Sie meine Tochter schon lange?«

»Nein, wir haben uns erst Anfang der Woche kennengelernt.«

»Was machen Sie denn in England?«

»Ich übe mich im Versagen.« Als Mum ihn verständnislos

ansieht, fügt er erklärend hinzu: »Ich hatte ein Vorsprechen für den RADA-Sommerkurs.«

Mum dreht sich mit vielsagendem Blick zu mir um. Ich weiß genau, was ihr durch den Kopf geht: Selbst wenn ich rein zufällig mit jemandem Freundschaft schließe, entpuppt er sich als darstellender Künstler. Ob mir das nicht endlich als Bestätigung reicht?

Wieder an Jason gewandt fragt sie: »Warum meinen Sie denn, dass Sie versagt haben?«

»Na ja, ich glaube, die RADA-Leute fanden es nicht so toll, dass ich aus meiner Improszene eine Art Workplace-Comedy gemacht habe. Obwohl« – er wechselt nahtlos in seine Cockney-Persiflage, von der er mir schon die ganze Woche erzählt hat – »an meinem Londoner Akzent gibt's garantiert nichts auszusetzen.«

Mum lächelt ihn an. Sogar wenn ein Schauspieler von seinem Scheitern berichtet, schmälert das kein bisschen ihre Freude daran, über diesen Beruf zu *plaudern*. »Tja, vielleicht hat es ihnen doch gefallen, das kann man nie wissen. Und selbst wenn es nicht so war und eine Absage kommt, sollten Sie sich davon auf keinen Fall entmutigen lassen. Vor allem unter Stress aktivieren Schauspieler ihre *wahren* Stärken, das hat mein alter Schauspiellehrer immer zu mir gesagt.«

»Sie sind selbst Schauspielerin?«

Mum erstarrt, als ob sie auf der Bühne stehen würde und ihren Text vergessen hätte. Sie schaut zu Boden, verschränkt die Arme und schlingt sie dann leicht um ihren Körper. »Ich war es mal.«

In den vergangenen Tagen war ich reichlich durcheinander und nonstop damit beschäftigt herauszufinden, wo ich hingehöre. Dass mir das nicht gelungen ist, fand ich enorm frustrierend. Aber wie deprimierend muss es erst sein, wenn man genau *weiß,* wo man hingehört, es dorthin aber nicht schafft?

Noch nie hatte ich so sehr das Bedürfnis, meine Mutter zu umarmen, wie in diesem Moment.

Doch der Moment verstreicht und Mum sammelt sich wieder. »Sie können mir also glauben, dass ich weiß, wovon ich rede. Es gibt ganz viele verschiedene Sommerkurse, nicht nur so renommierte wie die von der Royal Academy. Vielleicht wäre es ja eine Idee für Sie, es bei einer Impro-Comedy-Truppe zu versuchen? Wenn Comedy Ihre große Stärke ist ...« Sie sieht mich fragend an. »Ist das so?«

Ich muss kurz schlucken und gebe Mum dann vollkommen recht – es ist ein seltsames Gefühl, dass sie genau den gleichen Gedanken hatte wie ich. Wenn ich an die letzten Tage zurückdenke, die ich mit Jason verbracht habe, fällt mir als Allererstes ein, wie oft wir zusammen gelacht haben. Was schon ein bisschen erstaunlich ist, wenn man bedenkt, wie mies es mir am Montagvormittag ging. Das hat überhaupt nichts damit zu tun, dass nach Ben so ziemlich jeder andere ein Lichtblick gewesen wäre. Nein, Jason ist einfach total witzig, und seine Gegenwart hat dafür gesorgt, dass ich wieder Freude an meiner Stadt, den Menschen hier und – ja, durchaus – auch am Theater empfinde, die mir zuvor abhandengekommen war. Ohne ihn hätte ich nicht gewusst, wie die letzten Tage überstehen sollte. Und Mum hat tatsächlich seine Stärken erkannt, ohne ihn je auf der Bühne gesehen zu haben.

»Ja, irgendwie schon«, stimme ich ihr zu und versuche dabei keinesfalls den Eindruck zu erwecken, dass ich ihr auch in Bezug auf *mich* recht gebe.

Das hält sie allerdings nicht im Geringsten davon ab, weiter auf Jason einzureden. »Ich würde gern ihre Meinung hören, denn Sie scheinen mir ein recht vernünftiger und aufmerksamer junger Mann zu sein«, verkündet sie. »Jemand, der seine Begabungen bestmöglich nutzt. Sind sie nicht auch der Ansicht, dass Cassie mit ihrem Talent – das sie ganz ohne Zweifel besitzt – wenigstens ausprobieren sollte, wie weit sie damit kommt?«

Er weicht einen halben Schritt zurück, und es ist deutlich erkennbar, dass ihm dieses Thema äußerst unangenehm ist. »Ich glaube, das kann ich nicht beurteilen, Ma'am.«

Mum stößt einen erschöpften Seufzer aus, der so laut ist, als ob er bis in die hinterste Reihe zu hören sein soll. »Ich will doch nur, dass sie Vernunft annimmt. Ich weiß nicht, warum es ihr so schwerfällt zu akzeptieren, dass die darstellenden Künste genau ihr Ding sind.«

»Da gebe ich Ihnen allerdings recht.«

Ich werfe Jason einen vernichtenden Blick zu – nur weil sich in Kürze unsere Wege trennen und wir uns vermutlich nie wieder sehen werden, ist das noch lange kein Grund, mir kurz vor seinem Abgang derart in den Rücken zu fallen. Er sieht mich schulterzuckend an, als ob er sagen wollte: *Ist halt so, Cass.*

Dann sieht er wieder zu Mum. »Aber vielleicht bedeutet das nicht zwingend, dass sie selbst Schauspielerin sein muss. Sie hätten Cassie gestern erleben müssen, als sie die Inszenierung eines Freunds komplett gerettet hat, indem sie ihm einfach ein paar Tipps gegeben hat. Sämtliche Darsteller waren schlagartig nicht mehr verzweifelt, sondern richtiggehend euphorisch. Das war ziemlich beeindruckend ...« Er errötet leicht, und ich weiß nicht genau, ob ihm seine Schwärmerei peinlich ist oder ob ich ihm mit meinem Blick förmlich Löcher ins Gesicht brenne. Ich habe es so unendlich satt, dass andere genau wissen, was das Beste für mich ist.

»Jetzt reicht's mir aber!« Ich stemme mich an der Armlehne des Sofas hoch, denn mein Körper fühlt sich plötzlich furchtbar schwer an. »Ich treffe meine eigenen Entscheidungen, vielen Dank. Mum, ich komme am Samstag nach Hause, und wenn du dieses Gespräch dann fortsetzen willst, können wir das tun – aber ich sage dir schon jetzt, dass ich in keiner zweitklassigen Fitnesssendung auftreten werde. Selbst wenn ich weiter Schauspielerin sein *wollte,* wäre das nicht mein Weg, das weißt du genau. Deine Ansichten sind nicht immer die richtigen.«

Mum seufzt, sieht mich jedoch weniger verärgert an, als ich erwartet hätte, sondern eher erschöpft – vielleicht ist sie es leid, mich zu bearbeiten, und weiß nicht genau, wie lange ihre Energie dafür noch reicht. »Gut. Wenn du es partout nicht willst ...« Sie greift nach ihrem Mantel, der ebenfalls auf dem Sofa liegt, wünscht Jason und mir eine gute Zeit und ermahnt uns, vorsichtig zu sein, wenn wir in der Stadt unterwegs sind. Dann geht sie.

Ich lasse mich wieder aufs Sofa fallen. Spontan will ich nach Mums Weinglas greifen, überlege es mir dann aber doch anders. Jetzt noch Alkohol zu trinken, ist wahrscheinlich eine ganz schlechte Idee.

»Alles okay mit dir?«

Jason steht immer noch an der Tür. Seine markanten Gesichtszüge betonen seine mitfühlende Miene so sehr, dass es beinahe komisch wirkt. Allerdings bin ich nicht ansatzweise in Stimmung für seine texanischen Albernheiten. Erst tut er nett und verständnisvoll, erweist sich dann aber als genauso penetrant wie Mum, wenn es darum geht, mir zu erklären was das Beste für mich ist.

Wortlos stehe ich auf und verschwinde in meinem Zimmer. Ich knalle die Tür hinter mir zu und lasse mich komplett angezogen ins Bett fallen. Draußen höre ich Jason durch die Wohnung laufen, während er seine Sachen zusammensucht. Anschließend wartet er noch eine Weile im Wohnzimmer und gibt mir damit reichlich Zeit, wieder herauszukommen, mich von ihm zu verabschieden und eventuell etwas für morgen zu vereinbaren.

Aber ich will nicht.

Freitag, 21. Dezember
11:05 Uhr

Ich schlafe bis kurz nach elf, eine Weckzeit hatte ich nicht eingestellt. Nachdem ich das Klappen der Wohnungstür gehört hatte, beschloss ich, mich nicht noch mal nach Restkarten anzustellen, so gern ich welche hätte. Aber ich war mir ziemlich sicher, dass ein erneuter vergeblicher Versuch in einem Desaster enden würde. Wieder überkam mich die Wut auf ihn – nicht nur, weil er sich gestern Abend mit Mum solidarisiert hatte, sondern auch auf mich selbst, weil mir gegen meinen wachsenden Frust keine andere Strategie zur Aufmunterung einfiel, als ihn anzurufen und mit ihm zu reden, weil er mich zuverlässiger zum Lachen bringen konnte als jeder andere. Nun frage ich mich natürlich, was das in Bezug auf meinen hiesigen Freundeskreis zu bedeuten hat, wenn ich einen amerikanischen Touristen, den ich vorige Woche noch gar nicht kannte, so dringend zur Aufmunterung brauche.

Aber Jason kann ich nicht anrufen, weil ich ernsthaft sauer auf ihn bin. Außerdem habe ich nicht einmal seine Nummer, da ich sie die ganze Woche noch nicht brauchte.

Da morgen kein Weg daran vorbeiführt, dass ich nach Hause fahren muss, müsste ich wohl in Gemmas Wohnung ein bisschen aufräumen – und vielleicht ihre Pflanzen gießen – als kleines Dankeschön dafür, dass ich spontan hier übernachten und mein Gepäck an diese Adresse schicken durfte. Mühsam zwinge ich mich aufzustehen, gehe ins Wohnzimmer und nehme meine Jacke von der Armlehne des Sofas.

Als ich mein Handy herausnehmen will, das die ganze Nacht in der Jackentasche gesteckt hat, sehe ich aus dem Augenwinkel etwas Weißes in Türnähe. Ich gehe hin und sehe, dass es ein Briefumschlag ist, der unter der Tür hindurchgeschoben wurde. Auf der Rückseite steht:

»Verzeih mir. Jason«. Ich hebe ihn auf, nehme ihn mit ins Wohnzimmer und frage mich, ob er mir *ernsthaft* einen Brief geschrieben hat. Wer macht denn heutzutage noch *so was?*

Als ich den Umschlag öffne, finde ich darin jedoch keinen Brief, sondern ...

»O mein Gott!«

... eine Karte für *Follies.* Für heute Abend.

Jason

Freitag
18:56 Uhr

»Entschuldigung ... Entschuldigung.«
Ich brauche einen Moment, um zu begreifen, dass die amerikanische Stimme, die ich da gerade höre, an mich gerichtet ist. In der Reihe vor mir – Reihe C – im Golden Palace Theatre dreht sich ein Paar mittleren Alters (das eher für einen Opernbesuch gekleidet ist) zu mir um. Der Mann hält mit beiden Händen ein Smartphone fest und ihre Köpfe sind dicht beieinander. Sie versuchen gerade, ein Selfie aufzunehmen.
»Könnten Sie sich vielleicht ein Stück ducken?«, fragt er und zeigt auf sein Handy.
Ich erfülle ihm seine Bitte leicht genervt, aber nur ein bisschen – wenn ich ein Erinnerungsbild vom Theaterereignis des Jahres (oder des Jahrzehnts!) machen würde, hätte ich auch nicht so gern einen deprimiert dreinschauenden Typen im Hintergrund. Sie machen ihr Foto und bedanken sich. Ich winke ab und setze mich wieder aufrecht hin, dann drehe ich mich nochmals um, als ob das helfen würde, Cassie hierher zu zaubern. In fünf Minuten öffnet sich der Vorhang ...

Sie wird nicht kommen.

Das lässt den Glanz der beiden Plätze in der vierten Reihe für eine derart begehrte Vorstellung ein wenig verblassen, muss ich zugeben. Immer wieder lasse ich den Blick durch den übervollen Zuschauerraum schweifen, bemerke dabei allerdings kaum seine großartige Ausstattung. Von ihr ist immer noch nichts zu sehen, stattdessen entdecke ich im hinteren Rang *zwei* bekannte Gesichter: Harry und Bets. Als sie mich erkennen, winken sie mir zu und recken die Daumen hoch. Sie sehen überglücklich aus, dass sie erneut Karten bekommen haben, und ich bekomme fast ein schlechtes Gewissen, weil Cassie und ich uns diese Woche so oft über sie lustig gemacht haben. Dann runzelt Bets die Stirn, beugt sich zu ihrem Schatzi hinüber und sagt etwas zu ihm. Harry mustert mich angestrengt, als ob er mich nicht erkennen würde. Dann zuckt er die Schultern, und ich vermute, dass sie rätseln, wie ich zu so guten Plätzen gekommen bin, obwohl ich heute Morgen gar nicht angestanden hatte. Drei Minuten noch, bis sich der Vorhang öffnet.

Sie kommt nicht. Der ganze Aufwand – der enorm große Aufwand – für diese Tickets war völlig umsonst. Aber das ist mir im Moment eigentlich egal. Was mir viel mehr zu schaffen macht, ist die Art, wie wir gestern Abend auseinandergegangen sind: wie verletzt sie war, als ich ihrer Mutter beigepflichtet habe im Hinblick auf Cassies berufliche Perspektiven, obwohl sie entnervt in den Raum geschrien hatte. Wie sie in ihrem Zimmer verschwunden ist, ohne sich noch mal umzudrehen, und die Tür vor mir – vor uns – zugeschlagen hat.

Von Gemmas Wohnung aus fuhr ich zurück nach Hampstead zu Charlotte (Hurrikan Jessica war inzwischen abgezogen). Ich erzählte ihr alles und wir gönnten uns dazu Glühwein und Mince Pies mit Englischer Vanillecreme – meine erste offizielle Begegnung mit der »sonderbaren englischen Küche« auf dieser Reise. Als ich mich entschuldigen wollte, weil ich mich diese Woche so rar gemacht habe, obwohl sie und ihre Familie mir netterweise eine Bleibe angeboten hatten, winkte Charlotte nur ab und meinte, dass ich schließlich nicht hier sei, um ein netter Gast zu sein, sondern um einen Traum zu verfolgen.

»Aber trotzdem finde ich es schade, dass ich so wenig Zeit hier verbringen kann«, entgegnete ich.

Augenzwinkernd antwortete sie: »Offenbar konntest du dich ja ganz gut selbst beschäftigen.«

Ich wurde ein wenig rot, allerdings nicht aus Verlegenheit. Vielmehr war ich wirklich wütend auf mich, weil ich alles verdorben habe. »Ja, aber das … das ist vorbei. Außerdem kennen wir uns ja gar nicht richtig. Es war sowieso nichts Ernstes und eigentlich auch nicht so ganz real.«

»Sag mal, hast du vergessen, mit wem du hier gerade redest?« Charlotte hatte ihren Freund Anthony voriges Jahr zu Weihnachten kennengelernt, als sie auf Besuch in New York war. Nach einem einzigen gemeinsam verbrachten Tag wussten sie, dass sie zusammengehören.

Lächelnd hob ich die Hand – *eins zu null für dich.* »Es war großartig«, berichtete ich. »Ich meine, eigentlich müsste ich am Boden zerstört sein, oder? Denn schließlich habe ich das Vorsprechen, zu dem ich extra hergekommen bin und auf das ich alle Hoffnungen gesetzt hatte, total vermasselt. Aber dann kam die genialste Woche meines Lebens ... weil ich sie mit einem Mädchen verbracht habe, das es ziemlich gut fand, dass ich das Risiko eingegangen bin herzukommen, und genau verstehen konnte, warum ich das tun musste, was ich letztendlich erreichen will. Das ... also so was kann zu Hause in Austin keiner nachvollziehen.«

»Dann solltest du dir dringend überlegen, ob du das wirklich aufgeben willst«, sagte Charlotte.

Wir hatten dann nicht mehr allzu viel Zeit zum Reden, weil ihre beiden kleinen Schwestern Jessica und Emma in die Küche gestürmt kamen und total empört waren, dass wir die Mince Pies ohne sie aufgegessen hatten und erst bereit waren, die Küche wieder zu verlassen, als Charlotte ihnen zusicherte, neue zu backen. Ich half ihr dabei, so gut ich konnte – also nicht allzu viel – und unterhielt vor allem die Mädchen mit lustigen Parodien. Die sechsjährige Emma war begeistert, während das leidende Teeniemädchen Jessica anfangs noch etwas trübsinnig wirkte von ihrem ganzen Liebesdrama. Doch nach einer Weile brachte ich auch sie zum Lachen. Irgendwann artete die Backaktion zu einer Art Schlacht aus, und ich hatte plötzlich das Bedürfnis, mich nach oben zurückzuziehen und meinen Eltern eine Mail zu schreiben, um mich dafür zu entschuldigen, dass ich sie beunruhigt hatte und gleichzeitig deutlich zu machen, wie wichtig sie mir sind. Weiter schrieb ich, dass ich sie sehr gern habe und mich darauf freue, sie nach so langer Zeit wiederzusehen. Denn ich habe immer mehr das Gefühl, dass es darum zu Weihnachten eigentlich geht.

Anschließend machte ich den Anruf, der mir Tickets für die heutige Abendvorstellung verschaffte.

Noch eine Minute, bis sich der Vorhang öffnet.

Das Saallicht geht aus und mir wird ganz schwer ums Herz. *Sie kommt tatsächlich nicht ...* Ich rutsche auf meinem Sitz ein Stück tiefer, während das Orchester die Ouvertüre zu spielen beginnt. Die optimistischen Jazz-Rhythmen stehen im krassen Gegensatz zu meiner Stimmung. Der Vorhang öffnet sich und auf der Bühne kommt ein marodes Ziegelgebäude zum Vorschein. Langsam tauchen ätherisch wirkende und in blassblaues Licht getauchte Figuren in altmodischen Showgirl-Kostümen auf. Es sind die »Gespenster«, die in dem alten Revuetheater spuken, das im Stück in Kürze abgerissen wird. *Wie passend,* denke ich unweigerlich, *dass ich mir ausgerechnet ein Stück über verpasste Gelegenheiten ansehe.* Trotzdem haben die »Gespenster« etwas Bezauberndes an sich, und ich bin so vertieft in ihren Anblick, dass ich es nur am Rande wahrnehme, als links von mir Bewegung aufkommt. Ich wende den Kopf und ...

Selbst in der Dunkelheit überstrahlt Cassies Lächeln alles, was auf der Bühne stattfindet. Ich muss mich förmlich an den Armlehnen festklammern, um nicht sofort aufzuspringen und ihr um den Hals zu fallen. Deshalb erwidere ich einfach ihr Lächeln und warte darauf, dass sie mich fragt, ob der Platz neben mir noch frei sei, oder so ähnlich.

Doch stattdessen sagt sie: »Rück mal rüber, nicht dass ich wieder auf deinem Schoß lande.«

Nicht gerade romantisch, aber nun ja. Ich rutsche einen Platz nach rechts, während Cassie ihre Jacke auszieht und sich neben mich setzt. Sie trägt zwar nur einen weißen Rollkragenpullover und schwarze Jeans, aber mir kommt sie vor wie eine Erscheinung.

Ich nehme ihre Hand, und das Herz springt mir beinahe aus dem Brustkorb, als sie mein leichtes Drücken erwidert.

Freitag
21:15 Uhr

Die Aufführung ist einfach perfekt. Gut, die Schauspieler sind vielleicht ein bisschen älter, als sie sein sollten, aber alle spielen sich die Seele aus dem Leib und bescheren mir wahre Gefühlsstürme. Als das Lied *The Road You Didn't Take* kommt, und Ben die Zeilen »The door you didn't try / Where could it have led«, singt, muss ich die Augen schließen und tief durchatmen, denn ich habe das Gefühl, sie sind direkt an mich gerichtet. Ob *ich* später mal dieses Lied singen will, in dem ich mich frage, warum ich die Pläne meiner Eltern einfach hingenommen habe, obwohl ich doch genau wusste, dass ich damit nicht glücklich werde?

Bei dieser Vorstellung kommen mir die Tränen und ich versuche sie gar nicht erst vor Cassie zu verbergen. Als sie mich schniefen hört, greift sie wieder nach meiner Hand, und es ist ein geradezu magisches Gefühl: hier zu sein, dieses Stück zu sehen, zusammen mit ihr und zu wissen, dass – wie immer es auch ausgeht – ich es zumindest versucht habe. Damit ich mich später nicht alt und einsam fragen muss, was geschehen wäre, wenn ich doch nur einen anderen Weg eingeschlagen hätte.

Als die Vorstellung zu Ende ist, gibt es stehende Ovationen – selbst die Londoner sparen diesmal nicht mit Applaus – und die Darsteller müssen sich viermal verbeugen. Nachdem sie endgültig von der Bühne abgegangen sind, schaut Cassie mich mit feuchten Augen an. Sie sieht genauso aus, wie ich mich fühle – als ob es so unendlich viel zu sagen gibt, aber die Worte fehlen, um es auszudrücken. Deshalb stelle ich ihr die langweiligste aller Fragen:

»Und, wie fandst du es?«

Sie sagt erst mal nichts, sondern schließt nur beglückt die Augen. Dann umfasst sie meine Hand. »Genauso fantastisch, wie ich gehofft hatte. Meine Güte ... Portia ist einfach nur brillant ... Ich hab mich echt total getäuscht, dass Lorna Lane eine bessere Schauspielerin ist als sie!«

Ich streiche mit dem Daumen über ihren Handrücken. Auch diese Berührung lässt sie zu. »Ich bin froh, dass es dir gefallen hat.«

»Wo um alles in der Welt hast du denn die Karten aufgetrieben? Und dann auch noch in der *vierten Reihe!* Das ist ja ...« Sie kommt ins Stocken und ist einfach nur sprachlos.

»Das ist eine etwas längere Geschichte«, antworte ich auf dem Weg nach draußen.

»Entschuldigung Sir, sind Sie Jason Malone?«

Eine der Platzanweiserinnen – eine etwas kleinere Frau mit raspelkurzem Haar – begrüßt uns, als wir den Seitengang erreichen, und mir wird klar, dass Cassie diese längere Geschichte gleich erfahren wird.

»Ja, bin ich.«

»Ihre Großmutter fragt, ob Sie noch mal hinter die Bühne kommen möchten.«

Freitag
21:25 Uhr

»Warte, warte … Moment mal. Portia Demarche ist deine *Großmutter?*«

Das ist der erste vollständige Satz, den Cassie herausbringt, seit die Platzanweiserin uns angesprochen hat. Es fällt mir seitdem ein wenig schwer, ihr in die Augen zu sehen, denn diese Offenbarung könnte unsere Freundschaft gravierend beeinflussen.

»Na ja«, erwidere ich, »ich nenn sie immer Oma, aber … ja, stimmt.«

Wir begeben uns hinter die Bühne und stehen in einem engen Gang vor einer mit »SALLY« beschrifteten Tür. Ich will Cassie gerade in komprimierter Form meine dramatische Familiengeschichte nahebringen, aber es fällt mir ziemlich schwer, mich zu konzentrieren, da sie mich so verständnislos ansieht, als ob ich Chinesisch sprechen würde.

»Du hast einen total begeisterten Eindruck gemacht, als du erfahren hast, dass ich *Emma Paige* kenne.«

»Das fand ich auch beeindruckend.«

Cassie schlägt mir auf den Arm. »Aber es ist ja wohl ein ziemlicher Unterschied, ob man eine aufstrebende Schauspielerin so mehr oder weniger kennt oder mit einer der

Besten ihres Fachs verwandt ist. Wieso hast du mir das denn nicht gleich gesagt?«

Ich will gerade antworten, dass es eben kompliziert ist, doch meine Oma – meine sehr berühmte Oma – hat uns wahrscheinlich in ihrer Garderobe gehört, denn die Tür öffnet sich. Kurioserweise ist mein erster Gedanke, dass mir diese Garderobe lächerlich klein vorkommt für jemanden, der die Hauptrolle in einer so renommierten West-End-Produktion spielt.

Sie trägt immer noch Sally Durants violett-fließendes Gewand, doch in ihrem Gesicht sieht man nichts mehr von den permanenten Kopfschmerzen, die sie die letzten zwei Stunden auf der Bühne zur Schau getragen hat. Im wirklichen Leben ist sie einfach nur eine ältere Texanerin, die sich aufrichtig freut, einen ihrer Enkel zu sehen. Und ich habe sie schon seit sehr, sehr langer Zeit nicht mehr lächeln sehen – aus innerfamiliären Gründen.

Meine Oma umarmt mich so fest, dass ich Angst habe, sie bricht mir dabei die Rippen. »Jason! Mein lieber, lieber Junge, du glaubst ja nicht, wie froh ich bin, dich zu sehen. Das kannst du dir überhaupt nicht vorstellen!«

»Hallo Oma!« Obwohl es mir schwerfällt, löse ich mich aus ihrer Umarmung, um ihr ins Gesicht zu sehen. Dabei habe ich das absurde, fast kindische Bedürfnis, jedes noch so kleine Detail zu überprüfen, an das ich mich aus meiner frühen Kindheit erinnere. Es wäre enttäuschend für mich, wenn sich die Realität und meine Erinnerung gravierend voneinander unterscheiden würden, denn das wäre ein eindeutiger Beleg dafür, wie viel Zeit wir verloren haben. Doch ihre großen meerblauen Augen sind immer noch die gleichen, genauso wie ihre markanten Wangenknochen – wie ich sie ebenfalls habe. Ihre vollen schwarzen Haare sind ein wenig grauer als bei unserer letzten Begegnung, aber ebenfalls immer noch unverändert. Im Gegensatz zu Lorna Lane lässt Oma das Altern zu, und es verleiht ihr eine Aura, die Lorna nie haben wird. Sie wirkt ohne jede Anstrengung glamourös, abgesehen von einem Hauch Wehmut, der den Glamour von Portia Demarche, der Bühnenlegende, durchbricht und den Menschen dahinter zum Vorschein bringt: Patty Malone, die Großmutter.

Omas Blick wandert von mir zu Cassie, die noch unschlüssig vor der Tür steht und nicht so recht weiß, ob sie eintreten soll.

»Bist du ein Vampir, meine Liebe?«, ruft Oma ihr zu.

Cassie sieht immer noch reichlich verunsichert aus, weshalb ich sie bei der Hand nehme und hereinhole.

»O mein Gott«, entfährt es Cassie, als sie zwischen uns steht und von einem zum anderen schaut. »Ihr seht euch so dermaßen ähnlich, dass ich mich wie die letzte Idiotin fühle, weil es mir bisher nicht aufgefallen ist!« Offenbar hat sie die Sprache wiedergefunden.

Oma lacht und schüttelt Cassie die Hand. »Freut mich, dich kennenzulernen, Darlin'. Ich bin Portia.« Wenn sie nicht auf der Bühne steht, klingt sie extrem texanisch. »Es sei denn, wir sehen uns jetzt öfter – dann kannst du mich Patty nennen. Na, wie sieht's aus Jay-Jay?«

Wäre ich nicht vor Schreck wie erstarrt, dass Oma so

unverblümt nachfragt, ob wir ein Paar sind, würde ich bei der Erwähnung meines alten Spitznamens wahrscheinlich schleunigst den Raum verlassen. Aber stattdessen mache ich es noch ein bisschen schlimmer und sage: »Ich denke, sie wird dich Patty nennen.« Noch ehe ich erklärend hinzufügen kann, dass ich Cassie mittlerweile als enge Bekannte betrachte, zu der ich (wahrscheinlich ... hoffentlich) noch länger Kontakt haben werde, schließt Oma Cassie so *herzlich* in die Arme, als ob sie schon zur Familie gehören würde.

Da Cassie nicht mehr vor Ehrfurcht erstarrt ist, sieht sie mich mit empörtem Blick an, an den ich mich mittlerweile schon gewöhnt habe. »Wir haben also die ganze Woche«, stellt sie vorwurfsvoll fest, »Harry und Bets ertragen, obwohl es gar nicht nötig war?«

»Wer sind denn Harry und Bets?«, erkundigt sich Oma.

»Ach, das spielt jetzt keine Rolle«, entgegne ich. An Cassie gewandt sage ich: »Bis Mittwoch, als die Kassiererin sagte, dass vorsorglich Karten für Angehörige von Darstellern zurückgehalten werden, wusste ich noch gar nicht, dass es diese Möglichkeit gibt. Dadurch bin ich überhaupt erst auf die Idee gekommen, anzurufen. Ich war mir ... halt nicht so ganz sicher, ob es okay ist.«

»Bei uns Malones ist das alles nicht ganz einfach, meine Liebe«, teilt Oma Cassie mit. »Aber als mein liebster Enkelsohn gestern Abend anrief und sagte, dass er zu einem Vorsprechen in London ist, hätte ich alle Hebel in Bewegung gesetzt, um ihm eine Karte zu besorgen.«

Ihr Gesicht wird von einer Traurigkeit überzogen, die mir sehr nahe geht.

»Die Probleme, die dein Vater und ich miteinander haben ...«, sagt sie, »... es bricht mir das Herz, dass du da mit hineingezogen wirst.«

»Ich würde mir wünschen, dass Dad nicht so ...«

Fest umfasst sie meine Ellbogen. »Du darfst ihm das nicht übel nehmen, Jason. Daniel hat mir immer vorgeworfen, dass er erst an zweiter Stelle nach meiner Karriere kam und – ich schäme mich, es zuzugeben –, damit hat er nicht ganz unrecht. Ich war als Mutter viel zu wenig für ihn da und das war zeitweise für uns beide nicht ganz einfach. Er weiß noch sehr genau, wie wir zu kämpfen hatten, und will das um jeden Preis bei dir verhindern. Das kann ich gut verstehen.«

Als ich den Blick abwende und ein wenig um Fassung ringe, fange ich Cassies Blick auf und sehe eine ganze Reihe von Fragen in ihrem Gesicht.

»Oma und mein Vater reden praktisch nicht miteinander«, erkläre ich ihr.

»Ja, so viel habe ich schon mitbekommen«, antwortet Cassie.

»Das ist eine lange Geschichte.«

Oma legt ihren Arm um mich. »Nein, ist es eigentlich nicht«, entgegnet sie. »Ich habe damals einen großen Fehler gemacht. Es gab ein Vorsprechen für einen lokalen Werbespot für irgendeinen Friseursalon, der attraktive junge Darsteller suchte. Und da es in meinen Augen in ganz Austin keinen hübscheren Burschen gab als meinen süßen kleinen Jay-Jay, bin ich mit ihm hingegangen.«

Ich starre zu Boden, damit Cassie nicht sieht, wie

verlegen mich Omas (voreingenommenes) Lob macht. »Ich hab den Job bekommen. Aber meine Eltern fanden das gar nicht gut. Also, vor allem *Dad* nicht.«

»Und seitdem redet er nicht mehr mit mir«, beendet Oma meinen Bericht.

Cassie holt tief Luft. »Das ist ja schrecklich! Sie haben den Kontakt zwischen Ihnen und Ihren Enkeln verhindert?«

»Nein, nein, nein. Das würden sie niemals tun. So sehr Jasons Vater mich ablehnt, würde er niemals so weit gehen, einer alten Frau das Herz zu brechen.«

Wieder kommen mir die Tränen, ich befreie mich aus Omas Umarmung und gehe hinüber zum Schminktisch in der hintersten Ecke des Raums. Ich lasse mich auf den davor stehenden Stuhl fallen und versuche mich mit aller Kraft zusammenzureißen und das prickelnde Schamgefühl zu ignorieren, das mich mit voller Wucht erfasst. Ich habe ihre Zuneigung gar nicht verdient, da ich mich jahrelang kein bisschen um sie bemüht habe, bis auf gelegentliche Geburtstags- und Weihnachtskarten.

»Aber ich wollte Dad nicht verärgern«, merke ich an und hasse es, wie schwach und hilflos meine Stimme klingt – als ob ich immer noch der Sechsjährige wäre, den sie mit zu diesem Vorsprechen nahm. »Ich habe viel zu wenig Kontakt zu dir gehalten. Wenn Dad nur ein bisschen ... ich weiß nicht ... vielleicht ein bisschen flexibler wäre.«

Oma kommt zu mir herüber und streicht mir über den Hinterkopf – genauso, wie sie es früher immer getan hat, als ich noch klein war. »Mach ihm keine Vorwürfe, Jason«, beschwichtigt sie mich. »Für Eltern gibt es nichts Bedrohlicheres als die Vorstellung, ihr Kind zu verlieren. Da ist es doch kein Wunder, dass wir dabei manchmal ein bisschen zu resolut werden, oder?«

Ich schaue zu Cassie und ahne, dass sie vielleicht gerade überlegt, ob auch sie gelegentlich zu streng mit ihren Eltern ist.

Ich nehme wieder Omas Hand. »Aber ich habe es nie bereut, dass ich bei diesem Vorsprechen war, weißt du das? Diese Erfahrung hat sich eingeprägt, und ich weiß noch genau, wie viel Spaß es mir gemacht hat. Der Wunsch, in diesem Bereich zu arbeiten, hat mir zum Beispiel im vergangenen Semester geholfen, nicht die Orientierung zu verlieren, als es schwierig wurde. Wenn mir heute gelegentlich mal jemand ›Haarscharfe Sache!‹ hinterherruft, dann ist mir das völlig egal.«

Oma und ich lachen. »Wenn ich gewusst hätte, wie lange dieser Werbespot läuft«, wirft sie ein, »dann hätte ich mir das wahrscheinlich noch mal überlegt.«

Ich zeige auf Cassie. »Bei ihr ist es erst heftig. Sie kann praktisch nicht durch London laufen, ohne dass dauernd irgendwer was von Weihnachten und ›Träumern‹ erzählt …«

Oma mustert Cassie einen Moment lang. Dann fällt bei ihr der Groschen und sie klatscht erfreut in die Hände. »Die Kleine Judy – ich *wusste* doch, dass ich dich von irgendwoher kenne!«

Cassie lacht und tritt von einem Fuß auf den anderen.

Erstaunlicherweise scheint es sie kein bisschen zu stören, von einer Theaterlegende erkannt zu werden.

Als wir wieder aufhören zu lachen, stehe ich auf und umarme Oma noch einmal. Ich sage ihr, wie sehr ich sie vermisst habe, und frage sie, ob sie vielleicht einen Versuch wagen würde, Dad anzurufen. Ich weiß, dass er sie tief in seinem Inneren ebenfalls vermisst. Sie verspricht mir, es zu probieren, sobald sie wieder zu Hause in den Staaten ist.

»Aber vielleicht wartest du damit lieber noch ein Weilchen«, rate ich ihr. »Dann kann er sich erst noch beruhigen, nachdem ich ihm eröffnet habe, dass ich Schauspieler werden will.«

Oma macht ein erschrockenes Gesicht und will dann wissen, wie das Vorsprechen war. Als sie hört, dass es bei der Royal Academy war, ist sie begeistert, wundert sich jedoch nicht, dass die Verantwortlichen meine Impro-Einlage wohl etwas zu unkonventionell fanden.

»Tja, du warst schon immer ein kleiner Wildfang«, konstatiert sie, nachdem wir uns köstlich darüber amüsiert haben, wie ich Spitzbärtchen auf den Schlips getreten bin. »Jeder ernst zu nehmende Künstler ist anpassungsfähig. Wenn dir das komödiantische Fach liegt, dann probier es ruhig aus. Selbst dein Vater muss anerkennen, wenn du so klug bist, etwas aus deinen Stärken zu machen.«

»Ja, zu diesem Schluss sind Cassie und ich diese Woche auch gekommen.«

»Aha?« Oma neigt den Kopf zur Seite und sieht Cassie an. »Und welchen Herausforderungen hattest du dich zu stellen?«

Cassie lacht erbittert auf und legt dann innerhalb von etwa dreißig Sekunden dar, was ich in den letzten fünf Tagen über sie erfahren hatte. Abschließend fragt sie Oma: »Wie kann es denn sein, dass ich etwas überhaupt nicht will, obwohl ich offenbar wirklich gut darin bin?«

Oma geht auf Cassie zu, hakt sich bei ihr unter und hört ihr zu. Es ist verblüffend, dass sie aussehen kann wie eine ganz normale Großmutter, obwohl sie doch eine international bekannte Broadway-Ikone ist.

»Selbst wenn du dich nicht als Schauspielerin siehst, heißt das noch lange nicht, dass du nicht in diesen Kosmos gehörst. Du könntest Theatertexte schreiben, als Produzentin arbeiten, Regie führen …«

»Regie ist definitiv dein Ding«, werfe ich ein, obwohl mir Cassie bei meinem letzten Vorstoß dieser Art beinahe für immer den Rücken gekehrt hätte. »Du hättest sehen sollen, Oma, wie sie mit dieser Studentengruppe gearbeitet hat, das war …«

Cassie sieht mich vorwurfsvoll an und ich sage lieber nichts mehr dazu.

Doch Oma greift meinen Gedanken auf. »Gut, diese Möglichkeit gibt es auf jeden Fall. Das Wichtigste ist nur, mit einer Entscheidung nichts zu überstürzen. Sieh dich in Ruhe um. Wie alt bist du jetzt, achtzehn? Dann hast du noch mindestens zehn Jahre Zeit, um der Mensch zu werden, der du mal sein willst. Stürme nicht zu schnell durch dein Leben. Nimm dir Zeit, um herauszufinden, was du wirklich möchtest.«

Cassie versucht etwas zu antworten, doch ihr versagt die

Stimme. Sie wendet den Blick ab und fängt an zu weinen, während Oma sie umarmt. »Nicht zu fassen, dass ich an der Schulter von Portia Demarche heule.«

»Tss!« Oma schüttelt sie spielerisch. »Patty!«

Wir müssen alle drei lachen.

Freitag
23:23 Uhr

»Also, wenn ich so recht darüber nachdenke, warst du schon ziemlich reserviert bei Lorna!«

Nach unserem Besuch bei Oma verlassen Cassie und ich das Golden Palace Theatre. Es fiel mir reichlich schwer, mich von ihr zu verabschieden, obwohl sie mir dreimal das Versprechen abgenommen hatte, in Kontakt zu bleiben. Jedes Mal habe ich darauf geantwortet, dass es unbedingt auf Gegenseitigkeit beruhen muss.

Wir laufen in Richtung The Strand und der eisige Londoner Nachtwind wirbelt Schnee um uns herum. An der Kreuzung zur Shaftesbury Avenue gibt es Stau, weil sich mehrere Doppeldeckerbusse gegenseitig behindern, trotzdem fühlt sich dieser Moment seltsam friedlich an.

»Was ist denn?«, frage ich Cassie, als ich sehe, wie sie den Kopf schüttelt.

»Ach, nichts weiter«, antwortet sie. »Ich kann nur ... nicht so ganz fassen, was du dir für Mühe gemacht hast, um Karten zu besorgen. Das war bestimmt kein einfaches Telefonat.«

»Am Anfang war es wirklich nicht leicht«, gebe ich zu. »Aber ich wusste, dass es sich lohnt.« In vielerlei Hinsicht.

»Hast du das wirklich für mich getan?« Sie legt ihre Hand auf meinen Arm, damit ich stehen bleibe.

»Na ja, ich musste mich ja irgendwie bei dir bedanken.«

»Wofür denn?«

Ich greife nach ihrer Hand, die immer noch auf meinem Arm liegt, und verschlinge meine Finger mit ihren. Schneeflocken fallen auf uns herab, aber mein Herz fühlt sich an, als ob es brennen würde – jedoch auf höchst angenehme Art. Als Cassie mir signalisiert, dass sie auf meine Antwort wartet, wage ich es schließlich auszusprechen: »Für alles. Dafür, dass du mir deine Stadt gezeigt hast, ein Quartier organisiert, mir zugehört und mir Mut gemacht hast. Dafür, dass ich bei dir … einfach ich selbst sein konnte. Bevor ich dich kennengelernt habe, wusste ich überhaupt nicht, wie nötig ich das hatte.« Und das meine ich genauso, wie ich es sage.

Sie schmiegt sich an mich, und ich halte sie sanft fest, während sie ihre Arme fest um mich schlingt.

»Tja«, murmle ich in ihre Haare hinein, »und wie geht's jetzt weiter?«

21

Cassie

Freitag
23:53 Uhr

Es geht so weiter, dass wir zum Weihnachtsbaum auf dem Trafalgar Square gehen. Er ist in Rot und Gold beleuchtet und die Lichter spiegeln sich schimmernd in den beiden Springbrunnen. Besonders toll finde ich es, dass heute Abend hier nicht allzu viel los ist. Nur wenige Pärchen schmiegen sich in ihren dicken Winterjacken aneinander, um nicht zu frieren; dazu ein paar Touristen, die sich vor dem Baum fotografieren lassen, und natürlich Nelson's Column.

»Ich komme gern spät am Abend hierher«, sage ich zu Jason, als wir den Baum erreichen. »Es ist so friedlich hier, da kann ich gut nachdenken.«

»Und was denkst du gerade so?«, will Jason wissen. In seinen Augen spiegeln sich die Lichter des Baums und verstärken die Intensität seines Blicks. Ich ahne, worauf er hinauswill, und weiß zunächst nicht so recht, was ich antworten soll. Doch dann fällt mir ein, wie viel besser es mir gestern Abend ging, als ich Mum gegenüber ehrlich war … und wie sich heute alles wunderbar gefügt hat – vielleicht als Ergebnis davon?

Dennoch ist es nicht einfach, als Mädchen einem Jungen zu sagen, dass man ihn ganz okay findet!

Ich setze mich auf den Rand eines Brunnens, schaue ins Wasser und versuche, mich durch das Plätschern beruhigen zu lassen, denn ich habe plötzlich heftiges Herzklopfen.

»Ich denke gerade …« *Einfach nur ehrlich sein.* »… ich denke gerade, dass es eine ziemlich tolle Woche war. Damit hätte ich am Montag nicht gerechnet. Ich denke außerdem, dass ich so was noch öfter erleben will. Ich möchte Städte erkunden, kreativ sein – und dabei Spaß haben. Mich lebendig fühlen. Aber …« Wenn ich ehrlich sein will, muss ich auch das aussprechen. »… ich frage mich auch, ob das wirklich funktionieren kann? Mit dir und mir, in London und New York – oder Austin, falls du doch irgendwann dahin zurückgehst?«

Er setzt sich neben mich. »Ich weiß es nicht. Aber wenn ich kein Risiko eingegangen wäre, hätte ich dich nie kennengelernt. Ich bin also bereit, noch eins auf mich zu nehmen.«

Wir starren noch eine Weile auf den Baum. Nicht weit von uns schlägt Big Ben gerade Mitternacht – was man auch als Londoner seltener live hört, als man denken würde! Nachdem die Glocken verklungen sind, räuspert sich Jason und sieht mich an. Aus irgendeinem Grund wirkt er ein wenig … nervös.

»Ähm, ich wollte dich was fragen. Hoffentlich kommt das jetzt nicht zu förmlich rüber« – er klingt jetzt maximal texanisch – »aber ich würde … dich, äh, gern zu 'nem echten Date einladen.«

»Wie jetzt?«, frage ich. »Morgen?«

Er lächelt mich so warmherzig an, dass ich kurzzeitig vergesse, wie schrecklich kalt mir gerade ist. »Nein, nicht morgen. Ich hatte vor, dich zum Rockmusical *Beyond Words* einzuladen, wenn es im Sommer anläuft. Wahrscheinlich ist es längst ausverkauft, aber ich geh mal davon aus, dass Oma da was machen kann.«

Selbst wenn ich wollte, könnte ich mir ein Lächeln nicht verkneifen. Zum Glück. »Also ... du kommst im Sommer wieder?«

»Das hab ich vor. Irgendwie will ich das hinkriegen. Selbst wenn es mit dem RADA-Kurs nicht geklappt hat, kann ich hier ... so was wie ich selbst sein, weißt du? Und wie deine Mutter schon gesagt hat, existieren ja auch andere Programme und Kurse, an denen ich teilnehmen kann. Wie auch immer, ich werd das schon schaffen. Es gibt einfach zu viele Gründe, hier zu sein ...

Jetzt halte ich es nicht länger aus. Ich beuge mich nach vorn und küsse ihn. Und er erwidert meinen Kuss. Als wir uns wieder voneinander lösen, sind wir beide etwas atemlos und überwältigt von der Intensität.

»Also, Potzblitz und Donner aber auch«, säuselt er mit »Henrys« Stimme, »wenn das nicht das allerromantischste Ambiente ist für ...«

Ich lege meine Hand auf seine Brust. »Hast du nicht gerade gesagt, dass du gern du selbst sein willst?« Ich spüre, wie sein Herz unter meiner Handfläche schneller schlägt, während er lächelnd nickt. Ich schmiege mich an ihn, bis sich unsere Lippen beinahe berühren. »Sei einfach du selbst«, flüstere ich. Und dann küsse ich ihn wieder.

Epilog

Freitag, 28. Juni

»Das nennst du Strand? Ist ja wohl eher 'ne Steinwüste!«

Jason bewegt sich fast so unsicher über den Kiesstrand in Brighton wie voriges Jahr im Advent beim Schlittschuhlaufen am Somerset House. Würden wir uns nicht an den Händen halten, wäre er wahrscheinlich schon mehrmals hingefallen. Wir haben noch ein wenig Zeit bis zur Aufführung eines kurzen Theaterstücks, das ich im Frühjahr geschrieben habe. Es heißt *Jenny und Clarice* und handelt von einem ehemaligen Kinderstar, dessen Paraderolle zum Leben erwacht und als Geist in deren Alltag herumspukt. Das Ganze hat keinerlei autobiografischen Bezug, egal, was Jason oder meine Mutter behaupten! Es ist einfach nur ein Fragment, das bei einem Kulturfestival in einem umgebauten Schiffscontainer (ja, wirklich) aufgeführt wird, wo es fünfundzwanzig Plätze gibt. Aber das ist mir egal, ich freue mich trotzdem total darauf. Wenn es gut läuft, will ich eine Aufnahme davon ans National Theatre schicken, als Bewerbung für den dortigen Herbstkurs für Theaterautoren.

»Bist du aufgeregt?«, fragt mich Jason, während er

wieder beinahe das Gleichgewicht verliert. Beim nächsten Stolpern wechseln wir auf die Straße.

»Und nervös«, antworte ich.

»Es wird großartig«, versichert er mir. »Du bist großartig.«

Wenn er das sagt, glaube ich es ihm. Er hat wirklich die Gabe, mich zu motivieren – selbst in den sechs Monaten, als er wieder zu Hause war. (FaceTime sei Dank!) Er war eine großartige Resonanzfläche, vor allem an Tagen, wenn es bei mir zu Hause mal wieder endlose Diskussionen mit Mum über meine Zukunft gab. Jetzt, da er – seit anderthalb Tagen – wieder hier ist, fühle ich mich viel weniger unter Druck im Hinblick darauf, ob mein Stück überhaupt angenommen wird.

Trotzdem will ich das Schicksal nicht herausfordern und entgegne deshalb einfach: »Abwarten.«

»Vertraue mir, Cassiopeia.« Seit ich ihm meinen vollständigen Namen verraten habe, spricht er ihn mit großer Begeisterung immer wieder aus. Wenn ich ganz ehrlich sein soll, finde ich das gar nicht *so* schrecklich, wie ich manchmal behaupte.

Ich stoße ihn von der Seite an. »Und was ist mit *dir*? Bist *du* aufgeregt?«

Jason hat für keinen der von Mum vorgeschlagenen Sommerkurse eine Zusage bekommen, jedoch meinen Rat befolgt, eine Demoaufnahme zu verschicken, die ihm ein persönliches Vorsprechen bei einer Impro-Comedy-Truppe beschert hat. Wenn er dort landen kann, hat er einen *triftigen* Grund, sich langfristig in London niederzulassen.

Die Vorstellung ist so aufregend, dass ich kaum daran zu denken wage.

»In Kürze wahrscheinlich schon«, erwidert er und stützt sich auf mich wie jemand, den ich aus einem brennenden Gebäude retten muss. Mir ist klar, dass er herumalbert, aber das ist mir recht. Sehr recht sogar. »Es fühlt sich nur ein bisschen komisch an, auf Kommando Witze zu reißen. Das ist fast ein bisschen absurd, verstehst du, was ich meine?«

»Du wirst das großartig machen. Du *bist* nämlich großartig.«

Er zieht mich an sich. »Du auch.«

Wir laufen weiter am Strand entlang, und ich gebe Jason weiter Halt, während er sich an den groben Kies gewöhnt. Ich habe das Gefühl, mich gerade bei ihm dafür zu revanchieren, dass er mich voriges Jahr zu Weihnachten aufgemuntert hat. Damals hatte ich tatsächlich nicht nur einen Freund nötig, sondern einen Unterstützer – jemanden, der wirklich an mich glaubt. Allerdings hätte ich nie gedacht, dass ausgerechnet ein alberner, witzereißender und zur Fantasterei neigender Schauspieler derjenige sein würde, der mir die Augen dafür öffnet, dass auch ich zur Fraktion der Fantasten gehöre und ein glücklicherer Mensch werden kann, wenn ich endlich aufhöre, das zu leugnen.

Vielleicht gehört Weihnachten ja *doch* den Träumern.

Stephanie Elliot und **James Noble** sind die beiden Autoren hinter dem Pseudonym Catherine Rider. Stephanie Elliot arbeitet als Lektorin in New York und lebt mit ihrem Mann und ihrer Tochter in Brooklyn. James Noble ist Lektor und hat bereits mehrere Romane unter verschiedenen Pseudonymen verfasst. Als waschechter Londoner arbeitet er heute in einem Londoner Verlag.

Von Catherine Rider ist ebenfalls bei cbt erschienen:

Kiss me in New York (16455)
Kiss me in Paris (16478)

Mehr über cbj/cbt auf Instagram unter @hey_reader

Catherine Rider
Kiss me in New York

ca. 300 Seiten, ISBN 978-3-570-16455-6

Heiligabend, JFK-Flughafen, New York. **Charlotte** wurde gerade von ihrem amerikanischen Boyfriend abserviert und will nun nichts mehr, als zu ihrer Familie nach London zurückzukehren. Da wird ihr Flug verschoben und Charlotte ein Hotel-Gutschein in die Hand gedrückt. Geht es noch schlimmer? Ja, geht es: **Anthony** will seine Freundin vom Flughafen abholen, doch die macht dort kurzerhand mit ihm Schluss. Da hat Charlotte eine Idee: Wieso verbringen sie und Anthony nicht gemeinsam mit ihrem neuen Ratgeber *Wie man in zehn Schritten über seinen Ex hinwegkommt* den Heiligabend? Doch aus dem Spiel wird bald romantischer Ernst.

www.cbt-buecher.de

Catherine Rider
Kiss me in Paris

ca. 300 Seiten, ISBN 978-3-570-16478-5

New Yorkerin Serena Fuentes hatte es sich alles so schön vorgestellt: Paris, die Stadt der Liebe, 21. Dezember, auf den Spuren der Hochzeitsreise ihrer Eltern, gemeinsam mit der Schwester – Romantik pur! Doch die Schwester düst mit ihrer neuesten Flamme nach Madrid ab, während Serena bei einem komplett Fremden unterkommen muss. Quelle horreur! Jean-Luc Thayer ist nur mäßig begeistert von der Aussicht, eine amerikanische Touristin babysitten zu müssen. Umso irritierter ist er, als Serena ihn auf eine von A bis Z durchgeplante Tour durch die Stadt mitzerrt. Jean-Luc improvisiert lieber, vorzugsweise mit der Kamera. Aber irgendwann merken Serena und Jean-Luc, dass Gegensätze sich anziehen …

www.cbt-buecher.de

Beck Nicholas
Remember the Music

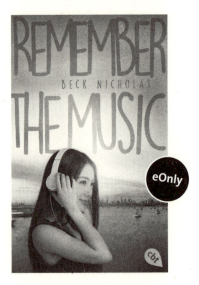

ISBN 978-3-641-23535-2

Es wäre eine riesige Chance gewesen – als Support Act für Gray vorzuspielen, den erfolgreichsten Musiker des Landes! Mai hasst es, ihre Band wegen einer nervigen Highschool-Prüfung im Stich zu lassen. Zum Glück hat ihre beste Freundin und Bandkollegin Lexie schon einen Plan B: Sie schleichen sich einfach in Grays Hotel ein und überreden ihn, der Band noch eine Chance zu geben. Doch das ist leichter gesagt als getan, als Mai im falschen Zimmer von einem jungen Mann mit nur einem Handtuch um die Hüften ertappt wird …

Das Prequel zu REMEMBER THE FUN!

www.cbj-verlag.de